UNIVERSALE
ECONOMICA
FELTRINELLI / NOIR

LARS BILL
LUNDHOLM

Il soffio del drago

La serie Omicidi a Stoccolma

Traduzione di Anna Grazia Calabrese

Titolo dell'opera originale
SÖDERMALMSMORDEN

First published by Forum, Sweden
Published by arrangement with Nordin Agency, Sweden

FOX CRIME™ è un marchio di Twentieth Century Fox Film Corporation

Prima edizione in "FOX CRIME/Feltrinelli" luglio 2013
Prima edizione nell'"Universale Economica" – NOIR marzo 2015

Traduzione dallo svedese di
ANNA GRAZIA CALABRESE

Stampa Grafiche Busti - VR

ISBN 978-88-07-88582-2

L'elemento primario, e più prezioso, della natura è il movimento che la scuote costantemente; ma quel movimento non è che la conseguenza di un'ininterrotta serie di crimini, e solo attraverso il crimine può essere perpetuato.

De Sade

1.

L'uomo che camminava lungo il canale di Pålsund, con lo sguardo abbassato sulle sue acque nere, rabbrividì leggermente. Si sentiva inquieto: quel che era successo negli ultimi tempi non gli piaceva affatto. Cominciava a credere di aver commesso un grave errore. Ma era troppo tardi per rimediare, ci avrebbe pensato dopo. In ogni caso aveva tenuto fede alla sua parte di accordo, nessuno poteva negarlo. Anche se era difficile ignorare il senso di disagio che gli covava nello stomaco. Lanciò uno sguardo all'indietro, ma l'unica cosa che vide fu il taxi con cui era arrivato fermo sull'altro argine del canale, in Söder Mälarstrand. L'autista stava contando i soldi e non aveva ancora acceso l'insegna "libero".

Pioveva. Una pioggerella sottile, fredda e insistente. Pioveva ininterrottamente da parecchi giorni, gli argini del canale erano melmosi e le canne sporche di fanghiglia marrone pendevano sull'acqua. Presso gli imbarcaderi erano ancora ormeggiate le barche in attesa di essere tirate su. Non capiva perché i proprietari non lo facessero a stagione appena conclusa, invece di aspettare fino all'ultimo minuto: il canale poteva gelare all'improvviso e a quel punto bisognava fare tutto in fretta e furia. L'uomo affondò le mani nelle tasche e passò davanti a una splendida barca da regata dalla prua bianca. Il proprietario non si era neppure preoccupato di togliere i cuscini dalla seduta di poppa. Come si poteva trascurare una barca fino a quel punto? Gli veniva quasi voglia di salire a bordo e rubare un cuscino, giusto per dimostrare quanto fosse stupido lasciare incustoditi gioiellini del genere. Tuttavia proseguì, stringendosi la cintura del soprabito. La sera era scesa in fretta e la pioggia, che sembrava avvolgere il canale in un'umida foschia bluastra, lo faceva rabbrividire come un cane infreddolito.

Diede un'occhiata all'orologio. Erano da poco passate le nove, ma nonostante fosse ancora presto in giro non c'era anima viva. I maestosi salici chini a fior d'acqua e l'assenza di illuminazione stradale rendevano l'atmosfera ancora più cupa. Non era certo il posto ideale dove ragazze sole potessero portare a spasso il cane. Lui però non aveva altra scelta: quello era il luogo stabilito per l'incontro e, se non si fosse presentato, non avrebbe visto il becco di un quattrino. Si allontanò dal ponte, dirigendosi verso il club nautico di Heleneborg. Immediatamente sopra di lui, la massiccia campata di Västerbron si stagliava come un cupo arcobaleno contro il cielo opaco.

L'appuntamento era stato fissato presso l'ormeggio 22. Vi era ancorata una bella Pettersson di mogano, e quando l'uomo si avvicinò al pontile notò una luce nella cabina della barca. Si fermò, cercando di sbirciare attraverso l'oblò, ma tutto ciò che riuscì a vedere fu una persona di spalle. Chiamò ad alta voce, ma non ricevendo risposta salì sulla passerella. Chiamò di nuovo, appoggiò con cautela il piede sull'impavesata e fece un passo verso poppa. La barca oscillò, l'individuo nella cabina girò la testa e spense subito la luce. Tutt'intorno era buio pesto. L'uomo riusciva a stento a distinguere la sagoma all'interno. Ipotizzò che la persona che vi era rinchiusa avesse paura e stava giusto per tranquillizzarla con un "sono io", quando qualcosa di duro lo colpì alla tempia. Lì per lì pensò di essere scivolato, perché la stiva gli venne addosso a gran velocità e per un attimo ebbe quasi l'impressione che fosse quella ad averlo colpito in faccia. Ma mentre tentava di rimettersi in piedi, alzò lo sguardo e vide il tubo di ferro. Non fece neppure in tempo a dire che doveva esserci stato uno scambio di persona: fu di nuovo colpito alla testa, e non ci fu più alcuna possibilità di parlare e spiegare. Quelle erano cose che potevano fare solo i vivi.

2.

Il commissario Axel Hake stava in cucina, appoggiato al bastone. Aveva spalle larghe, capelli a spazzola e indossava una giacca di tweed pesante sopra i jeans.

"Allora che fai, vieni?"

Guardò sua sorella Julia, in piedi davanti allo specchio mentre cercava di sistemarsi la chioma ribelle. A differenza del fratello non era particolarmente bella, ma aveva splendidi occhi espressivi. Era la prima a riconoscere di assomigliare a uno di quei ritratti che fanno i bimbi dell'asilo, con le labbra troppo carnose e la faccia dai contorni troppo morbidi. Ma la cosa non preoccupava affatto Julia Hake: la sua grande passione era la vita da veterinaria che conduceva nei boschi di Tullinge, e della mancanza di uomini non aveva mai sofferto. Di uomini belli. Gli altri non le interessavano proprio. "Certe donne amano gli uomini dotati di *sense of humour*, gli uomini di potere, gli uomini che si atteggiano a intellettuali. A me piacciono gli uomini belli, tutto qui," aveva dichiarato una volta con nonchalance.

Ma quel giorno Axel aveva il sospetto che qualcosa non andasse per il verso giusto. Julia aveva persino scovato un vecchio rossetto che ora si stava passando sulle labbra, facendo buffe smorfie allo specchio. La sua bocca sembrava una cicatrice rossa.

"Devo andare a prendere Siri all'asilo fra un'ora, perciò sbrigati," le disse, sempre appoggiato al bastone.

Era andato dalla sorella per portarle alcune casse di vino rosso, un favore che di tanto in tanto le faceva soprattutto per vedere come se la passava in quel posto dimenticato da Dio e dagli uomini. L'edificio era in una zona isolata, nel mezzo di una vasta foresta di abeti, e lui riteneva che non fosse certo il luogo più sicuro per una donna sola. Sua sorella, però, non aveva mai avuto paura. Al contrario. Lei si sentiva al sicuro quando non c'era troppa gente nei paraggi.

Julia aveva preso le casse con aria vagamente assente, le aveva appoggiate sulla cucina economica, aveva gironzolato per la casa e infine si era fatta promettere da Axel che l'avrebbe accompagnata in macchina in un posto a pochi chilometri da lì. La sua Land Rover aveva le gomme a terra e lei non aveva il tempo di rimetterla in sesto. Si cambiò di vestito un'infinità di volte, per poi indossare il suo vecchio giubbotto di jeans. Nel frattempo si era specchiata più di quanto Axel non l'avesse mai vista fare.

Finalmente era pronta. Lanciò un ultimo sguardo allo specchio, un po' abbattuta, e uscì di casa. Axel Hake la seguì zoppicando. Non era invalido, solo che era stato colpito al ginocchio da uno sparo, riportandone un danno permanente in seguito a un trattamento medico che gli era parso piuttosto un mal-trattamento.

"La sciarpa!" urlò Julia, precipitandosi di nuovo in casa.

Hake sospirò e proseguì in direzione della sua vecchia e arrugginita Citroën. Si sedette sul cofano e lasciò vagare lo sguardo. L'ambulatorio veterinario di Julia Hake aveva un aspetto fatiscente. Il grande padiglione usato come abitazione era certamente in ottimo stato, ma il fienile e i recinti erano, se non cadenti, per lo meno malconci. La spiegazione di Julia era che gli animali non avevano gusti estetici e l'ambulatorio, che per lo più serviva per curare cavalli, cani e altre bestiole ferite, svolgeva alla grande il suo compito, e anche di più.

La porta si riaprì, e Julia arrivò con una sciarpa variopinta drappeggiata sulle spalle. Si fermò e lo guardò dritto in faccia, con uno scintillio negli occhi di un intenso color verde acqua.

"Allora, sto bene?" gli chiese.

"Ma non dovevi incontrare solo un 'tizio' della comune vegana?"

"Sto bene?" ripeté tagliente.

Axel Hake sospirò. Sua sorella stava più che bene. Ma lui era preoccupato. Da che ricordava, l'aveva sempre vista trascinarsi in casa uomini belli e senza valore, che trattava come delle nullità. Cosa che in un certo senso li aveva spinti a interessarsi a lei ancora di più, non essendo abituati a quel tipo di comportamento. Aveva avuto i suoi scontri e le sue liti, e più di una volta Axel era stato costretto a intervenire. Tuttavia aveva sempre avuto la sensazione che Julia se la fosse cavata senza farsi troppo male. Questa volta, però, sua sorella doveva essersi presa proprio una bella cotta. Era insicura, più capricciosa del solito, e rimuginava con amarezza sul fatto di essere forse troppo vecchia per avere figli. L'uomo di cui si era innamorata era un ragazzetto di venti-e-rotti anni, di origini russe e che viveva in una comune vegana ancora più nascosta nella foresta dell'ambulatorio veterinario. Hake non l'aveva mai incontrato e l'unico dettaglio che era riuscito a cogliere era che il tipo era biondo e glabro. Quando le aveva chiesto qualcosa a proposito della personalità del ragazzo, Julia si era limitata a guardarlo senza capire, chiedendosi che cosa c'entrasse quella domanda con la sua storia. Diamine, il russo era bello come un dio greco...

Marianne de Vrie era seduta nella sua bella abitazione vincolata dai Beni culturali a Långholmen, cercando di concentrarsi sulla guida turistica che aveva progettato di scrivere. Aveva pubblicato una sfilza di libri ben scritti e ricchi di dati utili che venivano acquistati da un'affezionata e ristretta cerchia di lettori. Ora però si trovava in difficoltà: di botto le era venuto il blocco dello scrittore e niente sembrava prendere la forma che lei avrebbe voluto. Un'amica le aveva consigliato di non sforzarsi troppo e di cercare piuttosto in internet le informazioni sui luoghi che le interessavano. Marianne aveva ritenuto il suggerimento immorale. Ma dopo sei mesi di vuoto creativo aveva ceduto al fascino della rete e oggi aveva trovato una guida in francese in cui a suo parere nessuno svedese sarebbe mai incappato. Aveva impiegato l'intera giornata a tradurre il testo, il cui tema era una visita al mercato degli uccelli di Marrakech. *Quando gli uccelli si immergono nella sabbia*: così avrebbe intitolato quello che sarebbe diventato il primo capitolo del libro. Ma tutta quella faccenda l'aveva resa nervosa e agitata, in fondo si vergognava un po'. Decise di fare una lunga passeggiata per rilassarsi.

Marianne abbracciò con lo sguardo il paesaggio autunnale: lungo Skutskepparvägen le cime degli alberi erano rosse come fiamme. Passo dopo passo avvertiva la tensione allentarsi, il senso di colpa attenuarsi. Ciononostante si guardò intorno: si sentiva come se qualcuno la stesse osservando, esortandola a non ingannare il suo pubblico. Accelerò il passo per liberarsi di quella sensazione, ma fu un errore, perché presto le venne il fiatone e fu costretta ad appoggiarsi a un cancello di legno aperto sul canale di Pålsund.

Dall'altra parte del cancello, lungo il canale, c'era un imbarcadero. Vi si diresse a passo deciso: non voleva che la gente la vedesse lì, ferma e ansimante. Sospirò, abbassando lo sguardo sull'acqua. Dapprima pensò che qualcuno le si fosse piazzato alle spalle per specchiarsi nel canale, dal momento che proprio sotto la superficie dell'acqua c'era un tizio in soprabito che la fissava con occhi vuoti. Fu solo quando notò i capelli fluttuanti, le orbite bianche come latte e il volto deformato che comprese che si trattava di un morto che sembrava stare in piedi nell'acqua. All'inizio non si capacitò di come fosse possibile, poi notò una catena che gli teneva ferma la gamba. Subito dopo le sue urla riecheggiarono lungo il canale fino alla massiccia arcata di Västerbron. Un'eco che sembrava non avere fine.

La comune vegana si trovava in una radura circondata di abeti. L'edificio principale era una grande villa *fin de siècle* a tre piani, dipinta di giallo.

"Giallo Bellman," ricordò Hake di aver letto da qualche parte. Quel giallo intenso, tipicamente svedese, che per molti secoli aveva caratterizzato edifici e abitazioni. Accanto alla villa c'erano delle rimesse, all'esterno di una delle quali era parcheggiato un pulmino grigio. Quando arrivò sul piazzale davanti alla casa, vide un uomo di mezza età venirgli incontro. Era sui cinquant'anni, aveva un viso magro, sopracciglia folte e capelli castani. Hake si era aspettato che a capo della comune ci fosse una specie di guru, un personaggio carismatico, ma l'uomo che gli stava di fronte sembrava più un cacciatore che un filosofo. Julia lo salutò e lui rispose con un breve cenno della testa.

"Come se la passa Elina?" domandò Julia non appena scese dalla Citroën.

L'uomo osservò attentamente Axel prima di fissare di nuovo lo sguardo su di lei.

"Credo che la febbre sia scomparsa, ma sarà meglio fare un controllo."

Julia gli aveva detto che una delle cagne della comune aveva partorito una cucciolata, poi si era ammalata seriamente e lei se ne era sentita responsabile. Era così che aveva conosciuto il suo compagno di giochi. "C'è Yuri?"

L'uomo indicò l'entrata con un cenno della testa.

"La sta vegliando."

Julia s'illuminò, aprì il bagagliaio della macchina e tirò fuori la sua attrezzatura da veterinaria. "Allora vado a darle un'occhiata," disse guardando il fratello.

"Massimo dieci minuti," replicò Hake.

Julia annuì e si precipitò all'interno. L'uomo fece un passo verso Hake e gli porse la mano.

"Gustav Lövenhjelm," si presentò.

"Axel Hake. Sono il fratello di Julia."

"Davvero? Non vi assomigliate un granché."

Guardò Hake in modo quasi sfacciato.

"Be', nella vita non si può mai essere sicuri di niente, ma i nostri genitori sostengono che le cose stiano proprio così."

Lövenhjelm sorrise impercettibilmente, dondolò sui tacchi e lanciò uno sguardo alla casa. "Possiamo entrare a bere una tisana, ma dobbiamo prepararcela da soli. È così che funziona nella comune," disse poi.

Hake lo ringraziò e si avviò verso la casa proprio mentre due ragazze in bicicletta si fermavano di fronte a Gustav Lövenhjelm. Hake lo sentì dire qualcosa a proposito di quanto erano state fortunate a trovare posto nella comune in quel periodo. Il resto del discorso gli sfuggì, perché il cellulare cominciò a squillare a tutto spiano. Era Oskar Lidman, il suo collega, che gli disse: "Devi venire subito. Abbiamo un cadavere nell'acqua".

Hake entrò in casa per rintracciare Julia. Gli sembrò di sentire la sua voce provenire dal secondo piano, così infilò un'ampia scala in quella direzione. In una delle stanze trovò la sorella in piedi, di fronte a un ragazzo dal viso chiaro, quasi albino, e dai capelli bianchi come gesso. "Non so, Julia, vedremo. Ho un sacco di cose da fare," stava dicendo il tipo con un forte accento slavo.

"Ti prego," lo implorò la donna con un tono di voce che ad Hake non piacque affatto. Sottomesso e sdolcinato.

Il ragazzo le prese il viso fra le mani e la guardò divertito. La baciò sulla fronte e la allontanò bruscamente da sé. Poi osservò la cagna con quattro cuccioli sdraiati accanto alla pancia. "Allora, come sta Elina?"

Lo sguardo di Julia indugiò ancora qualche secondo sul viso del giovane, prima di spostarsi sul cane. In quell'istante apparve Hake, come se fosse sbucato dal nulla. Yuri lo fissò con aria interrogativa.

"Devo andare, Julia. Mi ha chiamato Oskar Lidman. Sono di turno, è una cosa urgente. I tecnici della Scientifica sono già sulla scena del crimine."

"Scena del crimine?" intervenne Yuri. "Sei per caso uno sbirro?"

"No, sono un poliziotto. E tu?" replicò Hake.

Yuri sorrise e lanciò un'occhiata a Julia. "Secondo Julia, sarei il principe Myškin. Sai, dal libro di Dostoevskij."

"Un idiota, insomma."

Julia guardò il fratello con astio, ma Yuri rispose impassibile: "Può essere. Forse sono proprio un idiota".

Poi sorrise a Julia. Un sorriso abbagliante.

Oskar Lidman aspettava Hake presso il canale di Pålsund. La Scientifica aveva isolato la zona e alcuni curiosi cercavano di capire che cosa fosse successo. Attorno al cadavere erano stati fissati dei teloni per impedirne la vista ai fotografi della stampa. Marianne de Vrie stava parlando a bassa voce dell'accaduto con un giornalista. Il commissario Axel Hake si fece avanti e osservò il cadavere, che era stato adagiato su un telo di plastica. Aveva la faccia tumefatta e i lineamenti deformati fino a essere irriconoscibili. Anche il resto del corpo era gonfio, e la pelle liscia e leggermente oleosa. Aveva i capelli rossi, ma era impossibile indovinare il colore degli occhi. Pesci e altre creature marine avevano rosicchiato gran parte dei bulbi oculari.

"Sappiamo chi è?" domandò Hake.

Oskar Lidman scosse la testa e s'infilò le mani in tasca. Era un uomo robusto, per non dire grasso, ma in caso di bisogno si muoveva con agilità e destrezza. Nella sua andatura si avvertiva la grande passione che nutriva per il ballo, perché camminava con una cadenza ritmica, come se seguisse la melodia di una salsa o di una rumba.

"Non dev'essere troppo difficile identificarlo, con quel tatuaggio."

Hake indicò il braccio sinistro dell'uomo. Sopra vi era impressa l'immagine di un drago cinese, bianco e alato, su sfondo nero. In un angolo spiccava il numero due e al centro del tatuaggio un quadrato bicolore, rosso e verde, attraversato da una sagoma stilizzata che ricordava una fiamma dorata. Hake non aveva mai visto niente di simile.

"Sempre ammesso che sia svedese," aggiunse Lidman.

Un tipo magro si diresse verso di loro. Era il medico legale Brandt, che fece un rapido cenno di saluto a entrambi. "Vi dico subito che stabilire l'ora del decesso sarà praticamente impossibile: quest'uomo è stato in ammollo per parecchie settimane. Fra l'altro la temperatura dell'acqua ha subìto molte variazioni negli ultimi giorni."

Ti pareva, pensò Hake. Questo significava che non avrebbero potuto chiedere a eventuali sospetti se avessero un alibi.

"In ogni caso è stato ucciso. Qualcuno l'ha colpito due o tre volte alla testa con un oggetto arrotondato. Un tubo di ferro o roba del genere," proseguì Brandt con voce gracchiante.

"Quindi era già morto quando è stato immerso nel canale?"

Brandt guardò Hake con malcelata animosità. "Secondo te? Come puoi vedere il cranio è fracassato."

"Be', può benissimo essere stato prima affogato e poi colpito a morte," replicò Hake con calma. "Oppure può darsi che qualcuno voglia confondere le tracce."

Non avrebbe permesso a Brandt di cavarsela così a buon mercato.

Il medico legale si girò senza degnarlo di una risposta e si avviò verso il carro funebre. Hake guardò di nuovo l'uomo ucciso. La catena intorno alla caviglia aveva impresso profondi segni nella pelle, tanto che sotto gli anelli di metallo s'intravedeva il perone. L'ancora fissata alla catena era di acciaio e abbastanza pesante da bloccare l'uomo sott'acqua.

"Perché affondarlo qui?"

"Forse è il luogo del delitto," disse Lidman.

"È possibile, ma a parte questo, perché incatenarlo al fondo del canale? Non potevano gettarlo in acqua e basta? Certo, se non si vuole che un corpo venga ritrovato bisogna agire in tutt'altro modo, perché prima o poi si finisce per scoprirlo."

"E da quando gli assassini sono diventati intelligenti?" commentò sarcastico Lidman, alzando lo sguardo sulla rumorosa volta di Västerbron, per riabbassarlo subito dopo. Sotto il ponte non c'erano forme di vita, a parte onischi e roditori. Tutto era morto, come l'uomo sdraiato sul telo.

Poiché il luogo del ritrovamento era proprio sotto l'imponente costruzione di acciaio, gli sfaccendati che andavano a spasso sul ponte non erano riusciti a vedere che cosa era successo al molo. C'erano ancora delle barche da diporto ormeggiate su entrambi gli argini del canale, ma la maggior parte di esse era stata già tirata su e messa al riparo sotto ampie tele cerate. Alcune erano state agganciate a dei rimorchi, altre collocate su impalcature di legno. Nella zona erano parcheggiate anche molte macchine, e in prossimità del canale c'era un vecchio bus bianco con la scritta FUORI SERVIZIO sulla cabina.

Axel Hake diede un'occhiata all'orologio. "Tobisson non è ancora arrivato?"

Lidman scosse la testa.

"Non appena si fa vivo digli di cominciare a bussare porta a porta insieme a un paio di agenti."

"Ne sarà felice," disse Lidman guardandosi intorno. In zona però non c'erano tante abitazioni.

Hake indicò con il bastone il lato opposto del canale, costeggiato dalle case popolari della Lorensbergsgatan di fronte a Söder Mälarstrand. "Ecco, pensavo esattamente a quegli alloggi. Dalle finestre si vede fino a qui."

Lidman provò una stretta di angoscia. In quei caseggiati abitavano probabilmente centinaia di inquilini, sarebbe stato un lavoraccio contattarli. Si augurò che fosse Hake ad assegnare l'incarico a Tobias Tobisson.

Il commissario lanciò un'ultima occhiata al morto, poi autorizzò i tecnici della Scientifica a ispezionare il luogo del ritrovamento. Quindi s'incamminò lentamente lungo il canale di Pålsund finché non arrivò in cima a Mälarvarvet. Voleva restare un po' di tempo da solo per studiare l'ambiente. Långholmen era un piccolo, gradevole scorcio di Stoccolma. Quasi un luogo idilliaco, dove persino le case più piccole e le botteghe avevano un certo fascino, nonostante lui sapesse che dentro quelle mura si lavorava sodo. In una delle officine la fiamma di un saldatore si accendeva a intermittenza, illuminando la grande finestra che si affacciava sulla passeggiata. Si fermò a osservare l'acqua. Qualcosa gli rodeva la coscienza, ma non riusciva a metterlo a fuoco.

Fece vagare lo sguardo lungo lo Stadshuskajen, poi verso il Riddarholmen e infine sulle colline di Söder. Rifletté sulla zona della città in cui si trovava in quel momento. Södermalm era cambiata moltissimo. Un tempo era stata un vero e proprio quartiere operaio, pieno di filande, fabbriche di birra e vari altri tipi di piccole industrie. Pullulava di domestiche, straccivendoli, turnisti e artigiani. Vi erano stati costruiti caseggiati popolari per famiglie povere e numerose, carceri e fabbriche di alcolici, ed era qui che Gustav Vasa relegava malati di mente e lebbrosi. Negli ultimi anni, però, il quartiere aveva notevolmente innalzato il suo status grazie al fatto che vi si erano trasferiti numerosi giornalisti, intellettuali e artisti di ogni tipo. Ora era diventato trendy abitare a Södermalm: i giovani affollavano le sue strade e il quartiere si era perciò riempito di locali all'aperto, caffè e ristoranti. A parte questo, era in tutto e per tutto un tipico quartiere di Stoccolma. Forse un po' più popolare delle aree bene della città, visto che era ancora possibile trovarvi officine meccaniche, palestre di pugilato e vecchie baracche. Inoltre era a Söder che si notava che Stoccolma faceva parte di un arcipelago. Qua si stagliavano le montagne di granito, là le colline si precipitavano nell'acqua e, lungo i pendii che scendevano dal quartiere Katarina al quartiere Maria, si arrampicavano gruppi di casette simili alle capanne dei pescatori.

Hake distolse lo sguardo da Söder e lo puntò su Kungsholmen. Dall'altra parte dell'acqua poteva intravedere Chapmansgatan, la via in cui abitava. Non lontano da lì c'era l'asilo di sua figlia Siri. Fu solo allora che capì il senso di colpevole disagio che aveva provato poco prima. Si fermò di botto, imprecando contro se stesso. Esclamò ad alta voce: "Siri!". Guardò l'orologio e scoprì di essere in ritardo di almeno un'ora. Prese il cellulare e telefonò all'asilo, ma suonava occupato. Si precipitò verso la macchina.

3.

Hake si era svegliato presto la mattina seguente. Lo faceva sempre quando doveva affrontare un nuovo caso. Qualcosa si era già messo in moto dentro di lui: era eccitato e incuriosito al tempo stesso, una sensazione che conosceva fin troppo bene. Si sentiva come un purosangue condotto alla gabbia di partenza, pienamente consapevole della gara imminente e tuttavia non proprio desideroso di parteciparvi, anzi quasi riluttante. Fino a quando non si aprono i cancelli e la corsa ha inizio: allora è tutta un'altra musica. I momenti peggiori sono quelli che precedono la gara.

Hanna dormiva ancora e Hake sapeva che sarebbe passato del tempo prima di poter tornare da lei. Non lo voleva nel proprio letto quando era impegnato in un'indagine per omicidio: le sembrava che l'odore del sangue, dopo le sue visite all'obitorio e le ispezioni sul luogo del delitto, impregnasse le lenzuola. In un primo momento gli era stato difficile accettare questa scelta, ma poi era stato più semplice del previsto. Avevano così deciso di vivere ognuno per conto suo. Lui nell'appartamento di Chapmansgatan, lei in quello nei pressi della chiesa di Kungsholm. Hake si girò da un lato e la guardò. Hanna aveva un viso antico, quasi diafano, con una spruzzata di lentiggini alla radice del naso e una bocca generosa, dalle labbra leggermente screpolate. I capelli le coprivano metà della faccia: glieli scostò delicatamente con la mano. Lei mormorò qualcosa nel sonno, poi aprì un occhio: lo guardò accigliata, prima di addolcirsi un po'. Gli diede un rapido bacio sulla bocca, si girò dall'altra parte e riprese a dormire.

Erano stati bene la sera prima. Hanna non aveva fatto troppe storie per l'ora di ritardo all'asilo. Nemmeno Siri si era scomposta più di tanto quando lo aveva visto arrivare: si era limitata a lanciargli un'occhiata stanca prima di avviarsi all'ingresso per prendere l'impermeabile.

"Dobbiamo dirlo alla mamma?" domandò con naturalezza. Era nell'età in cui voleva mantenere dei segreti e provare l'emozione di oltrepassare i limiti.

"Credo che capirà, vedrai," disse Hake.

"Non ne sono così sicura," fu la replica di Siri.

Quando Hake quella mattina uscì dal portone, pioveva a dirotto, come del resto succedeva da settimane. Il cimitero, con il suo cancello di ferro, aveva un'aria minacciosa nella foschia grigiastra. L'orizzonte era delimitato dai grandi palazzi, le cui mura scure riflesse nell'acqua sembravano ritrarsi per proteggersi dalla pioggia. Hake camminò rasente la facciata delle case, usando il bastone per orientarsi nella pioggia scrosciante che gli offuscava la vista.

A metà strada verso la stazione di polizia, gli venne in mente che in realtà avrebbe dovuto dirigersi all'istituto di Medicina legale, così fece marcia indietro nel vento pungente per tornare alla macchina. Il percorso fu un incubo, pieno di ombre scure che sbucavano all'improvviso sulla strada nella pioggia torrenziale, dando per scontato di essere viste, di macchine che senza preavviso frenavano di colpo di fronte a lui e di lunghe code che si snodavano lungo tutto il tragitto fino a Solna. Imprecò a denti stretti.

Quando finalmente arrivò all'istituto e si tolse l'impermeabile, l'oggetto del suo malumore cambiò di colpo. A irritarlo adesso erano l'ordine artificiale e la meticolosa regolarità che regnavano nelle sale. Le lisce superfici delle pareti davano un'impressione di sterilità, sui condizionatori d'acciaio si rifletteva la luce della finestra e i tavoli per l'autopsia, appena lavati, stavano allineati in fila come in una fabbrica. Ma tutto questo succedeva ogni volta che si avviava una nuova indagine. L'irritazione era sempre in agguato.

Hake si diresse verso il tavolo più lontano, vicino al quale stava Oskar Lidman con il medico legale Brandt, e guardò il cadavere. Uno spettacolo osceno. Non solo erano ripugnanti il corpo rigonfio e i peli color carota del pube, o la ferita alla testa che ora spiccava su ciò che restava dei capelli dell'uomo dopo la rasatura: era ripugnante il fatto stesso di collocare una persona completamente nuda su un tavolo lucido perché venisse esaminata. Come un pezzo di carne morta. E le incisioni che Brandt aveva eseguito su tutto il cadavere, oltre ai punti di sutura ben visibili sul torace, non rendevano certo la scena più gradevole. "Non c'è acqua nei polmoni, perciò l'uomo è morto per le ferite riportate alla testa. Proprio come pensavo," spiegò Brandt quando Hake si avvicinò. Lo guardò trionfante.

"C'è altro?"

Brandt indicò una bacinella che conteneva alcuni organi. "Ha indubbiamente il fegato a pezzi, al limite della steatosi. Le sue condizioni sono pessime in generale, però nel sangue non ho trovato tracce di alcol o droghe."

"Sai dirmi quando è morto?"

"No, e dubito che qualcun altro possa farlo. L'acqua era gelida e il processo di decomposizione è molto lento."

"Non puoi darmi almeno un'idea?"

"Non provarci. Sono un uomo di scienza, mica un veggente."

"Due settimane? Tre?"

Brandt sospirò, poi scrollò le spalle. "Direi due, ma non ci giurerei."

"E l'età me la sai dire?"

"Da come è conciato sembra un sessantenne, in realtà non credo che avesse più di quarant'anni."

"Perché?"

"Non presenta ingrossamento della prostata, molto comune in gran parte degli uomini di quell'età, e i denti non sono affetti da parodontite."

"Che mi dici delle otturazioni?"

"Non sono un esperto, ma non mi sembrano quelle che si usano di solito nei paesi dell'Est. Nessun dente d'oro, a quanto si può vedere."

"E le ferite che hanno provocato la morte?"

"Olle Sandstedt della Scientifica è stato qui e ha detto che probabilmente sono state causate da un tubo di ferro. Deve essere stato piuttosto lungo, per aver dato a chi lo ha usato la forza di spaccargli il cranio."

Hake annuì e guardò Lidman, intento a passarsi una caramella alla menta da un lato all'altro della bocca. Il suo ultimo espediente per tentare di farla finita con il fumo. In precedenza ci aveva provato masticando fiammiferi, ma alla fine la moglie si era stufata di trovare pezzetti di legno umidicci in tutto l'appartamento.

"Scattiamo qualche fotografia della faccia, per quanto irriconoscibile sia. E voglio un primo piano di quel tatuaggio," concluse Hake indicando il drago in bianco e nero.

"Non ho mai visto niente di simile. Non sembra né cinese né di qualche paese occidentale. Un numero due in caratteri romani e un drago alato."

Scosse la testa.

Hake lanciò un'ultima occhiata all'uomo sul tavolo d'acciaio. La morte non era mai decorativa, soprattutto nel caso di un cadavere ritrovato in acqua.

Axel Hake e Oskar Lidman mangiarono salsicce nella mensa del commissariato, prima di salire al dipartimento e cominciare a organizzare una sala operativa. Non avevano ancora molti elementi su cui lavorare, ma il laboratorio aveva già inviato le foto dell'autopsia e del luogo del ritrovamento e Lidman le aveva affisse su una grande bacheca.

La porta si aprì ed entrò Tobias Tobisson. Sembrava uno stecchino in confronto all'obeso Lidman. Si era fatto un punto d'onore di essere magro e tonico: si considerava un corridore di fondo che chilometro dopo chilometro sconfiggeva il dolore e teneva il tempo per tutto il percorso. Disprezzava Lidman per la sua pessima forma fisica, ma al tempo stesso temeva l'intelligenza e gli arguti commenti del collega. Potevano colpire nel segno. Come quella volta in cui Lidman si era presentato con una lista che dimostrava che era stato assente dal lavoro meno di Tobisson, nonostante quest'ultimo si vantasse sempre della sua efficienza.

"È scritto nero su bianco. La metà delle tue assenze dipende da danni causati dallo sport. Menisco debole di qua e infiammazioni dei legamenti di là. Fare sport non vale la pena."

Tobisson era rimasto senza parole.

Ora stava in piedi di fronte alla bacheca a osservare le fotografie. Era la prima volta che vedeva l'uomo. Distolse in fretta lo sguardo e prese un taccuino. "Ho bussato a un sacco di porte ieri, senza sapere che cosa la gente dovesse ricordare, né quando. E senza una foto di questo tizio," disse poi.

"Qualcuno ha visto niente?"

Hake si diresse alla finestra e guardò fuori. Il cielo si era schiarito e per un attimo il sole aveva bucato le nuvole con un raggio di luce. Solo per un attimo, però, perché un istante dopo aveva ricominciato a diluviare. Ora il cielo era blu-viola e Hake sentiva la pioggia cadere con furia sull'asfalto.

"Sembra che metà di loro non faccia altro che stare tutto

il giorno alla finestra. Hanno visto di tutto e di più: presunti ladri di barche, due tizi che scopano durante la pausa pranzo fra le barche messe a riparo, gente strana. Ma se li spremi un po' di più, capisci che spesso ti segnalano persone che vogliono in qualche modo incastrare." Fece una smorfia. "Per esempio tossici, vagabondi, fannulloni e signorine di facili costumi..."

"Insomma, hanno visto qualcosa d'interessante o no?" lo interruppe Lidman con impazienza, succhiando la sua caramella alla menta.

"No," rispose bruscamente Tobisson.

"Scrivi comunque un rapporto," disse Hake girandosi nella sua direzione. "Stiamo procedendo a casaccio, ma non si sa mai."

"Forse la vittima è il tizio che si scopava l'amica nella pausa pranzo. Un marito geloso può averli seguiti, chi lo sa," suggerì Lidman.

Tobisson gli rivolse un sorriso. Il sorriso arrogante di chi ha un asso nella manica. "Non credo proprio. Li hanno visti di nuovo l'altro ieri." Lidman si alzò e si sistemò i pantaloni.

"D'accordo, ma magari hanno visto qualcosa che vale la pena di approfondire."

Hake lanciò uno sguardo a Tobisson, che emise un gemito sconsolato. "Controllali."

Poi tornò a sedersi sul bordo di una scrivania. "I tecnici stanno esaminando l'ancora, la catena ed eventuali impronte digitali. Oskar, cerca di scoprire se i nostri contatti hanno sentito parlare di un qualche regolamento di conti." Al dipartimento disponevano di un certo numero di informatori solitamente molto aggiornati su ciò che succedeva fra le diverse gang criminali, sia che appartenessero alla cosiddetta mafia slava sia alle bande di motociclisti.

"La priorità è scoprire l'identità del morto, è ovvio."

"Che vuoi fare allora?" chiese Lidman.

"Vado a informare il capo," rispose Hake.

"A proposito di uomini senza identità: non vedo Rilke dai tempi della guerra con i danesi," commentò Lidman.

In realtà Seymour Rilke si trovava una volta tanto nel suo ufficio. Ovviamente Hake aveva dovuto aspettare una ventina di minuti prima di essere ammesso al suo cospetto dalla segretaria. Ma questa era un'ordinaria manifestazione di potere da parte del capo della polizia, tutt'altro che disponibile quando c'era bisogno di lui.

Hake si sedette di fronte all'ometto che stava dietro l'imponente scrivania e giocherellava con la sua Mont Blanc. Aveva la testa grande e sproporzionata rispetto alle spalle e al resto del corpo minuto. Il vestito di fresco lana dal taglio sartoriale, con fazzoletto nel taschino, gli dava un'aria gradevole, ma Hake non si lasciò ingannare. Seymour aveva tanto prestigio quanta ambizione, lo aveva imparato a sue spese in più di una circostanza.

Hake mise le foto scattate nella sala dell'autopsia sulla scrivania del capo. Rilke non fece una piega nel vedere il volto tumefatto della vittima. Lo studiò a lungo con attenzione. "Chi è?"

"Non lo sappiamo. Ci è chiaro solo che è stato ucciso alcune settimane fa e poi immerso nel canale di Pålsund, con un'ancora e una catena attorno alla gamba."

"Svedese?"

"Come ho detto, non sappiamo chi sia."

Hake aveva appeso il bastone al bracciolo, ma quello continuava a scivolare in basso. Alla fine lo prese e se lo mise fra le gambe, poggiandovi sopra il mento. A Rilke non piacque quella posa. Dava ad Hake un'autorità che non avrebbe dovuto avere in quell'ufficio.

"Vorrei rendere pubbliche queste foto. Darebbe impulso all'indagine," disse Hake.

"Non se ne parla nemmeno. Daremmo l'impressione che siamo in stallo totale, che non abbiamo niente in mano."

"Ottima descrizione della situazione, in effetti."

"Insomma, non potete cercare di fare un piccolo sforzo prima di passare a soluzioni così drastiche? E comunque non mi sembra un'indagine della massima priorità."

"E perché?"

"Ha tutta l'aria di essere un regolamento di conti nell'ambiente della malavita, come ai vecchi tempi nel Nybroviken, quando le gang criminali si facevano fuori a vicenda."

"Ripeto che non abbiamo idea della dinamica dei fatti: sappiamo solo che si tratta di omicidio," troncò Hake.

"In ogni caso non ti assegnerò più agenti di quelli che hai," replicò Rilke, svitando il cappuccio della Mont Blanc e cominciando a scrivere.

L'udienza era terminata. Hake si alzò. "Questo omicidio non ha la massima priorità perché è avvenuto a Södermalm, e non in un quartiere più elegante?"

"Non dire idiozie, Axel," ribatté Seymour Rilke, senza degnarlo di uno sguardo.

Axel Hake suonò il campanello del suo vicino Lars Larsson-Varg. L'ex sovrintendente museale aprì la porta e lo invitò a entrare. Indossava un vestito di cotone sgualcito e una T-shirt sudicia. In testa aveva un piccolo copricapo di velluto rosso e ai piedi un paio di espadrillas logore. La stanza traboccava di oggetti curiosi e quadri, mentre sul tavolo troneggiava una testa di gesso di Strindberg. A fianco c'erano un paio di guantoni da boxe e una caraffa di cristallo con del vino. Ne versò un bicchiere per sé e ne offrì uno ad Hake, che rifiutò. Il commissario mostrò la foto del tatuaggio al sovrintendente museale, che la osservò incuriosito. Era un esperto di arte rinascimentale, ma in generale si appassionava a ogni sorta di dipinti. "Interessante," commentò sorseggiando il vino.

"Ho molta fretta."

"Dammi qualche giorno." Guardò Hake. "È un cadavere?"

Il commissario annuì.

"In questo caso bisognerebbe scuoiarlo e mettere da parte il lembo di pelle tatuata."

"Che assurdità!"

"Dico sul serio. Nei musei giapponesi sono conservate delle splendide pelli tatuate. Intere schiene umane con tatuaggi raffiguranti quadri di diversi maestri. Si tratta di opere d'arte, diamine. Da tramandare ai posteri."

"Comunque questo tizio non lo scorticheremo," ribatté Hake deciso.

"Come vuoi."

Larsson-Varg continuò a esaminare la foto. "Al momento tutto ciò che posso dire è che si tratta di un cosiddetto 'Dragone di Annam'."

Si diresse alla libreria e prese un volume, lo aprì e mostrò l'immagine di un drago che ricordava vagamente quello del tatuaggio.

"Meglio di niente. Chiamami quando ne saprai di più," disse Hake.

Larsson-Varg non lo sentì quando se ne andò. Si era immerso nella fotografia e aveva estratto alcuni campioni di colori che stavano lì accanto.

"Potrebbe rappresentare l'oro, questa fiamma qui," mormorò fra sé. La cosa si faceva sempre più interessante...

Hake passeggiava lentamente lungo la Skutskepparvägen a Långholmen. L'intera area rappresentava un'oasi al centro di Stoccolma, circondata dall'acqua del lago Mälaren. La vecchia casa circondariale era stata trasformata in un albergo per ospitare convegni, anche se alcune celle erano state messe a disposizione di vari artisti. Hake però imboccò un'altra direzione, quella verso il vecchio cantiere di Mälarvarvet. Era un'area più nascosta e, se l'omicidio era stato commesso nei paraggi del luogo del ritrovamento, le indagini dovevano iniziare da questo lato dell'isola e non dai dintorni del carcere, con tutte le sue strade da passeggio e i percorsi da jogging.

Vide le barche non ancora tirate su per l'inverno ondeggiare nell'acqua mossa dal vento e quasi nera come opale, ora che la pioggia aveva diffuso chiazze di petrolio lungo tutto il canale. Hake picchiò il bastone contro il telo di plastica che ricopriva una barca per proteggerla dalla pioggia. Tremando dal freddo, si tirò su il bavero della giacca e si guardò intorno in quel caos di carrelli da traino, rimesse per barche e cianfrusaglie di ogni genere. Sì, era proprio il posto giusto per commettere un omicidio senza essere visti.

Sul lato destro del Pålsundsbron c'era una bella casa in pietra dalla facciata arancione, cui era stato dato lo strano nome di "Depravazione", quello di un ex caffè che ora ospitava club di vario genere. Hake prese il taccuino che portava sempre con sé e annotò che il luogo meritava di sicuro una visita. Qualcuno poteva aver visto qualcosa. Il commissario cercava di seguire sempre le sue prime sensazioni. Ciò gli forniva spesso nuovi spunti, magari irrazionali o irrilevanti, ma Hake si fidava delle sue impressioni e le trascriveva accuratamente. Il suo primo appunto diceva: "Stoccolma città d'acqua". Lo scrisse perché sentiva che il luogo del ritrovamento aveva un significato preciso, che c'era una ragione per cui il corpo era stato scoperto proprio in quel canale. Non gli sembrava verosimile che l'omicidio fosse stato commesso in un altro quartiere e che qualcuno avesse poi trasportato il cadavere fin lì per gettarlo nell'acqua.

Hake proseguì e incrociò un piccolo carrello elevatore che gli passò accanto cigolando mentre era diretto verso

Pålsundsbron, un piccolo ponte che formava una volta sul canale e impediva il passaggio alle barche. Hake si girò e si avviò verso il muletto, che era guidato da un uomo sulla quarantina. Indossava una tuta da lavoro sporca e aveva una faccia sciupata e malaticcia. In testa portava un berretto logoro che aveva l'aria di aver visto troppi acquazzoni. L'uomo rivolse ad Hake un'occhiata indifferente.

"Salve, sono della polizia. Posso farle qualche domanda?"

Il tizio aveva un'aria affranta, come se gli fossero piombate addosso tutte le sciagure del mondo nello stesso giorno. "Di che si tratta?"

"Abbiamo trovato un uomo ucciso nel canale laggiù, precisamente sotto Västerbron."

"Ne ho sentito parlare, ma non so niente."

Hake notò il bavero unto e la giacca logora. L'uomo appariva nervoso e il suo modo di guardarsi intorno, nonché i tatuaggi blu che gli ricoprivano le mani, indicavano che apparteneva alla schiera dei clienti della prigione.

"Lei gira parecchio con il suo muletto da queste parti e di sicuro vede un sacco di cose, non è così?"

L'uomo fece spallucce. "Ma che vedere e vedere. Ho i fatti miei da sbrigare."

Hake si avvicinò e piantò gli occhi in quelli dell'uomo, che sembravano quasi annebbiati. Come se le sue pupille non riuscissero a mettere a fuoco.

"Va bene, però qualche volta non aiuta i proprietari di barche a tirarle su?"

L'uomo annuì.

"Ne conosce molti?"

"Ma che conoscere e conoscere."

Hake estrasse dalla tasca la foto del morto e gliela mise sotto il naso.

"Ha mai visto questo tizio nei paraggi?"

"Oh merda," disse l'uomo senza riuscire a staccare lo sguardo dall'immagine.

"Ora ha i lineamenti un po' alterati, ma non dev'essere del tutto impossibile riconoscerlo, se uno l'ha già visto prima."

L'uomo gli restituì la foto. "No, non l'ho mai visto."

Hake si rimise la foto in tasca, poi domandò: "I soci del club nautico di Heleneborg, laggiù, hanno qualcuno che gli controlla le barche?".

"Ma che controllare e controllare. La cosa migliore di questo posto è che nessuno controlla niente."

"Ma insomma ci deve essere qualcuno che si occupa delle barche del club."

"I proprietari se la cavano da soli."

"Ma un club nautico è un club nautico, cazzo!"

"In ogni caso non sono fatti miei."

"Non c'è qualcuno che ha denunciato il furto di un'ancora con annessa catena?"

"Io non mi occupo di..."

"Certo, però forse ne ha sentito parlare," lo interruppe Hake tagliente.

Stava per perdere la pazienza e il mulettista sussultò, come se qualcuno gli avesse dato uno schiaffo. Guardò in basso verso la collina, ma restò in silenzio. Ad Hake fece venire in mente un cane bastonato. Prese un biglietto da visita e gli disse in tono conciliante: "Se dovesse venire a sapere qualcosa, si metta in contatto con noi. Non staremo certo a chiederle quanto guadagna in nero aiutando i proprietari a tirare su le barche. Ci interessa solo l'omicidio".

L'uomo lo guardò rigido senza rispondere.

"Bene, la ringrazio," concluse Hake. Proprio mentre stava per girare sui tacchi e andarsene, il tizio sbottò: "C'è una tipa che passa tutto il giorno seduta a spiare dalla finestra. Laggiù, nel cortile di Heleneborg. Credo che sia un'invalida. O forse è una ragazzina. Magari lei ha visto qualcosa".

Poi si portò la mano al berretto, a mo' di saluto militare, ingranò la marcia e si allontanò verso lo scalo.

Hake guardò dall'altra parte del canale nel punto indicato dall'uomo. C'era una vecchia casa gialla a due piani, con un grande atelier su uno dei lati corti. Tornò sul ponte, attraversò Söder Mälarstrand e si fermò su uno spiazzo davanti all'edificio. Alzò lo sguardo sulla fila di finestre e dietro una di esse intravide un candido viso di bambola. Il commissario non trovò l'ingresso sul lato anteriore, così fece il giro della casa, passò fra due grossi pali senza cancello e vide un portone con l'apertura a codice. Poco prima che lo raggiungesse, la serratura si aprì con un ronzio. Hake spinse il portone ed entrò. Sentì una vocina sottile dal piano superiore: "Secondo piano a destra".

La porta dell'appartamento era già aperta e Hake entrò in una bella stanza luminosa, arredata con gusto nei toni del giallo e del beige. Percepì un forte aroma di acqua di rose. Un gatto siamese dallo sguardo apatico gli lanciò un'occhiata frettolosa prima di dileguarsi in un'altra stanza. Sull'altro lato si apriva un salone con una grande finestra, accanto alla quale stava seduta una donna minuta su una sedia a rotelle. Le era stata amputata una gamba sotto il ginocchio, e quella del pigiama era piegata e fissata con una spilla da balia. Sul pigiama la donna indossava un'elegante vestaglia di seta. Solo ora Hake si accorse che quello che aveva davanti era il viso di una vecchia, molto truccato e che però ricordava in qualche modo quello di una bambola. Gli occhi erano blu porcellana e il rosa delle guance spiccava sulla faccia pallida. La donna era molto piccola e quasi senza seno. Una donna in miniatura. "Lizzi Hammarlund. Telefonista, prima che un folle mi investisse," si presentò. Parlava con uno spiccato accento di Söder, che unito alla limpida vocina infantile produceva un effetto quasi comico. Hake si presentò a sua volta e si guardò intorno affascinato. L'arredamento del salone mescolava mobili stile Luigi XIV e computer, e a fianco a un tavolo allungabile di epoca gustaviana c'era un'attrezzatura fotografica di ultima generazione. Nella stanza accanto, la cui porta era socchiusa, scorse un lettino da bambino vicino a un grande mobile da toeletta, coperto di trucchi e profumi e sormontato da uno specchio con la cornice dorata.

"Non esco mai," disse la donna. "Ordino tutto da qui, via internet. Persino gli alcolici," aggiunse indicando un elegante bicchiere da liquore pieno a metà, accanto a una bottiglia di Chartreuse verde. "Lei non sarà per caso Edmund?"

"No, sono un poliziotto."

"Eh già, tutti dicono di essere questo o quest'altro. Glielo chiedo perché ho conosciuto Edmund in una chat room e lui mi ha scritto che sarebbe passato a salutarmi. Forse è un pedofilo. Ho fatto finta di avere dodici anni." Si mise a ridere forte finché non le venne un attacco di tosse. Il che non le impedì di prendere una sigaretta da una scatola d'argento e accenderla. Hake le mostrò il documento d'identità, ma Lizzi non lo guardò.

"Queste carte si possono falsificare come qualsiasi altra cosa."

"Forse. Ma io sono davvero un poliziotto e mi interessa cosa può aver visto."

"È stato quello sfigato di mulettista a dirle che sto qui a spiare il prossimo tutto il giorno?"

"Non ha detto proprio così."

Lizzi fece un ampio sorriso. Persino i denti erano di un bianco perfetto e Hake si chiese se non truccasse anche quelli. Non avrebbe saputo dire se la donna avesse trenta o sessant'anni, tanto era truccata. "Scommetto i miei ultimi centesimi che quello è un avanzo di galera. Li ha visti i tatuaggi che ha sulle mani?"

Hake annuì.

"E sul fatto che finirà per farci qualche altro viaggetto non c'è alcun dubbio. L'ho visto fare cose che..."

"Sto indagando su un omicidio, Lizzi, quindi tutto il resto deve passare attraverso gli abituali canali della polizia."

Lizzi Hammarlund tacque di colpo, quasi si fosse offesa. Si girò verso la finestra che si affacciava sul canale di Pålsund. Dopo un attimo ricominciò a parlare nel suo strano modo infantile. "È vero, passo tutto il giorno a spiare. Non ho molto altro da fare. Ma spesso navigo nel cyberspazio e comunico con tutto il mondo."

Si passò una mano fra i capelli e le unghie rosso fuoco stonavano sulle sue mani da bambina.

"È il mio modo di 'vedere' il mondo. Viaggio ogni giorno e arrivo molto più lontano di dove sia mai stato il mulettista, che non fa altro che girare tutto il tempo per Långholmen, ma che razza di vita è?"

Sorrise di nuovo.

"Torniamo all'omicidio," la interruppe Hake appoggiandosi al bastone. Dopo tutto quel camminare la gamba aveva iniziato a fargli male. Come se gli avesse letto nel pensiero, Lizzi gli disse: "Si sieda pure".

Il commissario prese posto su una sedia di legno: probabilmente apparteneva al gatto, visto che era coperta di peli.

"Lo sa che in questa casa abitavano Alfred Nobel e suo padre? Il fratello si fece saltare per aria insieme ad altre quattro persone mentre faceva un esperimento con la nitroglicerina, nei laboratori dell'interrato. Se ci avesse lasciato le penne anche Alfred, non avremmo mai avuto la dinamite e la storia del mondo sarebbe andata in un altro modo. Tutto è solo caso e caos. Se non fossi stata investita da un maledetto idiota, ora me ne starei sdraiata su una spiaggia di Buenos Aires con il mio capo. Era lì che volevamo andare, prima che il mondo mi crollasse addosso."

"Torniamo all'omicidio," ricominciò Hake.

"Ah già, l'omicidio. Ne ho sentito parlare alla radio stamattina. Il punto è che non sapete un cazzo."

"Ma no, qualcosa sappiamo," replicò Hake, mostrandole la foto del cadavere rinvenuto nel canale.

"Sta messo peggio di me," commentò Lizzi disgustata. "Però non lo conosco. È svedese?"

"Non lo sappiamo."

"Appunto. Non sapete un cazzo."

"Sappiamo comunque che è stato ucciso con una violenta botta in testa e poi gettato nel canale di Pålsund."

"La foto non è un granché, ma una zazzera rossa come questa l'avrei riconosciuta se l'avessi vista in zona."

Hake la guardò desolato. Lizzi continuò allegra: "Si tratta solo di stringere i denti e non mollare. La vita in fondo non è che un lungo rotolo di merda di cui ogni giorno si deve masticare un pezzetto. Il problema è ingoiarla". Indicò la propria gamba e proseguì: "Mi guardi. A malapena riesco a pisciare da sola e non scopo da otto anni. Nemmeno un vecchio ubriacone verrebbe qui a montarmi. Ma a mollare non ci penso proprio. Un giorno beccherò qualcuno in rete, un uomo, si spera, che cerchi proprio una come me. Un'ex telefonista con una gamba sola".

Fece un sorriso sarcastico. "Oppure guardi Nobel." Indicò la finestra. "Dopo la morte del fratello continuò a fare esperimenti su una chiatta al largo del Mälaren," disse esplodendo nella sua risata cristallina prima che l'enfisema polmonare le provocasse un nuovo attacco di tosse. Quando si calmò, alzò su Hake i suoi innocenti occhi blu. "A proposito, ma perché vi interessano così tanto i morti? Siamo noi vivi ad aver bisogno di voi."

Mentre percorreva il ponte di Västerbron per tornare al commissariato, Hake lanciò uno sguardo in basso verso il luogo del ritrovamento. Era stato scelto con cura: dall'alto era impossibile scorgere il posto in cui era stato scoperto il cadavere. La pioggia battente gli impediva di vedere, dal punto più alto della campata del ponte, persino Riddarholmen e Gamla stan. I tergicristalli della vecchia Citroën lavoravano a più non posso.

L'estate prima era stata tutt'altra cosa. L'alta pressione aveva stretto la Scandinavia nella sua morsa per parecchi mesi e la vacanza nello Skagen, in Danimarca, era perciò riuscita particolarmente bene. Axel, Hanna e Siri avevano preso in affitto una casa di vacanza vicino al rinomato Hotel Bröndum, sulla costa settentrionale danese. Una casa con un soppalco per dormire e uno spazioso soggiorno vista mare. Avevano fatto il bagno tutti i giorni nell'acqua bassa che lambiva le dune di sabbia e lunghe passeggiate a riva. Oppure se n'erano stati semplicemente sdraiati sulla spiaggia. Axel e Siri erano diventati scuri come biscotti allo zenzero, mentre Hanna, con la sua pelle d'alabastro, era rimasta bianca in tutto il corpo a eccezione del viso, che si era leggermente arrossato, facendo risaltare ancora di più le lentiggini. Siri aveva imparato a pedalare su una bicicletta con le rotelline, mentre Hake e Hanna si erano dedicati all'apprendimento del danese con l'aiuto di un manuale di conversazione. Facevano a gara a chi imparava più vocaboli e la sera si "interrogavano" a vicenda. Dopo mezzanotte parlavano solo in danese.

"Come sei dolce," le aveva detto Axel una sera.

"Allora facciamo l'amore," aveva replicato Hanna con un sorriso.

Si erano amati per buona parte della notte. Hanna sapeva di crema solare e acqua salata, e gli aveva graffiato la schiena al punto da costringerlo a indossare una camicia di cotone per parecchi giorni. Quella notte lei voleva fare un figlio, anzi più di uno, un'intera ciurma di ragazzini con cui fare il bagno e giocare. Non avrebbe mai smesso di fare l'amore.

Alla fine si erano addormentati sfiniti e felici l'uno nelle braccia dell'altra.

Siri, che aveva compiuto cinque anni, avrebbe voluto imparare a nuotare. Aveva visto le acrobazie del padre in acqua e voleva imitarlo. Lui, che era imbattibile nello stile libero e nel nuoto a farfalla, aveva avuto non poche difficoltà a convincerla che erano stili troppo complicati per una piccina come lei. Quando Siri si era resa conto di quanto fosse difficile, non aveva più voluto imparare a nuotare, in nessuno stile. Allora il padre le aveva proposto di costruire un aquilone che avrebbero potuto far volare sulla spiaggia. Avevano acquistato dei bastoncini di bambù e della carta, poi Siri aveva dipinto l'aquilone con l'aiuto di Hanna. Il risultato era stato una meravigliosa cascata di colori che avrebbe fatto onore a un qualsiasi pittore espressionista. Campi di grandi dimensioni in rosso e oro con macchie e cerchi, e una sagoma che poteva rappresentare diversi animali. Quando il foglio si era asciugato, Hake lo aveva incollato ai bastoncini di bambù incrociati e aveva fissato un lungo filo trasparente al centro, perché volasse più in alto possibile. Si erano avviati tutti insieme verso la spiaggia, sempre molto ventilata, e si erano preparati al primo tentativo di volo. Hake reggeva il filo, Hanna e Siri l'aquilone. Hake aveva cominciato a correre, zoppicando leggermente, finché non aveva avvertito la resistenza del filo. A quel punto aveva urlato a Siri e Hanna di mollare la presa. L'aquilone era volato basso per un po' prima di schiantarsi sulla spiaggia. Hake aveva guardato Hanna, che aveva fatto spallucce.

"Sei stato troppo lento," lo aveva rimproverato Siri.

"Proviamo un'altra volta, forse il filo era troppo lungo," aveva detto Hake.

Avevano ricominciato. Hake con il filo, Hanna e Siri con l'aquilone. Hake aveva corso come meglio poteva, con la mano sollevata, e aveva avuto uno scatto quando le due avevano lasciato andare l'aquilone. La sagoma di carta si era librata nell'aria e Hake stava giusto per lanciare un grido di vittoria quando l'aquilone aveva cominciato a ondeggiare, per precipitare di nuovo al suolo subito dopo. Hake era andato a controllare. I bastoncini di bambù si erano piegati, la carta era a brandelli e il ginocchio gli faceva un male cane.

"Devi correre ancora più veloce, papà," si era lagnata Siri, nonostante fosse a conoscenza dell'handicap del padre. Forse era un modo per vendicarsi del fallimento nel nuoto. Hake si era seduto sulla sabbia sbuffando. Aveva preso del nastro adesivo e aveva riparato l'aquilone nel punto in cui la carta si era strappata. Poi aveva fissato di nuovo i bastoncini di bambù con un pezzo di corda.

"Se una di voi due vuole correre, si accomodi pure," aveva detto. Nessuna di loro si era sentita chiamata in causa. Hake si era alzato. Il vento soffiava forte, perciò era difficile tenere fermo l'aquilone. E comunque il problema non erano le condizioni atmosferiche. Si era ricordato di aver visto alla televisione un programma su certi anziani che facevano volare aquiloni in Cina. Nessuno di loro correva a chissà quale velocità per farli decollare. Aveva incrociato lo sguardo di Hanna, che aveva detto, come se gli avesse letto nel pensiero: "Lasciamolo andare e basta".

"Se gli dai un'altra spinta, forse si solleva."

Hanna aveva annuito e Hake si era allontanato fino a tendere la corda. "Ci siete?"

Le due avevano fatto un cenno di assenso, ansiose.

"Uno, due, tre!" aveva urlato Hake controvento, zoppicando lungo il bagnasciuga.

Hanna e Siri avevano lanciato l'aquilone in aria, ma il vento aveva opposto resistenza. Hake aveva continuato a camminare sulla spiaggia, senza sentire le conchiglie o le pietre sotto i piedi e neppure il dolore alla gamba. Cadeva, inciampava, mentre l'aquilone rimaneva sospeso a mezz'aria, senza mai sollevarsi. Alla fine l'aquilone aveva girato intorno al proprio asse ed era caduto in acqua. Hanna e Siri si erano precipitate a tirarlo fuori, mentre Hake giaceva ansimante sul bagnasciuga. Hanna era tornata a riva con l'aquilone sulla testa. La carta si era inzuppata e i colori avevano cominciato a colare. A vederla in controluce, nera e slanciata, Hanna sembrava una regina africana.

"Non va proprio," aveva detto Siri.

"Facciamolo prima asciugare."

Erano tornati a casa un po' abbattuti. Sulle dune c'era un vecchio alto e magro in bicicletta, con un fazzoletto a vivaci colori in testa. L'uomo li aveva salutati, loro avevano ricambiato. Lo avevano appena superato quando il vecchio aveva urlato: "Serve una *kæmpehale*!".

Dopo un ulteriore saluto, i tre avevano proseguito. Hanna aveva ceduto per prima. "Che ha detto?"

"Credevo che sapessi il danese."

"Mi sembra di aver capito che serve qualcosa," aveva detto Hanna.

"Una *kæmpehale.*"

Erano a poche centinaia di metri dalla casa quando Hanna aveva mollato l'aquilone e si era messa a correre. Hake l'aveva seguita zoppicando. Siri li aveva guardati senza capire, poi aveva raccolto l'aquilone. Hanna era stata la prima a entrare in casa e a precipitarsi verso la libreria; Hake l'aveva seguita arrancando, poi si era arrampicato a fatica sul soppalco.

"Dove diavolo è il dizionario?" aveva strillato Hanna mettendo a soqquadro la libreria. Axel credeva di saperlo, ma sul soppalco non c'era. Era entrata anche Siri e li aveva guardati. Aveva messo ad asciugare l'aquilone sulla veranda.

"Ma che state facendo?"

Hanna e Axel si erano fermati: la gara era finita.

"Il nonnetto ha detto una cosa che non abbiamo capito," aveva spiegato Hanna.

"*Kæmpehale*," aveva detto la bambina con perfetta pronuncia danese. Padroneggiava i dittonghi meglio dei genitori, imitando senza problemi i ragazzini che giocavano sulla spiaggia.

"Quella, sì."

"Di *Kæmpe* non sono tanto sicura, ma *hale* lo so cosa vuol dire, è questa qui," aveva detto portandosi la mano dietro la testa e sollevando i capelli stretti in una coda di cavallo.

"Coda!" avevano esclamato all'unisono Hanna e Axel. All'aquilone serviva una coda. Anzi, una coda gigante, come quella che ora Hake ricordava di aver visto più volte. La coda che lui aveva costruito era evidentemente troppo piccola per consentire all'aquilone di volare. Ne aveva realizzata subito un'altra, poi aveva preso la corda e vi aveva applicato fiocchi e altri abbellimenti, oltre a un mucchio di strisce di tessuto sul tratto finale.

Quando l'aquilone era stato asciutto e la coda fissata, erano corsi di nuovo verso la spiaggia. Hake più che altro barcollava, reggendo in mano la corda. Hanna e Siri avevano lanciato in aria l'aquilone, che in un primo momento era sembrato sul punto di precipitare, ma poi si era ripreso e di botto si era librato in volo. Stava sospeso nell'aria ben al di sopra dell'acqua. Hanna e Siri, pazze di gioia, avevano raggiunto Axel, che aveva passato la corda alla figlia. Lui e Hanna si erano abbracciati e messi a ballare.

"Coda gigante, coda gigante!" avevano urlato.

Siri aveva lanciato loro uno sguardo felice, prima di trascinare in estasi l'aquilone lungo la spiaggia dello Skagen.

Hake sorrise a quei ricordi. Poi però gli tornò in mente anche che il giorno dopo era riuscito a malapena ad alzarsi dal letto e che aveva dovuto imbottirsi di antinfiammatori per una settimana intera, per calmare il gonfiore al ginocchio. Il medico si era limitato a scuotere la testa e a mormorare in danese: "E lei sarebbe pure un *politimand*". Al che Siri aveva spiegato con nonchalance, alzando lo sguardo dall'album da disegno: "Significa sbirro".

Hake svoltò in Scheelegatan e parcheggiò fuori dalla stazione di polizia. Si tirò la giacca sulla testa e si avviò verso l'ingresso nella pioggia battente.

4.

Tobisson era nella sala operativa a scrivere il resoconto di un interrogatorio. Lo aveva condotto insieme a un altro agente, come da prassi, ma non ne aveva parlato con lui. Hake mise ad asciugare il soprabito bagnato e osservò Tobisson. Secondo lui era un poliziotto mediocre. Certamente era in perfetta forma: correva ogni giorno insieme alla sua ragazza, aveva superato tutti i test e raggiunto il grado di ispettore in un batter d'occhio. E poi aveva ottime capacità di analisi. La sua mediocrità di poliziotto, però, consisteva nel fatto che spesso sminuiva la persona interrogata, oppure la umiliava o in ogni caso la metteva a disagio. A quel punto l'autostima di Tobisson cresceva a dismisura, il che poteva diventare fatale: il sospettato, infatti, di colpo si chiudeva a riccio e smetteva di parlare. Questa mancanza di equilibrio faceva sì che Tobisson, a conti fatti, non fosse un bravo poliziotto. Ora Hake temeva che con i suoi modi avesse spaventato gran parte dei potenziali testimoni.

"Perché non hai parlato con gli abitanti di Heleneborg?"

Tobisson non si degnò neppure di alzare gli occhi, era troppo impegnato a scrivere.

"Tobisson!"

Il collega lo guardò. Hake notò che era leggermente impallidito e che i suoi occhi erano opachi e vuoti.

"L'ho fatto invece," ribatté in tono cupo.

"Lizzi Hammarlund?"

Tobisson annuì.

"Non ne ha fatto parola."

"Leggi qui se non mi credi." Tobisson gli porse uno dei fogli che aveva preparato. Hake lo prese e vide che si trattava del resoconto dell'interrogatorio della Hammerlund, condotto secondo le regole.

"Strano. Non mi aveva detto di essere stata già interrogata."

"Strano? Trovi strano che un'invalida inchiodata tutto il giorno davanti alla finestra abbia voglia di ricevere visite? Secondo me è più strano che un commissario di polizia del tuo calibro non si accerti di ciò che ha fatto un collega, prima di accusarlo di non fare il suo lavoro."

Hake appese il bastone allo schienale della sedia e si accomodò. "Hai ragione, ti chiedo scusa."

Tobisson serrò le mascelle, ma non disse niente. Di solito si trovava in due generi di stato d'animo: o era arrabbiato, oppure era *molto* arrabbiato. Al momento valeva la seconda opzione e Hake sapeva perciò che il resto di quella giornata sarebbe stato pesante.

Quando Oskar Lidman arrivò nel tardo pomeriggio, nessuno dei due aveva scambiato una sola parola con l'altro. "Che allegria!" li salutò gettando un raccoglitore sulla scrivania. "Vedo che vi sono mancato."

Guardò i due colleghi. "La finiamo con il gioco del silenzio? Forza, facciamo il punto della situazione."

Hake annuì e si alzò. Si avvicinò alla bacheca e indicò la fotografia della vittima. "Abbiamo il cadavere non identificato di un tizio sulla quarantina, ucciso con una serie di colpi alla testa. Abbiamo rilevato le impronte digitali ma non c'è stato alcun riscontro, il che può significare che è incensurato. Oppure che è straniero."

Poi passò al tatuaggio. "L'uomo ha uno strano tatuaggio

sul braccio. È stato immerso nel canale, con una catena attorno alla gamba e un'ancora per tenerlo fermo. A quanto pare nessuno ha visto l'accaduto. Dai colloqui con i potenziali testimoni non è risultato niente."

Lanciò uno sguardo a Tobisson, che lo ricambiò con un'occhiata gelida. "Secondo Olle Sandstedt l'ancora è del tipo comune, di acciaio zincato a caldo. Un oggetto che si può acquistare ovunque, nei porti turistici, presso i rivenditori di barche e naturalmente in rete. La mia idea è che sia stata rubata a qualche piccolo proprietario della zona. Ho incaricato Guldbrandsen di procurarsi una lista di tutti quelli che hanno un posto barca nel canale di Pålsund."

"Guldbrandsen? Ma non possiamo disporre di altro personale!"

Lidman stava per proseguire, ma incrociò lo sguardo di Hake. "Ho capito. Il grande capo non ne sa niente."

Hake fece spallucce. "Finché Guldbrandsen non fa straordinari credo che possa collaborare con noi senza problemi. E in un'indagine non si può fare il doppio gioco: o si sta dentro o si sta fuori."

Ma non ne era così sicuro. In effetti si era assunto un bel rischio. Se Rilke lo avesse scoperto avrebbe potuto piantare un mucchio di grane.

"Ho scritto anche una lettera ai proprietari di barche chiedendo di controllare se qualcuno di loro abbia perso l'ancora."

"E allora? Significherebbe solo che qualcuno ha rubato un'ancora," disse Tobisson in tono provocatorio.

"Certo, ma si potrebbero trovare delle impronte sulla barca in cui si è verificato il furto."

Hake guardò di nuovo la fotografia del morto. Non gli sembrava più così inquietante. In un certo senso ci si era abituato. La faccia tumefatta, le orbite vuote e la sfumatura bluastra della pelle gli parevano quasi familiari. Si domandò se non fosse così che ci si assuefaceva, lentamente, alle peggiori nefandezze e perversioni, fino a diventare immuni a tutto. O indifferenti. "Ho la sensazione che il luogo del crimine e quello del ritrovamento siano vicini."

Tobisson sbuffò. Detestava le sensazioni e le intuizioni di Hake.

"Uno non uccide un tizio in un appartamento per trasportarlo in macchina fino a un ormeggio nel centro della città. Tutt'al più lo getta in acqua da qualche parte lungo la costa."

"Il punto è stabilire dove sia avvenuto il delitto: se a bordo di una barca o a terra," intervenne Lidman.

"Dobbiamo aspettare il rapporto della Scientifica," replicò Hake. "Hai qualcosa, Lidman?"

"Ho fatto un controllo con i nostri informatori. Branco non sa niente di eventuali regolamenti di conti fra gli slavi e Tom dice che al momento le bande di motociclisti preferiscono stare a guardare. C'è stata troppa pressione sulle buffonate dei criminali. In ogni caso non sapeva niente, e sì che lui frequenta questa gente un giorno sì e l'altro pure." Hake prese una foto scattata dalla polizia sul luogo del ritrovamento e la osservò con attenzione. A pochi passi di distanza dal parcheggio sotto Västerbron, notò il vecchio bus bianco. "Qualcuno ha ispezionato quel mezzo?" domandò.

"Non lo so, in ogni caso non ce n'è traccia nel rapporto," rispose Lidman.

Hake cominciò dall'altro margine del canale di Pålsund, nei pressi della casa gialla dove abitava Lizzi Hammarlund. Lanciò un'occhiata verso la sua finestra e la vide seduta con una sigaretta in mano, intenta a scrutare la notte. O forse lo schermo di un computer. La immaginò a scattare fotografie a se stessa, truccata in modo tale che nessuno potesse indovinare la sua età, per poi spedirle via internet. Forse avevano un che di pornografico e certo quel corpo minuto, quei seni quasi impercettibili facevano venire l'acquolina in bocca a molti pedofili. Un tempo Hake pensava che i pedofili non fossero altro che pervertiti che commettevano un crimine. Come gli stupratori o quelli che maltrattavano le donne. Ma dopo la nascita di Siri la sua posizione era radicalmente cambiata e ora per questo tipo di criminali provava un odio implacabile. Non solo perché le vittime erano bambini innocenti traditi e ingannati da adulti, ma anche perché, secondo lo psicologo della polizia, abusi così pesanti portavano un tale scompiglio nell'universo emotivo dei piccoli che più tardi, da adulti, avrebbero avuto difficoltà a trovare e dare amore. Per Hake questo equivaleva più o meno a un omicidio.

Allungò lo sguardo su Långholmen, dal lato opposto del canale. Era quasi impossibile distinguere qualcosa, nonostante la pioggia avesse concesso una tregua nelle ultime ore. Le ombre degli alberi, i teloni sulle barche e l'arcata del ponte facevano apparire il tutto come un guazzabuglio confuso. Hake riteneva che l'omicidio non fosse stato commesso in pieno giorno, perciò, se era avvenuto due o tre settimane prima, doveva essere stato buio più o meno come ora.

Hake attraversò il ponte e si diresse verso il luogo del ritrovamento. Non incrociò fannulloni a zonzo, né persone che portavano a spasso il cane. A quell'ora della giornata si preferiva evitare Långholmen. Girò in direzione del canale e degli imbarcaderi circondati da un recinto di legno con un piccolo cancello. Fu fortunato: il cancello era aperto, così lo oltrepassò e proseguì lungo i pontili. Si udiva un debole sibilo provenire dagli ormeggi delle barche. A parte questo, il silenzio era assoluto. Se qualcuno avesse urlato per chiedere aiuto, sarebbe senz'altro stato udito nel circondario, ma siccome la sera di solito non c'era in giro nessuno, era probabile che l'assassino avesse deciso comunque di rischiare. Oppure il primo colpo alla testa era stato così forte da impedire qualsiasi tentativo di chiedere soccorso. Hake rivolse lo sguardo verso la terraferma. Il vecchio bus bianco spiccava nell'ombra. Lasciò i pontili e si avviò nella sua direzione. I finestrini erano tappezzati di fogli di carta e l'unica entrata era a destra, di fronte al posto del conducente. Abbassò la maniglia e la portiera si aprì senza difficoltà. Aiutandosi col bastone, Hake salì sul bus. Il posto del conducente non era stato utilizzato da tempo: era ricoperto di escrementi di topo e vecchie cartacce. Fra il sedile dell'autista e l'interno del bus c'era un'altra porta, di compensato. Tastandola, Hake si accorse che era chiusa. Vi premette contro la spalla e la porta sembrò cedere un po'. Quindi, facendo leva con il bastone, riuscì lentamente ad aprirla. La porta non aveva la serratura, ma qualcuno aveva collocato una pesante scatola dall'altra parte per impedirne l'apertura. Un tanfo acre di urina e sudore lo colpì come uno schiaffo. Nel bus era buio e Hake avanzò a tastoni. L'unica luce era quella che filtrava dal finestrino della facciata anteriore, perciò faceva fatica a orientarsi. Ovviamente avrebbe dovuto avere con sé una torcia elettrica, ma ormai era troppo tardi per pensarci. I sedili erano stati divelti da entrambi i lati per far posto a due file di cuccette. Hake si appoggiò a una di esse e cercò di andare avanti. All'improvviso avvertì un oggetto acuminato contro il ginocchio. Abbassò lo sguardo e scoprì che si trattava della lama di un coltello.

"Non un passo di più," gli intimò una voce roca.

Hake rimase immobile. La luce di una torcia lo colpì in pieno viso. Ne fu accecato e si portò una mano agli occhi per proteggersi.

"Chi diavolo è?" domandò la voce.

"Metti via quell'arma."

Ma la lama gli si appoggiò ancora più minacciosa contro il ginocchio. "Chi diavolo è?" ripeté la voce. "Qui non c'è niente da rubare."

"Sono un poliziotto, sto indagando su un omicidio."

La pressione della lama diminuì leggermente e una sagoma scura si mise a sedere nella cuccetta. Un braccio si mosse nel buio e subito dopo una debole luce si diffuse nel bus. Proveniva da una piccola lampada a gas e illuminava un uomo sulla cinquantina con i capelli lunghi e la barba ispida. Puzzava di alcol e sudore ed era avvolto in una coperta militare. Le sue mani erano gonfie e coperte di croste. Le unghie gialle sembravano artigli. L'uomo non allontanò il coltello e scrutò Hake con gli occhi socchiusi. Il commissario continuava a non muovere un muscolo. "Filatela, sbirro, non farmi incazzare."

"Scordatelo," disse Hake sedendosi nella cuccetta di fronte all'uomo. Questi gli agitò l'arma davanti agli occhi.

"Non ti avvicinare, ti dico solo questo."

"Non voglio farti nulla di male."

"E allora che vuoi?"

"Informazioni," rispose Hake. Poi si guardò intorno nel tentativo di individuare eventuali chiazze di sangue, ma era un'impresa impossibile: nel bus c'erano macchie dappertutto. In fondo, sul retro, c'era un cucinino. Sul pavimento c'erano dei flaconi di alcol denaturato, alcuni pieni, altri svuotati. In tutto c'era una decina di cuccette, ma una soltanto era abitata, le altre non avevano neppure il materasso. Il bus era malandato da cima a fondo e aveva come unico elemento decorativo un paio di immagini di Buddha su una delle pareti. Un luogo del crimine perfetto.

"Non ho niente da dirti," chiarì l'uomo. Frugò sotto la coperta e tirò fuori un contenitore di plastica con dentro un liquido rossastro. Ne bevve un lungo sorso e poi osservò Hake con sospetto.

"Da quanto tempo vivi qua dentro?"

"Dall'estate scorsa."

"A chi appartiene il bus?"

"È stato abbandonato dagli hippy di una comune all'inizio dell'estate. Dovevano andare a Katmandu, ma poi si sono tirati indietro uno dopo l'altro. Alla fine gli ultimi hanno preso i materassi e se ne sono andati e a quel punto sono subentrato io."

"Li hai spiati?"

"Tengo sempre gli occhi bene aperti in cerca di nuove opportunità."

"Hai notato qualcuno con il tatuaggio di un drago?"

L'uomo scosse la testa. "Non che io ricordi."

Hake tirò fuori la foto dell'uomo ucciso e gliela mostrò.

"Mettila via! Non la voglio vedere, mi fa venire l'ansia."

L'uomo chiuse gli occhi e bevve un altro sorso. Tremava tutto, la sua faccia era cinerea, sbatteva le palpebre.

"Dunque non l'hai visto?"

"Tu sei fuori di testa. Secondo te io mi metto a nuotare sott'acqua?"

"Da vivo voglio dire, è ovvio."

L'uomo scosse ancora la testa.

"E non è mai stato nei paraggi, che tu sappia?"

"Non prima che venisse ucciso."

Negli occhi dell'uomo si accese un lampo.

"Tu sai dell'omicidio?"

"Come dicevo, tengo gli occhi bene aperti."

"Non sempre, evidentemente, altrimenti avresti potuto testimoniare," commentò acido Hake.

"Vado a letto presto, come puoi vedere. Ho bisogno del mio *beauty sleep* quotidiano."

Scoppiò a ridere e si portò la tanica alla bocca. Hake percepì l'odore pungente dell'alcol denaturato.

"Senti un po', stai cercando di ammazzarti? È questo il tuo piano?"

"Io sono già morto, ti stai affannando per niente."

Nel suo sguardo passò un'ombra nera. Chiuse gli occhi

per un attimo e ripose il coltello sotto la coperta. "Forse è meglio che tu te ne vada, prima che divento sentimentale e comincio a raccontarti la storia della mia vita."

"È così tremenda?"

"Peggio. Peggio di quanto tu non possa immaginare..."

Hake non stentava a crederci. Si alzò e si diresse verso l'uscita appoggiandosi al bastone.

"Non è che mi mandi qualcuno ora? Che so, un assistente sociale o gente del genere."

"No, ma verranno i tecnici della Scientifica a fare i rilievi. Cerchiamo macchie di sangue e altro."

"L'unico sangue che troveranno è il mio."

"È quello che dovremo scoprire."

All'improvviso, con un balzo, l'uomo prese Hake per il collo, di spalle, puntandogli la lama alla base della schiena. Lo strinse in una morsa di ferro. Hake rimase immobile. Il fiato dell'uomo era rivoltante. "Se fossi stato io l'assassino, non saresti uscito vivo da qui. Hai capito?"

"Lasciami," disse il commissario. Cominciava a mancargli l'aria.

"Ci ho già vissuto in quei maledetti ricoveri per poveri disgraziati e non ho intenzione di tornarci. Voglio stare da solo, e qui ho trovato la casa dei miei sogni."

Allentò leggermente la presa sulla trachea di Hake.

"Col cazzo che mi sbatti in galera. Mi viene voglia di tagliarti la gola giusto per mettermi al sicuro."

Spostò il coltello dalla base della schiena al collo del commissario.

"Lascia stare," disse quest'ultimo con voce rantolosa.

"Altrimenti che succede?"

"Ti spedisco al manicomio, a far compagnia a una ventina di pazzi come te. Senza un goccio di alcol. L'unico divertimento che avrai saranno le urla in piena notte degli altri pazienti."

"Allora tanto vale tagliarti la gola."
"Non lo farai."
"Ne sei sicuro?"
La lama era proprio sotto il pomo d'Adamo. "Sicurissimo."
L'uomo sibilò qualcosa, poi lo lasciò andare. Gli diede uno spintone che per un attimo gli fece perdere l'equilibrio. Lo riacquistò aggrappandosi a una delle cuccette. Hake si girò e lo guardò dritto negli occhi. Che emanavano la più totale indifferenza.
"Vedremo quanto vale la tua parola di sbirro," disse infine l'uomo, riavvolgendosi nella coperta.

Quando Hake tornò in Chapmansgatan, fece subito un bagno caldo. La puzza che gli si era appiccicata sui vestiti e sulla pelle, dopo il soggiorno nel bus bianco, era insopportabile. Si versò un bicchiere di vino rosso e lo appoggiò sul bordo della vasca, poi si immerse nell'acqua calda e chiuse gli occhi. Non pensò al povero cristo del bus, né a chi potesse essere l'assassino. Pensò invece ad Hanna e Siri. Al fatto che aveva rinunciato a loro per affrontare una follia dietro l'altra. A che pro? Una volta lo sapeva con assoluta certezza. Per fare giustizia, anche per i morti. Ora non ne era più così sicuro. E forse Rilke aveva ragione. Forse si trattava davvero di un regolamento di conti all'interno della malavita, che aveva avuto come conseguenza la liberazione dell'umanità da un altro porco. Solo forse, però. Axel Hake sapeva molto bene che se uno incominciava a scendere a compromessi su leggi e regolamenti, la corruzione diventava presto un dato di fatto. Si chiudeva un occhio su qualsiasi cosa. Si stabiliva un ordine gerarchico e ovviamente erano i più deboli ad avere la peggio. Hake bevve un sorso di vino. Dall'altra parte del bordo della vasca c'erano l'anatra di plastica e la nave rompighiaccio di Siri, *Ymer*. A fianco, lo shampoo per bambini e una saponetta galleggiante per acqua salata. L'altro giorno avevano fatto il bagno insieme, in quella vasca. Oggi era costretto a strofinarsi per bene per togliersi di dosso la puzza di alcol e urina...

All'improvviso suonò il campanello. Erano le undici passate. Prese un asciugamano, se lo avvolse attorno ai fianchi e andò ad aprire. Prima guardò dallo spioncino. Fuori c'era Lars Larsson-Varg che tamburellava sul lato della porta. "Lo so che ci sei, ti ho visto arrivare."

Hake aprì e Larsson-Varg lo squadrò dalla testa ai piedi. "Non lo si direbbe a giudicare da come zoppichi," commentò.

"Non si direbbe che cosa?"

"Che sei così ben messo. Fai sollevamento pesi?"

"Nuoto."

"Anch'io, ma non divento come te," disse battendosi l'incipiente pancetta.

"Nuoto a farfalla," disse Hake come se questo spiegasse tutto.

Si infilò la vestaglia. Lars Larsson-Varg andò nel soggiorno e si sedette sul divano. Poi mise la fotografia del tatuaggio sul tavolino e vi batté sopra le nocche. Hake osservò il bianco drago cinese sullo sfondo nero e il quadrato rosso e verde con la fiamma dorata al centro.

"Legione straniera," disse l'ex sovrintendente museale.

Hake si avvicinò.

"E non un reparto qualsiasi. Questo due vicino alla testa del drago significa Secondo reggimento."

Hake si sedette sulla poltrona e notò che Larsson-Varg aveva addosso da giorni gli stessi pantaloni di terital sformati e la stessa camicia hawaiana. Da quando era stato licenziato dal Nationalmuseum, si era rapato a zero, si era fatto crescere la barba e aveva iniziato a indossare abiti dai colori sgargianti. A mo' di protesta contro la sua passata vita di burocrate. Aveva una missione nella vita: distruggere in tutti i modi i suoi ex datori di lavoro. Al momento era alle prese con la ricerca di fantomatiche impronte digitali sul quadro *Giuramento dei Batavi* di Rembrandt, in mostra al museo. Aveva infatti saputo che era possibile individuare impronte sulla vernice dei dipinti antichi. Si era gettato a capofitto nell'impresa di dimostrare che il *Giuramento dei Batavi* non era opera di Rembrandt, così aveva trascorso tutta l'estate ad Amsterdam a cercare le impronte dell'artista olandese.

"Sentiamo," disse Hake.

"Il Secondo reggimento è quello dei paracadutisti stranieri. Ora li chiamano Rep, una volta li chiamavano Crap, che sta per Commandos de Recherche et d'Action dans la Profondeur. E sono sicuro che questo lo capisci, Axel, visto che parli francese."

Hake annuì.

"Parliamo del reggimento più prestigioso e professionale della Legione straniera. I suoi appartenenti vengono addestrati in Corsica e per tutto il primo anno non hanno il permesso di lasciare l'isola. Nei campi regna la disciplina più dura, guai se non ti piace masticare filo di ferro a colazione. Una volta ne facevano parte soprattutto inglesi e tedeschi, adesso ci sono molti russi. Si impara a tirare di boxe, ad arrampicarsi e a uccidere.

"Questo è il simbolo del reggimento," spiegò, toccando la fotografia del tatuaggio. "È il Dragone di Annam, che avevo individuato fin dall'inizio, quando avevo notato la granata fiammeggiante sullo sfondo colorato."

Solo ora Hake si accorse che la sagoma stilizzata poteva raffigurare quel genere di esplosivo.

"La granata ha sette fiamme ed è il simbolo dell'intera Legione straniera, esattamente come lo sfondo verde e rosso. Verde per la speranza, rosso per il sacrificio."

“Ottimo lavoro. Vuoi qualcosa?” si complimentò con lui Hake.

“Tu cosa bevi?”

“Côtes du Rhône.”

“Può andare. Poi ti racconterò come è possibile rintracciare le impronte digitali sui dipinti antichi. Per la polizia può essere utile anche questo.”

Hake andò a prendere la bottiglia di vino. Aveva capito che la notte sarebbe stata lunghissima.

5.

La stazione di polizia di Stoccolma era composta non da un unico edificio, ma da una serie di costruzioni collegate fra loro all'interno del quartiere di Kronoberg. C'erano esemplari architettonici di diversi stili, dall'antico e sontuoso edificio della vecchia stazione di polizia, costruito subito dopo l'inizio del secolo nel cosiddetto "barocco berlinese", o stile imperiale – con pinnacoli e torrette, un modo di sottolineare la forza della legge – a quelli annessi in tempi più recenti in puro stile anni settanta, con finestre piccole e facciate prive di fronzoli e decorazioni. In un giorno di pioggia come quello, l'edificio giallastro *fin de siècle* assomigliava a un vecchio palazzo in rovina, e le imponenti facciate che racchiudevano la maggior parte del corpo di polizia sembravano le mura di una prigione. Ora all'interno della zona c'era una casa circondariale, il carcere di Kronoberg, ma era come se gli architetti avessero voluto esprimere, progettando l'edificio, il concetto di "ingresso vietato al pubblico", invece che quello di "da qui non esce nessuno". Sullo sfondo della vasta area si stagliava il municipio color mattone, in sontuoso stile liberty. Non c'era da stupirsi che il passaggio che collegava la stazione di polizia al municipio venisse chiamato "viale dei sospiri". L'intero distretto era oppresso da una cappa di tetra cupezza e lo stile degli edifici non aveva certo contribuito ad alleggerire quell'impressione. Come se tutto ciò non bastasse, era prevista la costruzione di un'area tecnica nell'ex cortile, dove perciò erano stati immediatamente abbattuti alcuni aceri, facendo così sparire la piccola isola verde della zona.

Attorno all'intero complesso era tutto un demolire e trapanare e quando Oskar Lidman entrò, era di pessimo umore. Spalancò la porta con violenza e fissò Axel Hake e Tobisson.

"Quei bastardi hanno buttato giù pure il vecchio ristorante della polizia. Chi cazzo glielo ha chiesto? Come faceva la canzone di Olle Adolphson? 'Presto finiremo in un incubo di vetro e cemento. E ce ne staremo lì a esultare e a pensare che la camicia è troppo stretta.'"

"E ora cantate insieme a me!" completò Tobisson.

Lidman si lasciò cadere su una sedia. "E i figli poi, mancano totalmente di empatia. Ti guardano senza capire quando gli chiedi di dare una mano. Cavolo, quand'ero giovane dovevo precipitarmi a comprare le sigarette a mio padre, il latte a mia madre e il giornale al vicino, e senza discutere! Ora gli offri un centone per mettere la camera in ordine, loro si beccano i soldi ma la stanza sembra ancora un ritrovo di cavernicoli."

Lidman aveva avuto due "maschiacci inutili" – così chiamava i figli – da un precedente matrimonio. Prese una caramella alla menta e la lasciò sciogliere in bocca.

"E per giunta sta per chiudere la sala dove io e mia moglie andiamo a ballare la samba. L'affitto sale, cibo e bevande costano sempre di più. Ma non c'è più niente di intoccabile, al giorno d'oggi?"

"Piantala!" ordinò Hake, che era già stanco. La sera prima era rimasto in piedi fino a tardi ad ascoltare Lars Larsson-Varg blaterare degli ultimi sviluppi in fatto di tecniche di rilevamento delle impronte digitali per determinare l'autenticità dei quadri antichi. Ciononostante si era svegliato presto per informare i colleghi dell'origine del tatuaggio misterioso. Poi aveva avuto un incontro mattutino con Rilke che lo aveva semplicemente depresso. Il capo della polizia non vedeva nessuna ragione per aumentare l'allerta sull'omicidio, perciò aveva stabilito che l'apporto di Guldbrandsen non fosse più necessario. Hake se l'era cavata con un avvertimento, ma si era sentito trattato ingiustamente. Per far sbollire la rabbia aveva esaminato i registri anagrafici svedesi per controllare se qualcuno avesse fatto parte della Legione straniera, ma non aveva trovato nessuno. Infine aveva addirittura telefonato a destra e a manca nel distretto di polizia in cerca di informazioni sulle persone scomparse. Ora aveva in mano una lista.

"A differenza di quel che pensano in molti, sparire dalla circolazione non è un crimine. Non è un problema della polizia finché non si accerta che è stato commesso un reato. Ma se abbiamo tempo diamo una mano."

"Però non ce l'abbiamo," polemizzò Tobisson.

"No, e per di più la lista è bella lunga, anche se ho eliminato i nomi delle donne." Così dicendo distribuì a ciascun agente una copia.

"Ci divideremo i compiti, telefonando a quelli che hanno denunciato la scomparsa delle persone sulla lista. Quattro a testa. Ci sono dodici denunce negli ultimi tre mesi. Non risaliremo oltre questo periodo di tempo. Uno dei quattro di cui mi occupo io è russo. Victor Jetvjenko. La sua scomparsa è stata denunciata dall'Ufficio immigrazione. Era in attesa di un provvedimento di espulsione. Non avevano segnalazioni. Ho un contatto nel giro dei russi."

Lidman lo guardò sorpreso.

"La sorellina ne conosce uno," spiegò Hake. "Mettiamoci subito all'opera."

Julia Hake stava zappando nel suo giardino quando Axel imboccò il sentiero che portava al cortile. Aveva smesso di piovere e c'era bonaccia. Ma non appena Hake scese dalla macchina, fu investito dalla violenta zaffata che era partita dalle cime degli abeti, propagandosi fra i cespugli di uva spina per colpire infine il prato e sua sorella. Julia aveva la testa avvolta in uno scialle nero che la faceva assomigliare a una musulmana al lavoro nei campi. Quando si girò verso di lui, Hake notò l'aria esausta. Gli occhi color del mare erano spenti e la bocca sembrava una riga rosa.

"Dovrei parlare con Yuri," le disse.

"Di cosa?"

"È per un'indagine di polizia."

Lei affondò la vanga nel terreno e si asciugò le mani sui jeans. "Ma non hai trovato niente su di lui, no?"

"Si tratta solo di un'indagine conoscitiva. Come fa di cognome, a proposito?"

"Sarkis. Yuri Sarkis."

"Grazie."

Julia annuì e si avviò verso la casa. "C'è del caffè sulla cucina economica. Ho bisogno di un po' di tempo."

Ci volle un bel po' prima che Julia si desse una sistemata. Aveva sostituito i jeans con una gonna di un luminoso giallo pastello, un colore che non le aveva mai visto indossare prima. Vi aveva abbinato una giacca di pelle di un taglio alla moda, con maniche lunghe decorate da vistose borchie. Anche il viso era cambiato, con l'aiuto di un po' di cipria e mascara. Hake riteneva che il trucco la invecchiasse, ma evidentemente non era stata questa l'intenzione di Julia. Stava giusto per uscire, quando la sorella lo afferrò per un braccio e avvicinando la faccia a pochi centimetri dalla sua gli disse: "Giurami che Yuri non c'entra con la tua indagine!".

"Ti ho detto di no."

"Giura!"

Hake giurò e solo allora Julia si rilassò. Poi salì in macchina e girò lo specchietto retrovisore in modo tale da vedervi riflesso il proprio viso e aggiustarsi i capelli. Man mano che si avvicinavano alla comune vegana, Julia diventava sempre più irrequieta e tesa. "È proprio necessario coinvolgerlo in questa storia?"

"Stiamo parlando di un omicidio," tagliò corto Hake. "Di sicuro non ne saprà niente."

Il fratello non rispose. Parcheggiò l'auto a lato della grande costruzione e scese. Fuori dalla veranda c'erano alcuni giovani sui vent'anni che discutevano animatamente. Avevano un aspetto anonimo e indossavano stivaletti tozzi, jeans e giacche a vento nere con il cappuccio. Ad Hake ricordavano uno stormo di gracchi. Si avvicinò al gruppo. "Yuri è in casa?"

I ragazzi fecero un breve cenno di assenso, poi continuarono a parlare ad alta voce. Julia si fermò con loro, lanciando uno sguardo inquieto ad Axel che stava entrando in casa.

L'interno odorava di cibo e da un lettore cd proveniva della musica rock. Le due ragazze che il commissario aveva visto qualche giorno prima stavano lavando i piatti con facce annoiate. Quando aprì la porta, trovò Yuri e Gustav Lövenhjelm che confabulavano con espressione seria. Vedendolo entrare, Lövenhjelm sollevò lo sguardo. Uno sguardo penetrante e in un certo senso implacabile.

"Un attimo," disse l'uomo con voce tagliente, continuando a parlare con il giovane russo. Hake restò immobile sulla soglia. Solo a quel punto Yuri lo vide, ma riportò immediatamente lo sguardo su Lövenhjelm. L'ultima volta che si erano incontrati, il russo si era mostrato padrone della situazione, sfoggiando tutto il suo fascino. Ora stava seduto a testa bassa e annuiva meccanicamente, gli occhi fissi al pavimento. Assomigliava a un giovane pugile che prende istruzioni dal suo allenatore. Non appena la conversazione finì, Lövenhjelm si avvicinò ad Hake. "È di nuovo qui con sua sorella?"

"Non proprio. In realtà volevo scambiare due parole con

Yuri." Nell'udire il suo nome, il russo alzò gli occhi e di colpo si trasformò dal ragazzo smarrito di prima in un giovane uomo dal piglio sicuro. Lövenhjelm osservò dubbioso il commissario. Di certo si aspettava una qualche spiegazione, ma Hake non intendeva partecipare ai giochi di potere che regnavano nella comune e non disse nient'altro. Era un'indagine di polizia e il commissario non era tenuto a chiedere il permesso di parlare con chicchessia. Salutò brevemente Lövenhjelm e si rivolse a Yuri. Gustav rimase nella stanza ancora un istante, ma subito dopo uscì. Hake disse al russo: "Pensavo che potresti darmi una mano nel caso di omicidio su cui sto indagando".

Yuri indossava un maglione di lana, pantaloni di cotone sformati e aveva in testa una specie di papalina di seta nera che faceva sembrare i suoi capelli biondi ancora più chiari. Hake si chiese se non fosse un ex ballerino di danza classica, a giudicare dalla posa dei piedi – uno davanti all'altro, di sbieco – che aveva inconsapevolmente assunto in quel momento.

"Ti sei rivolto all'uomo sbagliato," disse Yuri con il suo accento slavo. Hake estrasse la foto dell'uomo nel canale.

"Perché è conciato così?" chiese Yuri sconvolto.

"È morto."

"Lo vedo, ma perché la faccia è così..." Cercò la parola giusta. "Così... grassa, insomma, roba del genere," concluse.

"È rimasto in acqua a lungo. Lo conosci?"

"Perché dovrei?" Lanciò un'occhiata furtiva dietro Hake, come se sperasse di veder riapparire Lövenhjelm in suo soccorso.

"Forse è russo."

"Ci sono circa centocinquanta milioni di russi."

Fece un gesto di resa.

"Non a Stoccolma, però," obiettò Hake.

"Non l'ho mai visto prima."

"Ma qui non esci mai con i tuoi connazionali?"

"Non posso dire no."

"Negarlo," lo corresse Hake.

Yuri non capì.

"Non posso negarlo, è così che si dice."

Yuri era sul punto di aprire bocca, ma Hake lo interruppe dopo aver dato un'occhiata a un foglio di carta che aveva appena estratto dalla tasca.

"Il nome Victor Jetvjenko ti dice niente?"

"Victor cosa?" domandò il russo deglutendo a fatica.

"Jetvjenko. E lo hai capito benissimo anche la prima volta."

Yuri scosse la testa.

"Perché dovrei conoscere questo Victor?"

"Forse è l'uomo della foto."

Yuri si passò una mano sulla faccia. Hake ebbe di nuovo la sensazione che stesse cercando di guadagnare tempo. "Ho detto che non conosco l'uomo della foto. Magari l'avessi conosciuto, almeno ora sarebbe tutto... a posto."

"Tutto finito, forse?"

Negli occhi di Yuri lampeggiò un'improvvisa durezza. "Cerco di migliorare il mio svedese continuamente."

"È per questo che ti correggo," replicò Hake.

"C'è modo e modo di correggere."

"Non è il caso di approfondire l'argomento ora. In poche parole, tu non hai mai visto quest'uomo né hai mai sentito parlare di un certo Victor Jetvjenko, dico bene?"

Yuri annuì. Sul suo viso era tornato un po' di colore. Hake si appoggiò al bastone e ripose il foglio in tasca.

"Se questo c'entra qualcosa con il fatto che frequento tua sorella, penso che tu ti stia comportando da..."

Cercò di nuovo la parola giusta, stavolta non voleva sbagliare. Hake restò in attesa.

"Da...?"

"Da stupido," disse Yuri alla fine.

Hake, seduto in macchina, aspettava che Julia si sciogliesse dall'abbraccio con il compagno di giochi russo. Yuri lo guardava al di sopra della spalla di lei, ma Hake finse di non vederlo.

"Mi ha detto che sei stato insolente con lui. Era proprio necessario?" gli domandò Julia non appena si lasciarono la comune alle spalle.

Nello specchietto retrovisore Axel vide che dalla villa fine secolo era appena uscito Gustav Lövenhjelm. Parlava con Yuri, che scuoteva la testa. Alcuni giovani si radunarono in piccoli gruppi, dando l'impressione che aspettassero di ricevere istruzioni.

"Mi stai ascoltando?" Julia si girò verso il fratello. "Ti ho chiesto se mi stai ascoltando."

"Ma certo."

"Ti avevo pregato di non piantargli grane. Qual è il tuo problema, Axel? Non appena sto con qualcuno trovi sempre un modo per metterti in mezzo."

Hake continuò a guidare a denti stretti. La foresta di abeti era fitta e il sentiero che conduceva alla casa di Julia tortuoso. I margini della strada, dopo tutta la pioggia di quei giorni, avevano iniziato a cedere, e la via era melmosa e sdrucciolevole. Hake guidava piano, lo sguardo fisso davanti a sé. Julia si sfregava le mani per poi passarle ripetutamente fra i capelli. Era immersa nei suoi pensieri.

"In fondo è sempre la stessa storia da quando ho iniziato a frequentare gli uomini," sbottò all'improvviso, con una sfumatura di amarezza nella voce. "A un certo punto sbuca il fratellino e si mette a dare consigli alla sorella maggiore su chi deve frequentare e chi no."

"Ora sei ingiusta, Julia."

Erano giunti alla deviazione che portava al cortile dell'ambulatorio. Hake svoltò e si fermò davanti alla casa.

"Ma non ti rendi conto di seguire uno schema?"

"Non credo che sia andata come dici tu."

Hake lasciò il motore acceso: voleva filarsela da lì.

"Dobbiamo scavare a fondo in questa faccenda," continuò Julia.

"Non c'è da scavare proprio niente."

"E allora perché era così maledettamente importante andare a rompergli le scatole come hai fatto?"

Hake esitò, la guardò per un lungo istante e si passò la mano fra i capelli corti.

"Perché?" ripeté la sorella.

Lui si chinò verso Julia e aprì lo sportello dell'auto. Poi cominciò: "Perché... perché questa è un'indagine per omicidio. Non l'hai ancora capito? Il tuo ragazzino avrebbe potuto esserci di aiuto. Ora so che non è così, ma non potevo saperlo all'inizio".

"Comunque penso che tu abbia fatto lo sbruffone con Yuri," concluse Julia imbronciata.

Axel Hake si sentiva giù di corda mentre guidava verso Kungsholmen, e non perché Julia gli avesse rinfacciato di immischiarsi nelle sue storie sentimentali. Se a volte lo aveva fatto, era stato perché la sorella aveva subìto maltrattamenti dall'amante di turno: ma l'accusa che lei gli aveva mosso era l'ennesimo segno dell'attuale instabilità del suo equilibrio. In realtà, il suo senso delle regole lo aveva spinto a essere più gentile del necessario con il signorino Yuri. Avrebbe invece dovuto trascinarlo alla centrale, perché aveva la netta sensazione che il russo ne sapesse più di quanto raccontava. Si chiese fino a che punto si potesse essere fedeli verso le persone a cui si vuole bene. O meglio, fino a che punto lui, il commissario di polizia Axel Hake, potesse andare avanti prima di arrivare al punto di rottura. Rabbrividì.

Negli ultimi tempi aveva cominciato a rimuginare su concetti profondi come l'amore e la fedeltà. Che cosa implicavano, in effetti, queste parole? Che differenza c'era fra l'amore per un bambino, per un figlio, e quello per un adulto? Bisognava sempre stare dalla parte dei propri cari, in nome della lealtà, oppure era meglio non proteggerli a tutti i costi, lasciando che la vita li colpisse e che imparassero ad assumersi la responsabilità delle proprie azioni? Non sarebbero cresciuti meglio in questo modo? Dopo aver girato all'infinito intorno a questi interrogativi, come un cane che si morde la coda, Hake arrivava sempre alla domanda delle domande: Hanna mi ama davvero? Com'era possibile che a volte perdesse ogni interesse per lui, rifiutando di vederlo per parecchi giorni, per poi rifarsi viva all'improvviso, sorridente, pronta ad amarlo come niente fosse, mentre lui nel frattempo era stato sveglio per notti intere, chiedendosi se tutto fosse finito?

A volte, quando i segni delle occhiaie diventavano troppo evidenti, sentiva su di sé lo sguardo quasi sprezzante di Lidman. Era un uomo molto razionale, convinto che Hake fosse un pazzo a farsi trattare da Hanna come uno zerbino. Secondo il collega bisognava sempre essere in due a ballare, e toccava alla donna seguire i passi del compagno di danza. Non era difficile, il contrario sarebbe stato assurdo.

Hake non sapeva chi fosse alla guida della sua relazione sentimentale. In fondo che cosa aveva in comune con Hanna? Lui era costantemente impegnato con il suo lavoro in polizia, gli piaceva leggere e andare alle corse di cavalli nel tempo libero. Hanna progettava mobili ed era spesso in giro per vedere falegnami e fornitori. Amava fare le ore piccole con un bicchiere di vino in mano, parlando di tutto e di niente. Dei pettegolezzi che arrivavano da New York, dove aveva vissuto per un periodo, dei tempi in cui faceva la fame come studentessa di design, a Copenaghen, dei vecchi amici e delle sue idee. Hake la ascoltava, ma senza mai sentirsi coinvolto fino in fondo. In un certo senso lui viveva nel presente e raramente pensava al periodo trascorso a Parigi da poliziotto alle prime armi, o a come se la passavano i genitori sull'arcipelago, o ai vecchi amici. Ma a renderlo inquieto più di ogni altra cosa era il timore che Hanna potesse abbandonarlo di punto in bianco. Alcune notti prima, subito dopo aver fatto l'amore, lei si era messa a sedere sul letto e, appoggiandosi sui gomiti, gli aveva detto con la voce stanca e gli occhi vuoti: "È davvero questa la vita che vogliamo vivere?".

Hake non aveva capito che cosa intendesse, però l'aveva presa fra le braccia e cullata dolcemente. "Certo che è questa."

A quelle parole, lo sguardo di lei si era leggermente rianimato e il bel viso pallido aveva brillato nel buio. "Ricordamelo, Axel. Ricordamelo..." aveva detto Hanna alla fine, quasi aggrappandosi a lui.

Quando Hake entrò nella sala di comando, c'erano già Tobisson e Lidman. "Com'è andata con il russo?" domandò quest'ultimo.

"Zero totale," rispose Hake.

Si tolse la giacca, la appese, si diresse zoppicando verso la sedia e si accomodò.

"Lo stesso vale per me," disse Tobisson. "Sono stato a parlare per un'ora con una vecchia dello Småland: mi ha detto che ultimamente il figlio non si fa sentire più spesso come al solito."

Lidman aspettava il suo turno, succhiando la solita caramella alla menta.

"Di tutti gli altri, uno è ricomparso," continuò Tobisson. "Un altro ha telefonato dall'estero e l'ultimo si trovava all'obitorio. Infarto in metropolitana, ma non aveva con sé né la carta d'identità né la patente. È andato a identificarlo la moglie."

Hake lanciò a Lidman un'occhiata penetrante. "Sputa il rospo, Oskar, non lasciarci sulle spine."

Lidman fece un vago sorriso e cominciò a leggere le sue carte. "Harry Stenman, concessionario di auto a Söder."

Era evidente che godeva nel tenere i colleghi sui carboni ardenti.

"E allora?"

"Quarantatré anni."

"Cazzo, Oskar!"

"È stato nella Legione straniera dieci anni fa. Addestrato nel Secondo reggimento in Corsica."

"Come diavolo lo sai?"

Tobisson si sentiva quasi offeso.

"Perché ha un tatuaggio sul braccio sinistro che raffigura un drago cinese con il numero due nell'angolo destro."

Nella stanza calò il silenzio. I vetri della finestra tintinnarono debolmente quando il vento soffiò su Bergsgatan. Hake si alzò e raggiunse Lidman per dare un'occhiata ai suoi appunti. C'era la segnalazione rilasciata dalla moglie dell'uomo, Ulla Stenman.

"Qui c'è scritto anche che ha i capelli rossi. O forse è il caso di dire 'aveva'."

Hake guardò accigliato i due colleghi.

6.

Ulla Stenman era già davanti alla porta dell'obitorio quando arrivarono Hake e Lidman. Aveva gli occhi blu scuro e la pelle grigiastra. Sembrava infinitamente stanca, come se avesse abbandonato ormai ogni speranza. I due agenti si presentarono, ma la donna non parve neppure udire i loro nomi. Come uno spettro li seguì nella sala splendente di una luce metallica, con i pavimenti di maiolica e le disumane luci elettriche. La donna si fermò esitante davanti al cadavere sul tavolo d'acciaio e procedette solo dopo che Hake le ebbe sussurrato qualche parola di conforto. Il lenzuolo fu tirato giù a metà e quando apparve il busto nudo dell'uomo, Ulla emise un profondo sospiro, barcollò e si ritrasse.

"Glielo chiedo per pura formalità, signora Stenman. Quest'uomo è suo marito?"

La donna si limitò ad annuire, mordendosi le labbra con tale forza che un rivolo di sangue le colò giù per il mento. Ma sembrava che non se ne fosse accorta. "Ha... ha sofferto molto?"

Furono le prime parole che pronunciò dal momento in cui si erano incontrati, a parte una breve presentazione. Nella sua voce si avvertiva un dolore senza fine.

"No, probabilmente è morto dopo il primo colpo che gli è stato inferto."

Lei girò la testa verso Hake. "Come si può fare questo?"

"Ce lo domandiamo anche noi. Ma il male non è mai bello da vedere." Si rese subito conto di quanto suonassero patetiche quelle parole e cercò di rimediare.

"Voglio dire che il male è sempre brutale e non ci si può aspettare altro che questo." La frase suonò peggio della prima e Hake decise di non aprire più bocca.

Ulla Stenman volse le spalle al tavolo d'acciaio e scosse la testa. "Povero Harry. Povero, povero Harry."

Le persone che entravano all'obitorio per l'identificazione di un cadavere non reagivano tutte allo stesso modo. Alcune scoppiavano immediatamente in un pianto disperato, altre deglutivano a fatica pur di non far uscire un suono dalle labbra serrate. Poi c'era chi non si rendeva conto di cosa fosse successo alla propria figlia o al proprio marito. Queste persone non riuscivano ad accettare l'idea della morte dei loro cari e potevano sembrare quasi indifferenti. Ma il dolore prima o poi sarebbe esploso, per quante vie traverse potesse imboccare prima di manifestarsi. Poteva forse apparire nei sogni, o in un'insopportabile nostalgia, ma alla fine sarebbe emerso. Altre persone ancora si infuriavano e urlavano, imprecavano, accusando tutto e tutti per essersi trovate così impreparate di fronte alle fauci della morte.

Hake preferiva quelli che piangevano, dando subito libero sfogo ai propri sentimenti. Passata la prima ondata di dolore, infatti, contribuivano meglio degli altri al lavoro della polizia con le loro informazioni. Ulla Stenman singhiozzava disperata. Hake le mise un braccio attorno alle spalle. "Stia certa che scopriremo chi ha fatto questo a suo marito," le disse con voce sommessa. La donna annuì affranta, prese un fazzoletto e se lo portò al viso. Non chiese scusa per il suo dolore e si avviò lentamente all'uscita. Il cappotto che indossava era un po' liso e le scarpe consumate. Hake sapeva di non poter fare di più, perciò si limitò a farle compagnia in silenzio fino all'arrivo del taxi.

Lidman lo raggiunse e si piazzò accanto a lui. Videro l'auto allontanarsi dall'obitorio.

"Ora in ogni caso sappiamo chi era e l'indagine può iniziare sul serio," disse Hake.

Si accese una sigaretta. Non fumava spesso, ma in una giornata come quella ne aveva davvero bisogno.

"Aspettiamo qualche giorno prima di interrogarla," disse soffiando fuori il fumo.

La gravità della situazione li aveva scossi e sulla via del ritorno dall'obitorio si scambiarono solo qualche parola. Quando entrarono nella sala operativa, Tobisson stava guardando fuori dalla finestra. La pioggia scrosciava sull'asfalto e sui marciapiedi si erano formate larghe pozzanghere, sicché i pedoni dovevano avventurarsi nella corsia riservata alle macchine con gli ombrelli aperti. Un'impresa assai pericolosa, a quanto sembrava. A parte questi inconvenienti, Tobisson amava la pioggia. Andava spesso alla stazione di polizia in bicicletta, con addosso una tuta impermeabile arancione per rendersi visibile: adorava la pioggia che gli frustava il viso e lo sforzo che faceva nel risalire le colline della città. Per lui il tragitto verso il luogo di lavoro era come una seduta di allenamento.

Ora invece stava pensando al sesso. Lo faceva spesso. Qualcuno aveva detto che può definirsi intellettuale una persona che riesca a non pensare al sesso per almeno quindici minuti al giorno. Tobisson non era sicuro di poter far parte della categoria. Il motivo delle sue attuali fantasie sessuali stava nell'aver appena intervistato la ragazza che se la faceva con il capo a Långholmen. Aveva parlato della sua relazione quasi con indifferenza, cosa che aveva alquanto confuso Tobisson. Gli aveva detto apatica: "A Börje piace fare sesso con me. Certe volte fa un freddo cane e allora gli faccio solo un pompino. Ma altre volte glielo lascio mettere dentro".

"E tu che ne pensi invece? Ti piace?" le aveva chiesto Tobisson. Alla ragazza però la domanda era parsa ingiustificata. Si era limitata a fare spallucce.

"Börje è gentile con me," aveva risposto.

"Non era questa la domanda. Ti piace quello che fai?"

"Non capisco che c'entra la polizia con questa storia."

"Rispondi alla domanda, per favore."

La ragazza si era passata una mano fra i capelli e lo aveva guardato pensierosa. "Lo trovo divertente."

"Divertente, non bello?"

Per la seconda volta lei era sembrata non afferrare la domanda. "È divertente quando torniamo al lavoro e nessuno sa che cosa abbiamo fatto e poi..."

Tobisson si era arreso, pur sospettando che la tipa venisse sfruttata dal suo capo. In quel momento però non era di questo che doveva occuparsi.

La ragazza aveva continuato affermando di non aver visto comunque niente che potesse considerarsi sospetto. Era anche vero però che loro due si imboscavano spesso in luoghi nascosti, da cui non era facile né vedere, né essere visti. Tobisson non aveva avuto il coraggio di dirle che in effetti li aveva visti mezza città e che era stata una delle sue colleghe a telefonare, dopo che sui giornali si era parlato di testimoni presso il canale di Pålsund.

Tobisson scacciò dalla mente il pensiero della ragazza e andò a sedersi. "Era proprio Harry Stenman?"

Hake annuì.

"Che ha fatto la vedova? Ha dato in escandescenze?"

Nessuno aveva voglia di rispondere. Oskar Lidman andò alla sua scrivania e prese una cartella. "Questo è quanto sono riuscito a scovare su Harry Stenman ieri."

La aprì. “Ha fatto parte della Legione straniera, dove è stato addestrato come paracadutista. Da quel che capisco, è stato persino pilota e come tale ha effettuato alcuni voli di ricognizione con aerei leggeri. In tempi recenti è stato concessionario di auto a Söder. Le macchine vengono vendute in un grande garage in Ringvägen, ‘Le auto di Harry’. Ma tutti lo chiamavano Red, per via dei capelli immagino.”

Sfogliò ancora qualche pagina. “Non sappiamo ancora come gli andassero gli affari, ma è certo che non ha conti in sospeso con la giustizia, visto che non c’è un riscontro positivo delle sue impronte digitali.”

“Ha dei dipendenti?” domandò Hake.

“Un certo Rick Stenman, presumibilmente il fratello. E poi Ulla Stenman, la moglie, che si occupa della contabilità e dei contratti.”

Alzò lo sguardo. “Chi potrebbe voler uccidere un onesto concessionario di auto?”

“Perché, ne esistono ancora?” polemizzò Tobisson. “Magari ha rifilato un catorcio a qualcuno che poi si è vendicato.”

“Ma credi davvero a quello che dici?” domandò Lidman sarcastico.

“Dobbiamo parlare con Ulla Stenman della situazione economica della ditta e di eventuali nemici,” disse Hake. “Fino ad allora il nostro compito sarà raccogliere dati e informazioni. Che cosa sappiamo di preciso?”

“Abbiamo ricevuto un rapporto da Olle Sandstedt. Nel bus bianco non sono state trovate tracce di sangue, perciò il delitto deve essere avvenuto da un’altra parte. Inoltre nessuno dei proprietari di barche si è fatto sentire a proposito dell’eventuale furto dell’ancora. Non si sono presentati altri testimoni, perciò possiamo affermare tranquillamente che non abbiamo un cazzo.”

“La ragazza che si scopa il capo non ha visto niente di sospetto,” aggiunse Tobisson.

Cominciava a diventare un po' impaziente. Al suo ritorno a casa sapeva esattamente che cosa avrebbe fatto con la sua Wendela. Forse in piedi, era così che aveva proceduto l'altra coppia.

Nessuno commentò le sue informazioni. Sprofondarono tutti nei loro pensieri. Poi la porta si aprì e apparve Seymour Rilke sulla soglia. Guardò uno a uno i suoi sottoposti. "Che calma, che silenzio! Non si lavora qui?"

Hake gli puntò addosso uno sguardo gelido. Rilke indossava un completo di tweed grigio e marrone che gli calzava a pennello. Aveva i capelli impomatati e pettinati in morbide onde. In mano reggeva un piccolo portadocumenti di pelle. Vi batté sopra le nocche. "Devo andare al dipartimento a riferire ai nostri politici che cosa stiamo combinando. Ho elaborato un piano B di tagli che dovrebbe soddisfarli."

"Soddisferà anche noi?" domandò Hake con finto candore.

Rilke si prese un po' di tempo prima di rispondere. Lasciò vagare lo sguardo da un agente all'altro. "Sono tempi duri, signori miei. Ciascuno deve dare il suo contributo. Anche la polizia," disse poi.

"Ma le statistiche sull'aumento della criminalità indicano che abbiamo bisogno di più e non di meno poliziotti," obiettò Lidman.

"Credo di sapere benissimo ciò di cui abbiamo o non abbiamo bisogno," replicò Rilke asciutto. "E in ogni caso in questo dipartimento non mi sembra che ci si ammazzi di fatica."

"Ma che ne sai?" disse Hake.

Rilke sussultò, ma non voleva sfidare Hake davanti agli altri. Il metodo migliore per rimetterlo in riga era farlo venire nel suo ufficio. Si appuntò mentalmente di convocare il commissario in settimana per fargli abbassare la cresta. Qualcosa avrebbe escogitato. Certo, Axel era un ottimo poliziotto, ma non aveva alcun rispetto per l'autorità e un tipo come lui alla lunga non avrebbe fatto bene allo spirito di squadra della polizia. Sperava che Hake un giorno commettesse un errore madornale, di quelli che lo avrebbero costretto a sospenderlo o in ogni caso a chiederne il trasferimento. Un tempo, commettere una grave infrazione delle regole poteva significare, per un alto funzionario di polizia, dover ricominciare dai pattugliamenti. Rilke non aveva nulla in contrario a che quei vecchi tempi tornassero.

Hake lo guardò con aria di sfida. "C'è un motivo particolare per cui sei qui, o volevi solo venire a dirci che siamo dei fannulloni?"

Rilke lo fissò scuro in volto. "Volevo sapere a che punto eravate con l'indagine per omicidio. I giornali ormai l'hanno scoperto e io voglio potergli dire qualcosa."

Al momento Rilke si occupava in prima persona dei rapporti con la stampa. Non riteneva necessario che la polizia avesse un vero e proprio portavoce. Chiedeva l'intervento del commissario Bolinder solo se c'era qualcosa di particolarmente sgradevole o se la polizia navigava in cattive acque.

"Abbiamo appena avuto conferma dell'identità del cadavere," disse Hake. "Ti consegnerò un rapporto in ufficio."

"È stata la moglie a identificarlo, poche ore fa," aggiunse Lidman.

"E non l'avete interrogata?"

"Aspetteremo fino a domani mattina. Aveva bisogno di un po' di tempo per metabolizzare la visita all'obitorio."

Rilke fece una smorfia di disprezzo. "Non c'è da meravigliarsi se non si fa niente qui."

Dopodiché se ne andò, scuotendo la testa.

Axel Hake non era religioso, ma di tanto in tanto trovava conforto in alcune citazioni bibliche che ricordava dai tempi della scuola. Quella che gli tornava in mente più spesso era la citazione dall'Ecclesiaste secondo cui c'è un tempo per ogni cosa. C'è un tempo per lanciare le pietre e uno per raccoglierle; un tempo per ricevere un abbraccio e uno per liberarsene. Ecco, il suo tempo era questo, ora. Non perché avesse smesso di fare l'amore con Hanna, ma perché non era più un atto spontaneo come quello fra due persone che vivono insieme giorno e notte. Quando l'uno sfiora casualmente il piede dell'altra sotto la coperta risvegliandone le passioni. O come quando si fa l'amore al mattino, un modo esaltante di iniziare la giornata. Ora tutto questo non era più possibile: bisognava aspettare che l'assassino venisse preso e l'ordine ristabilito per tornare a dormire con Hanna. Hake pensava che il desiderio di riprendere prima possibile la vita di tutti i giorni fosse il miglior incentivo, dal punto di vista di un poliziotto, per catturare un criminale in tempi rapidi. Naturalmente non tutti vivevano come Hake, ma di sicuro c'erano molte altre donne, oltre ad Hanna Sergel, che non gradivano la commistione fra amore e omicidi.

Hake aveva cercato più volte di farle cambiare idea, ma senza risultato. Su questo punto Hanna era stata irremovibile. Talvolta il commissario pensava che fosse meraviglioso avere un appartamento tutto per sé dove potersi concentrare sul lavoro in santa pace. Naturalmente anche nella fase culminante delle indagini lui non veniva mai meno alle sue responsabilità nei confronti di Siri, ma certe sere gli piaceva potersi dedicare al lavoro senza essere disturbato.

La sera dopo l'incresciosa visita di Rilke, Hanna, Siri e Hake cenarono insieme. Axel aveva preso dei piatti pronti al take-away cinese, che avevano consumato accompagnandoli con una bottiglia di vino. Misero a dormire Siri insieme e quando per Hake arrivò l'ora di tornare in Chapmansgatan Hanna lo pregò di trattenersi ancora un po'. Aveva un'aria abbattuta e per tutta la cena si era limitata a spiluccare un po' di cibo qua e là.

"Sei soddisfatto della tua vita?" gli chiese quando restarono soli sul divano, a bere il caffè.

Era una domanda impegnativa e inattesa. Hake non sapeva bene che cosa rispondere. Certo che era soddisfatto, ma tutto si poteva migliorare. Per il momento rispose solo con un laconico "sì". "E tu?"

Hanna fece il solito sorriso obliquo e lo baciò a lungo sul collo. "Finché sto con te, va tutto bene," rispose poi.

"Di questo non devi mai dubitare."

"Tutto può succedere," replicò lei vagamente.

"Stai pensando a qualcosa in particolare?"

"No."

"Raccontami cos'è che ti tormenta."

Hanna si alzò dal divano, si diresse alla finestra e guardò fuori verso la chiesa. Il campanile era debolmente illuminato e nella pioggia sembrava quasi fluttuare nello spazio. "Forse non siamo sempre in perfetta sintonia," disse Hanna alla fine. "Forse procediamo su binari diversi, forse finiremo per distruggere più di ciò che possiamo costruire."

Hake non era sicuro di capire.

"Oh, basta, dimentica ciò che ti ho detto," lo pregò Hanna. "Vuoi un po' di Calvados nel caffè?"

Senza aspettare risposta andò in cucina e prese una bottiglia di grappa di mele francese. Poi ne versò un bicchiere ciascuno. "Alla salute," disse in perfetto danese.

Brindò anche Hake, ma ormai Hanna gli aveva piantato dentro il seme dell'insicurezza. Sperava solo che non avrebbe portato frutti, che l'inquietudine per quel che aveva detto si sarebbe dissolta.

L'Ecclesiaste scavava in profondità nei pensieri di Hake, mentre percorreva la Hantverkargatan. Com'è che diceva? Ah sì: c'è un tempo per lacerare, un tempo per ricucire, un tempo per tacere, un tempo per parlare...

Non appena tornò a casa, Hake mise su *Le temps de*

l'amour di Françoise Hardy e sfogliò tutte le carte a sua disposizione sull'indagine. Dalle testimonianze e dal referto dell'autopsia fino ai dati di Harry Stenman. Prendeva appunti, leggeva. Dato che doveva stilare un rapporto per Rilke, il giorno dopo, voleva essere più preparato possibile. Dopo aver passato al setaccio metà delle testimonianze, si addormentò sul divano. Il suo modellino di barca stava sulla finestra con la vela spiegata. Lo aveva costruito da bambino ed era tutto ciò che restava del tempo dell'innocenza. Un tempo che ora sembrava più lontano che mai.

7.

Era una di quelle mattine che solo una città costruita sull'acqua poteva regalare. Un'umida foschia era arrivata dal Saltsjön e una pioggia fitta e sottile cadeva dal cielo cupo. Le case sembravano un unico blocco di cemento e per Hake e Lidman, che guidavano lungo la Ringvägen, era difficile distinguere i numeri civici. Trovarono il garage-concessionaria 'Le auto di Harry' appena prima della Katarina Bangata, a breve distanza dall'entrata del Bjurholmsplan. Hake conosceva bene quella zona, avendovi abitato da giovane studente di giurisprudenza. Dopo lunghe nottate a sgobbare sui libri, aveva l'abitudine di fare una passeggiata fino al porto di Hammarby. All'epoca la zona non era urbanizzata e certo non vi era nessuna piazza, come adesso, ma solo un guazzabuglio di magazzini e depositi. Hake aveva un secondo lavoro al porto: trasportava enormi, pesanti sacchi di sale che gli spaccavano la schiena. A parte questo, ricordava con gioia quel periodo della sua vita. Aveva conosciuto molti tipi originali che rifiutavano l'idea del posto fisso, preferendo lavoretti saltuari. Mangiavano in una baracca situata proprio dove ora sorgevano magnifici appartamenti con vista sul canale. Un segno dei tempi, pensò Hake. Demolire e ricostruire per i benestanti. Certo la zona era diventata più bella, ma l'antica, genuina atmosfera del porto era andata perduta per sempre. Come molti altri elementi caratteristici di Söder, rifletté Hake. La cosa dipendeva in gran parte dal fatto che le demolizioni dei vecchi quartieri erano in genere totali e definitive. L'area intorno alla stazione di Södra, con il suo terreno collinare, le vecchie case e le massicciate, nel giro di un paio d'anni si era trasformata in un'enorme città nella città. Là dove c'erano i binari della ferrovia e un gran numero di treni merci, locomotive e vagoni, era sorta un'area di case popolari con diversi grattacieli, parchi e il cosiddetto arco di Bofil, una costruzione monumentale che conferiva un aspetto ultramoderno all'intera zona. E al posto di fabbriche, botteghe artigiane e industrie automobilistiche si trovavano uffici di vetro e acciaio e cinema multisala. Ad Hake mancava la sensazione di libertà che un tempo caratterizzava la zona, ma alle nuove generazioni che vi si erano trasferite non importava un bel nulla. Loro non si ricordavano com'erano le cose una volta ed erano ben contente che la zona in cui abitavano avesse anche un lato moderno.

La discesa che portava alla concessionaria di Harry era coperta di sporcizia. L'ufficio in cui avvenivano gli affari si trovava dietro una vetrata che non veniva pulita da parecchio tempo. Il garage era occupato per metà da macchine che avevano visto tempi migliori: non ce n'era una che avesse percorso meno di centocinquantamila chilometri. Hake e Lidman entrarono nell'ufficio dalla moquette rancida di umidità. Dietro una scrivania traballante sedeva Ulla Stenman, intenta a esaminare alcune carte. Alzò gli occhi sui due visitatori, spostando il raccoglitore. "Gradite del caffè?"

Hake lanciò un'occhiata fulminea alla macchina per il caffè all'americana, piena di una poltiglia nera che sembrava stare lì dentro dal giorno prima e disse che l'aveva appena preso. Lidman estrasse un bloc-notes e Hake prese posto su una delle sedie da ufficio a disposizione. In una delle estremità della stanza c'era un vecchio sedile d'auto americano che fungeva da divano, mentre nell'altra un armadietto di latta veniva usato come archivio. "Chiediamo scusa per il disturbo, ma più tempo passa, più difficile diventerà catturare l'assassino di suo marito," esordì Hake.

Dopo qualche esitazione Lidman si accomodò su una sedia instabile e tirò fuori la scatoletta con le caramelle alla menta. Ne offrì a Ulla Stenman, che lo ringraziò senza prendere niente. "Innanzitutto vorremmo sapere se ha idea di chi potesse volere la morte di suo marito."

La donna scosse la testa. "Mio marito era benvoluto da tutti. Per quanto ne so, non ha mai avuto nemici."

"Eravate sposati da tanto?" domandò Lidman.

"Da cinque anni, che con i tempi che corrono si possono considerare 'tanti'," rispose Ulla con un sorriso amaro.

"Le ha mai parlato di come viveva prima che vi conosceste?"

"Non capisco," cominciò Ulla Stenman.

"Si era arruolato nella Legione straniera e probabilmente aveva fatto o detto qualcosa che potrebbe avergli procurato dei nemici."

"Non parlava mai di quel periodo, in un certo senso era un capitolo buio della sua vita."

"Non partecipava mai, che so, ai raduni fra vecchi legionari?"

"Come le ho detto, Harry voleva soprattutto dimenticare quei tempi. Che io sappia, non ha mai incontrato i suoi ex compagni della Legione."

Seduto al lato opposto della scrivania, Hake osservava attentamente la donna. Aveva ancora quello sguardo disperato, ma aveva truccato il viso spento e messo un paio di orecchini. La chioma era opaca come la volta precedente, ma al posto della gonna aveva addosso un paio di jeans. "Parlando della vostra situazione economica, signora, come vanno le cose?" continuò Hake.

Ulla Stenman indicò con un gesto della mano il raccoglitore e la pila di documenti davanti a lei. "Sto ancora esaminando le carte, ma grosso modo mi sembra che sia tutto a posto."

"Le sembra? Non è lei che se ne occupa?" domandò Lidman.

"Certo, ma in queste ultime settimane, durante la scomparsa di Harry – in realtà tutti lo chiamano Red – non ce l'ho fatta a star dietro a tutto. Red aveva un sistema tutto suo e la maggior parte delle volte era lui a dirmi cosa fare. Quando poi è scomparso ho cercato di capire come procedeva, ma non ne sono ancora sicura."

"Naturalmente avete un revisore."

"Certo. Ne abbiamo uno che sa tutto di contabilità e zero di rogne quotidiane."

Un cliente dalla camminata indolente entrò nel garage. Era un uomo sui quarant'anni, con addosso impermeabile e stivali. Diede un'occhiata alla guardiola di vetro, esitò un secondo, poi proseguì verso la porta dell'ufficio. Ulla Stenman si alzò per andare ad aprirla. "In che cosa posso esserle utile?" gli chiese.

"Dovrebbe esserci un'Audi dell'87," rispose l'uomo.

"Un momento, prego," disse Ulla tornando alla scrivania e premendo il pulsante dell'interfono. "Rick? Puoi scendere in garage? Abbiamo un cliente."

Tornò a sedersi.

"Stavamo parlando di affari," riprese Lidman.

"Abbiamo avuto i nostri alti e bassi, come tutti."

"Quello che vogliamo sapere..." ricominciò Hake notando, attraverso il vetro, un uomo sulla trentina scendere nel garage e dirigersi verso il cliente. Aveva i fianchi stretti e indossava jeans neri e una giacca di pelle. I capelli erano lunghi e biondi. Sembrava più una rockstar che un commerciante di automobili. Hake riprese: "... Quello che vogliamo sapere è se una delle persone con cui siete in rapporti d'affari possa avere qualcosa a che vedere con l'omicidio".

Ulla Stenman fece di no con la testa.

"Magari suo marito doveva dei soldi a qualcuno?"

Hake notò che la domanda l'aveva resa insicura. Per nascondere l'inquietudine, Ulla si alzò e andò a versarsi del caffè, dando loro le spalle. Poi si girò e li guardò al di sopra del bordo della tazza. "Non credo che gli affari abbiano a che fare con la morte di mio marito. Nessuno dei nostri conoscenti avrebbe mai ucciso Red per poi gettarlo nel canale. Un'azione simile può averla commessa solo un pazzo."

"Ci sono i sicari per questo, gente che commette omicidi su commissione," disse Lidman.

"Nessuna delle persone che conosciamo farebbe mai una cosa del genere."

"In ogni caso qualcuno l'ha fatto."

Hake si sporse in avanti verso la donna e la guardò dritto negli occhi. "Le ho chiesto se suo marito doveva dei soldi a qualcuno."

Di nuovo un attimo di esitazione, poi Ulla si sedette e lo guardò disperata. "Va bene. È vero, doveva del denaro a Danne Durant."

"Chi è?"

"Un... uno con cui abbiamo concluso degli affari. Ci ha prestato dei soldi in un momento di difficoltà."

"Quanto?"

"Quattrocentomila corone."

L'Audi arrivò rombando e oltrepassò la guardiola per un giro di prova, con il cliente al volante e Rick a fianco.

"Dove abita Danne Durant?"

"Un po' qua e un po' là. L'ultima volta alloggiava su una barca, la *Laura*, dalle parti di Mälarvarvet."

Mälarvarvet, sulla collina a occidente di Långholmen, era rinomata fin dal Milleseicento. La zona in sé consisteva di un miscuglio di barche in secca, luoghi di lavoro, capannoni e depositi. C'erano botteghe di saldatori, rivenditori di eliche e officine navali. C'erano motori scintillanti al fianco di vecchie carcasse arrugginite. C'erano tonnellate di cianfrusaglie che non appartenevano a nessuno e che nessuno voleva avere. Sulla banchina di cemento del canale di Pålsund troneggiava la nave degli studenti dell'Accademia navale *Polfors*, mentre più avanti c'erano delle biciclette appoggiate al muro.

Axel Hake non aveva nessun rapporto diretto con Långholmen. Dai tempi della sua infanzia la ricordava solo come "l'isola della prigione". Diventato adulto e iniziata la carriera di agente di polizia, si recava spesso sul versante a sinistra del promontorio, insieme alla sua ragazza di allora, per fare il bagno. Portavano con sé i gatti e il vino ed era considerato naturale immergersi nudi nell'acqua. Giorni spensierati, quelli. Ora i tempi erano cambiati, pensò Hake quando lui e Lidman scesero dalla macchina per incamminarsi lungo la banchina. In giro non c'era nessuno. Proseguirono fiancheggiando le lunghe costruzioni bianche che ospitavano una serie di piccole fabbriche. Soffiava un vento gelido dal canale e nelle ultime ore la temperatura era scesa sensibilmente. In fondo ai bacini del cantiere si intravedevano numerose barche. C'era di tutto: dai rimorchiatori ai traghetti per spostarsi nell'arcipelago. Fra alcune navi da carico e una da sommozzatori trovarono la *Laura*, una chiatta arrugginita, giallastra, che aveva visto giorni migliori. Non veniva riverniciata da tempo e lungo la linea di galleggiamento lo scafo appariva parecchio ossidato. Erano state aggiunte delle costruzioni sia a prua che a poppa. Sul ponte di comando c'era una finestra rotta e un'altra coperta da una tavola di compensato.

Non avendo trovato una passerella, Lidman dovette raggiungere il ponte scivoloso con un salto. Dopodiché tese le mani ad Hake, che facendo energicamente presa sul bastone riuscì a essere sollevato a bordo dal collega. Si avviarono con cautela verso l'entrata di una cabina e bussarono alla porta. Nessuno venne ad aprire. Hake chiamò a gran voce più di una volta, appurò che la porta era chiusa a chiave e fece un giro sulla fatiscente imbarcazione per verificare se ci fosse un altro ingresso. Sul versante posteriore del ponte di comando vide una porta di acciaio, anch'essa chiusa con un lucchetto nuovo. Lidman diede un'occhiata attraverso gli oblò sudici. All'interno c'era un vecchio salotto semidistrutto formato unicamente da alcune poltrone di velluto e da una libreria bassa. In compenso c'erano cumuli di scarti di materiale edilizio e alcuni tavoli di legno pieghevoli.

"Abita davvero qui quel tizio?" domandò Lidman.

Hake diede un'occhiata all'interno. "Le cabine saranno sicuramente sotto coperta, ma questa barca è un vero e proprio rottame."

"Direi una catastrofe galleggiante. Non mi metterei mai in moto, o in vela, o come diavolo si dice quando uno va in mare, con questo catorcio," disse Lidman deciso.

Un suono simile a un cigolio li indusse a voltarsi. Hake riconobbe il muletto e il suo pallido e malaticcio conducente in attesa sulla banchina. "Danne non c'è," li informò l'uomo. "Se n'è andato un'ora fa."

"Non sa dov'è ora?"

Il mulettista ebbe un attimo di esitazione e Hake si chiese se non stesse per ricominciare la solita pantomima. L'uomo però si lisciò la barba ispida e guardò il commissario con i suoi occhi da cane bastonato. "Aveva con sé il borsone da boxe."

"Il borsone da boxe?" ripeté Lidman.

"Si allena alla Hammarby IF, quel locale in Kocksgatan..."

"... numero ventiquattro," disse Hake completando l'informazione dell'uomo. "So dov'è."

Axel Hake conosceva bene la palestra di pugilato di Kocksgatan, nei paraggi di Folkungagatan. Una volta si chiamava Sparta, ma in seguito il nome Hammarby aveva rimpiazzato quello del vecchio e glorioso circolo. Hake si era allenato e aveva tirato di boxe in quei locali nel periodo in cui frequentava l'accademia di polizia. Il club era aperto solo di sera, ma ad alcuni scrittori e artisti era consentito utilizzarne gli spazi anche di giorno. Privilegio evidentemente riservato anche a Danne Durant.

Fu in quel piccolo locale, al piano inferiore di una comune casa popolare, che Hake finì KO per la prima volta nella sua vita. Un finlandese di cui era stato lo sparring partner aveva preso il gioco troppo sul serio, così dopo pochi round Hake era crollato sul pavimento e si era sentito male. L'allenatore Risto si era infuriato con il finnico, ma Hake moriva dalla vergogna. Non aveva visto il destro arrivare a tutta forza contro il suo mento. Alla fine però l'incidente si era rivelato utile: Hake era diventato amico del finnico, il quale in seguito gli aveva insegnato il segreto del suo micidiale destro. I pugili svedesi consideravano il "surplace" passato di moda: contava solo sferrare colpi, ganci e uppercut a raffica. Perciò erano in tanti a cascarci. Quando Hake imparò a padroneggiare la tecnica del finnico alla perfezione, la usò a suo vantaggio negli incontri più impegnativi. L'avversario veniva colto di sorpresa, proprio come lui la prima volta, quando Hake, dopo un lungo surplace, lo colpiva sul mento con il suo potente destro.

Il commissario aprì la porta del locale ed entrò con Lidman alle calcagna. Quest'ultimo arricciò il naso. Tutto ciò che aveva a che fare con lo sport lo faceva stare male. Dal momento che, grazie a tutto il suo ballare, era in discreta forma fisica, nessun medico della polizia poteva costringerlo a frequentare la palestra per allenarsi. Nella sala di pugilato non c'era nessuno, a parte un uomo di circa quarant'anni che picchiava duro contro un sacco pieno di sabbia. Il tipo gettò loro una rapida occhiata prima di continuare. Il locale aveva un ring che occupava gran parte dello spazio, oltre a vari tipi di punching ball, sacchi di sabbia e diversi altri attrezzi sportivi. Alle pareti c'erano specchi a figura intera e in fondo era stato ricavato un piccolo ufficio. Dopo aver dato un altro sguardo ad Hake e a Lidman, l'uomo si fermò e li apostrofò irritato: "Non si può entrare ora, è chiuso".

"Stiamo cercando Danne Durant."

"Che volete da lui?"

Si sfilò i guantoni da boxe e si passò una mano fra i capelli. Era in perfetta forma, senza un filo di grasso sul busto tozzo e nudo. Indossava pantaloni di cotone larghi, ora completamente bagnati di sudore. Era alto più o meno come Hake e aveva lo stesso sguardo sveglio.

"È forse lei?"

L'uomo si diresse verso una borsa da ginnastica e ne tirò fuori un drink energetico che bevve a canna, prima di rispondere: "E anche se fosse?".

"Polizia," replicò Hake mostrandogli il documento d'identità.

L'uomo lo guardò di sfuggita, poi studiò il commissario con attenzione, asciugandosi il corpo sudato con una salvietta. "Sono io Danne Durant. Di che si tratta?"

"Harry Stenman. Red."

"È tornato?"

"Da dove?" intervenne Lidman.

"Ulla e Rick hanno detto che era partito per un lungo viaggio."

"Sì, per l'Ade," disse Lidman.

Danne guardò senza capire l'ispettore ciccione.

"È morto. Assassinato," spiegò Hake.

Spiò la faccia dell'uomo in cerca di una reazione, ma dai lineamenti spigolosi non trapelò il benché minimo sentimento. "Quando è successo?"

"Poche settimane fa."

Danne posò l'asciugamano su una panca e si sedette. "Non ne sapevo niente."

"Nemmeno noi. Lo abbiamo saputo solo l'altro ieri. Qualcuno gli ha fracassato il cranio e poi lo ha immerso nel canale di Pålsund. Non molto lontano da dove abita lei."

Danne li guardò pensieroso. "Sono sospettato in qualche modo?"

"A questo stadio dell'indagine lo sono tutti."

"Cancellatemi pure dalla lista," disse Danne Durant. "Non ho nessun motivo per togliere la vita a Red."

"Ah no?" domandò Lidman.

Non gli era piaciuta la disinvolta risposta del pugile. Non gli piaceva chi non si metteva sull'attenti quando veniva interrogato da un poliziotto.

Danne scosse la testa. "No," ribadì con calma.

Hake si avvicinò e gli si piazzò davanti. "Abbiamo saputo che le doveva quattrocentomila corone."

"Chi ve l'ha detto?"

"Non ha importanza, ma di sicuro è un valido movente."

"Perché? Se mi doveva dei soldi, non avevo nessun interesse a toglierlo di mezzo."

"Forse non poteva pagare, così avete cominciato a litigare e lei lo ha colpito alla testa."

"Io non perdo mai il controllo," affermò Danne sicuro di sé. "Scusatemi." Si alzò, andò nello spogliatoio e si tolse tutti i vestiti. Hake e Lidman lo seguirono. Danne esaminò il proprio corpo, si massaggiò i polpacci e prese un flacone di shampoo dalla panca. "Potete restare a guardarmi, se volete," disse con un sorriso, mentre si infilava sotto la doccia.

Lidman si arrabbiò, ma Hake lo trattenne per un braccio. Era chiaro che Durant provava gusto a provocare la gente e il commissario non intendeva stare al suo gioco.

Aspettarono che Danne finisse di farsi la doccia e di asciugarsi. Dopo essersi accuratamente cosparso di crema idratante e aver applicato un cerotto sulle nocche, Danne si rivestì. Abbigliamento discreto: al completo grigio piombo aveva abbinato una cravatta grigio antracite a righe argentee. Da un piccolo astuccio di pelle estrasse due anelli e se li infilò, poi concluse la vestizione allacciandosi al polso un Rolex. Quando ebbe finito, prese un pettine di metallo e se lo passò fra i capelli. Infine si cosparse il viso di dopobarba e si sistemò la cravatta allo specchio.

Hake e Lidman lo guardavano in silenzio, indifferenti. Lidman non nascose uno sbadiglio.

"C'è altro?" domandò alla fine Danne Durant.

"Come farà con i soldi ora che Harry Stenman non può più pagarla?"

"Si trova sempre un modo."

"Quale?"

"Questo proprio non vi riguarda." Prese il borsone da ginnastica. "Ora devo spegnere le luci e chiudere, perciò se non volete restare qui al buio finché non arrivano gli altri, alle sei, sarà meglio che veniate con me."

Lo seguirono all'uscita su Kocksgatan, dove si diresse verso una Mercedes giallo oro. Gettò il borsone nel bagagliaio. "Volete un passaggio?"

"No, ma ci faremo sentire ancora. Dobbiamo ancora parlare di alibi e compagnia bella."

"Fate pure," disse Danne prima di sedersi al volante e avviare il motore.

La faccenda dell'alibi in realtà non aveva senso, visto che non sapevano ancora quando era stato ucciso Harry Stenman. Ma di questo Danne Durant non era al corrente.

Era pur sempre qualcosa, dato che dal colloquio non era emerso nulla che potesse dare impulso all'indagine.

"Maledizione," imprecò Hake mentre guidavano verso la stazione di polizia a Kungsholmen.

"Sì, è proprio un bel tipo quello," disse Lidman.

"Non mi riferivo a Danne. Pensavo che dovremmo procurarci una foto di Stenman risalente a prima che finisse in obitorio."

Fece inversione e tornò al garage in Ringvägen. Rick era seduto in guardiola con le gambe sulla scrivania e un paio di cuffie da freestyle sulle orecchie. La testa biondo-rossiccia si muoveva su e giù al ritmo della musica. Non cambiò posizione quando vide i due agenti entrare nell'ufficio: si limitò a sollevare, con immane sforzo, una delle due cuffie.

"Stiamo cercando Ulla," disse Hake.

"Per oggi ha finito."

"Siamo della polizia."

Rick abbassò le cuffie, che gli restarono appese attorno al collo. "Che cosa volete?"

"Ci può dire dove abita?"

Rick prese una penna e un foglio di carta e cominciò a scrivere l'indirizzo di Ulla.

"Si trova in Mariaberget," rispose.

Hake notò che aveva una scrittura fluida, persino elegante. Si chiese se il modo di fare sciatto e disordinato di Rick non fosse che una posa. Magari era un venditore di auto efficiente e scrupoloso. L'altra volta che erano stati al garage, non gli ci era voluto molto per convincere il potenziale cliente a fare un giro di prova con l'Audi.

"Grazie," disse Hake quando Rick gli porse il biglietto.

"Non c'è di che."

"Ha una qualche teoria sul perché suo fratello sia stato ucciso?"

Rick posò con calma la penna sulla scrivania e li guardò senza mostrare alcun turbamento.

"Credo che si sia trattato di un errore."

"Un errore?" chiese Lidman, con la voce più bassa di un'ottava, come sempre accadeva quando cominciava ad arrabbiarsi.

"Sì, nel senso che hanno beccato l'uomo sbagliato."

"'Hanno' chi?"

"Chiunque sia stato. Hanno scambiato Red per un altro."

"E questa sarebbe la sua teoria?"

"Perché, voi ne avete una migliore?" domandò con gentilezza, senza la minima sfumatura di provocazione.

"Sappiamo che doveva del denaro a qualcuno."

"Non ne so nulla. Io vendo macchine e basta. Ma so che Red era amato da tutti. Aveva sempre una buona parola per chiunque, di tutte le classi sociali. E so anche che non ha mai avuto guai con la giustizia. Era un uomo d'affari in gamba e competente."

"Che è stato ucciso per errore."

"In ogni caso questo è ciò che penso."

"Da quanto tempo lavora qui?" domandò Hake.

"Da quando il garage è stato aperto, sette-otto anni fa. È stato Red a insegnarmi tutto."

"E nonostante lavori qui da tutto questo tempo, non sa se suo fratello dovesse dei soldi a qualcuno?"

Rick scosse la testa.

"Come vi ho detto, non mi immischio mai nei suoi affari e nella sua vita privata. Mi basta riscuotere il mio stipendio e sono a posto. E se volete sapere cosa mi piaceva di lui, vi dico che ai miei occhi era un vero e proprio eroe."

"Alleluia!" commentò Lidman, beccandosi una leggera gomitata da Hake.

"E se volete sapere se mi manca," continuò Rick senza battere ciglio di fronte al sarcasmo di Lidman, "vi dico che sì, mi manca eccome. Ma questo è un fatto personale che non ha nulla a che vedere con la polizia."

"Lei comunque vorrebbe che l'assassino di suo fratello venisse catturato, o no?"

Rick li guardò addolorato. "Non sarà questo a riportarlo in vita," replicò semplicemente.

Guidarono fino a Bastugatan 38, dove Ulla Stenman abitava nel cosiddetto "Mälarborgen", un maestoso palazzo con balconi di ferro battuto, pinnacoli e torrette che si ergeva sulla collina di Mariaberget, nella parrocchia di Maria Magdalena. Era stato edificato alla fine del diciottesimo secolo in stile romantico nazionale svedese. Hake si ricordò che Lars Larsson-Varg una volta glielo aveva indicato da Kungsholmen, spiegandogli che era il luogo in cui aveva vissuto il pittore di fine secolo Eugène Jansson. I suoi dipinti di Stoccolma al crepuscolo gli avevano fatto guadagnare la definizione di "pittore blu", ma più popolarmente veniva chiamato Fotogen Jansson. Entrarono in un grande portone e attraversarono il cortile che portava all'ingresso. Le targhette con i nomi indicavano che gli Stenman abitavano al quarto piano. Presero il vecchio ascensore cigolante e suonarono alla porta. Quando Ulla Stenman aprì, sembrò sorpresa. Indossava gli stessi jeans sdruciti e lo stesso maglione dell'ultima volta e i capelli erano, se possibile, ancora più aridi e spenti. Li fece accomodare nel soggiorno.

Dalle vetrate si apriva all'improvviso un panorama incantevole. Arrivando dalla strada, non si poteva immaginare che la casa fosse situata su una collinetta affacciata su Söder Mälarstrand senza altre abitazioni davanti. Un paesaggio urbano che era insuperabile in qualunque zona di Stoccolma si abitasse. In basso la vista si apriva sull'insenatura di Riddarholm, con le sue barche, chiatte e vaporetti, e si stendeva fino a Gamla stan, City, Klara, Stadshuset e Kungsholmen.

Nella foschia i colori si fondevano in un miscuglio di rosso mattone, ocra e verderame. Era possibile che tutta quella bellezza si sarebbe dissolta in una nebbia bluastra al calare della sera, ma ora i colori erano chiari e definiti. Alcuni cigni si sollevarono in volo dall'acqua verso Långholmen, dove in lontananza si scorgeva la *Laura*.

"Avete parlato con Danne?" domandò Ulla Stenman dopo averli invitati a prendere posto sul divano. Se la vista era magnifica, altrettanto non si poteva dire dell'arredamento, dalle tonalità scure e opprimenti. I mobili sembravano collocati a caso e in un angolo era confinato un televisore obsoleto. Sul vano della finestra c'erano alcuni gattini di porcellana e le pareti erano nude, a eccezione di un vecchio poster pubblicitario della Volvo dal quale si apprendeva che "Una Volvo è per sempre".

"Sì, gli abbiamo parlato ma non ci è stato di grande aiuto," rispose Hake.

Si massaggiò il ginocchio: il dolore era aumentato dopo tutto quel salire e scendere da scale, garage e barche. Un dolore insistente, che sembrava provenire dalla parte inferiore della gamba, più che dal ginocchio.

"C'era da aspettarselo," commentò la donna.

"Durant ci ha detto anche che in un modo o nell'altro avrebbe riavuto i soldi che gli spettavano. Che cosa può aver voluto dire con questo, secondo lei?"

Ulla Stenman rispose con un'alzata di spalle.

"Se pensa che la grana ce l'abbia io si sbaglia di grosso."

"Dunque il prestito non è a carico dell'azienda," disse Hake con lo sguardo rivolto alla vetrata. Non riusciva a staccare gli occhi da quel panorama: accidenti, come si sistemava bene, certa gente. Lui, invece, abitava in un appartamento nella zona di Vasastan con vista su un giardinetto spelacchiato, dove sembrava che la luce non ce la facesse a penetrare.

"No, era una questione privata di Harry."

"Per quale ragione si possono chiedere in prestito quattrocentomila corone?"

"Non ero coinvolta negli affari di Red."

"Va bene, ma dovete averne pur parlato ogni tanto, o no?"

Ulla tormentò nervosamente il maglione. "Non voglio andare nei casini per colpa dei presunti affari di mio marito."

"Lei è già nei casini, visto che Red è stato ucciso."

"Quello che voglio dire è che secondo me lui ha usato quei soldi per acquistare delle auto. Ma non sempre le transazioni venivano effettuate tramite l'azienda."

"Soldi in nero, dunque."

"Non voglio pronunciarmi su questo, perché non ne sono sicura. È davvero così importante?"

"Al punto in cui ci troviamo non sappiamo cosa sia importante e cosa no," disse Hake alzandosi.

Aveva bisogno di muovere la gamba e più a lungo restava seduto, più aumentavano le fitte al ginocchio. "In ogni caso bisogna chiarire la storia di queste quattrocentomila corone. Da chi comprava le macchine?"

"Da chiunque. Privati, import-export tedeschi, fallimenti."

"Comprava macchine rubate?"

"Mi stia a sentire, commissario. Mio marito è stato ucciso e neanch'io sono messa troppo bene. L'ultima cosa che voglio è infangarlo con insinuazioni su sue presunte attività criminali."

Axel Hake fece immediatamente marcia indietro. Non poteva permettersi di avere Ulla Stenman contro: doveva invece poter contare sulla sua collaborazione nello svolgimento delle indagini. "Le chiedo scusa," disse infine. "Il motivo fondamentale per cui siamo qui è che vorremmo chiederle una fotografia di Harry."

"Di che genere?"

"Qualsiasi. Ci serve negli interrogatori di eventuali testimoni."

Ulla Stenman annuì, si alzò e andò in un'altra stanza. Poco dopo tornò con una scatola a cui aveva tolto il coperchio. La porse ad Hake, che cominciò a estrarre alcune foto. Aveva bene in mente il viso gonfio del morto e lo faceva star male, ora, la vista di quello stesso uomo da vivo. Ma come si è detto, la morte non ha mai un bell'aspetto. L'Harry Stenman su quelle fotografie sorrideva all'obiettivo senza neppure lontanamente immaginare a quale brutale destino sarebbe andato incontro. In alcune di esse era insieme a Ulla, in altre da solo. Nella foto a colori scelta da Hake, Harry era a torso nudo sulla spiaggia, perciò il tatuaggio della Legione straniera sul braccio sinistro era ben visibile. Proprio quando stavano per andarsene Lidman si rivolse a Ulla e le chiese: "Harry e Rick erano in buoni rapporti?".

"Certo, erano fratelli!"

"Non ha mai sentito parlare di Caino e Abele?" disse Lidman prima di uscire con passo pesante dalla porta esterna.

"È Harry Stenman questo?" domandò Tobisson prendendo la foto che Hake aveva gettato sulla sua scrivania. Il commissario annuì e osservò il collega studiare attentamente l'immagine.

"Devono essere stati in molti a volere vendetta," commentò Tobisson quasi fra sé. "Voglio dire... Stenman è stato addestrato nei corpi speciali, quelli coinvolti poi nella guerra dei Balcani. E sapete benissimo che cosa è successo da quelle parti. Uccisioni, torture, stupri."

"Segui pure questa pista," disse Hake. "Manda un fax con la foto di Harry Stenman al quartiere generale della Legione a Calvi."

"Ci credi sul serio alla possibilità che quella gente dia una mano alla polizia?" intervenne Lidman. "La Legione straniera è una comunità chiusa e impenetrabile e certo nessuno di loro darà informazioni sui propri compagni. Nemmeno la polizia francese ha la minima possibilità di accesso."

All'improvviso Hake si ricordò di Raymond, un amico e collega dei tempi in cui aveva prestato servizio a Parigi. Ora aveva fatto carriera, proprio come lui, e avrebbe potuto essergli di aiuto.

Scrisse delle cifre su un foglio di carta, che diede a Tobisson. "Telefona a questo numero. Saluta Raymond da parte mia e dagli tutte le informazioni di cui sei in possesso."

Notò che Tobisson era genuinamente interessato, perciò poteva forse contare sul massimo impegno da parte sua. La Legione straniera era un'organizzazione mitica, in cui molti giovani sognavano di arruolarsi per poi tornare come implacabili e ben addestrate macchine da combattimento. Hake aveva la sensazione che Tobisson, da adolescente, avesse fantasticato di potere farne parte. Sarebbe stato proprio da lui.

La sera scendeva prima, ora che era autunno. Quando Hake tornò a casa in Chapmansgatan a Kungsholmen, il ponte di Västerbron sembrava un arco nero che si stagliava contro il cielo grigio. Nell'appartamento lampeggiava la luce della segreteria telefonica. La chiamata era di Julia. Voleva parlare con lui di una faccenda importante che aveva a che fare con un reato. Non specificò di cosa si trattasse, ma lo invitò a farle una visita il giorno dopo. Quella notte sarebbe stata di turno e dunque irreperibile.

Hake non aveva fame, ciononostante si preparò il suo caffè nero speciale con una noce di burro dentro e due fette di pane di segale con roquefort. Era la colazione tipica dei portuali di Dunkerque e quando Hake aveva lasciato la Francia si era portato dietro quell'abitudine. Si sedette al tavolo in compagnia della rivista ippica francese "Paris-Turf" e sprofondò nella lettura dei risultati. I cavalli e il gioco erano la sua passione, ma era da un bel po' che non andava alle corse a scommettere. Gli mancava. Era un balsamo per la sua anima. Niente poteva intromettersi nella sua mente quando vedeva i cavalli e il loro fascino. Era un'esperienza totalizzante, da cui non riuscivano a distoglierlo né le pene d'amore né la fatica del lavoro.

All'improvviso suonò il campanello. Si chiese chi potesse essere. Chissà, forse era Lars Larsson-Varg in vena di discutere su come mandare a rotoli il Nationalmuseum. Ma quando andò ad aprire, si trovò davanti Hanna e Siri che sorridevano speranzose. Siri allungò le mani e lui la prese in braccio. "La mamma sentiva la tua mancanza e allora io le ho chiesto di passare a salutarti," disse la piccola.

Hake sollevò un sopracciglio guardando Hanna, che annuì quasi imbarazzata. Era raro che volesse mostrare la propria vulnerabilità.

"E tu invece?" domandò Hake alla figlia.

"Io sono stata costretta a seguirla."

Guardò il padre tutta seria, prima di scoppiare a ridere. Aveva appena scoperto il senso dell'umorismo e imparato a modificare parole e concetti per farne battute divertenti. A volte l'operazione riusciva, altre meno. Stavolta il tiro era andato a segno e l'intera serata trascorse fra scherzi e buonumore, finché non arrivò l'ora di andare a dormire. Hake la mise a letto e le lesse una storia, mentre sentiva Hanna gironzolare per il soggiorno e rovistare nella sua libreria. Si domandò che cosa stesse cercando. Quando uscì dalla camera da letto, una mezz'ora dopo, la vide seduta sul divano intenta a sfogliare il "Paris-Turf".

"Quanto tempo ci vuole a imparare bene il francese?" gli chiese.

"Be', dipende dalle conoscenze di base che si hanno." Quanto a lui, aveva studiato il francese alle superiori per due anni, ma solo nel periodo di servizio nella polizia parigina aveva imparato davvero la lingua.

“Se uno volesse masticarlo giusto un po’?” disse Hanna, piegando il giornale e posandolo sul tavolino accanto al divano. “In effetti capisco già abbastanza bene la lingua scritta, anche se non tutto.”

“Direi un anno, dipende da quanto uno si impegna. Il punto è parlare, non solo leggere e scrivere. Ma perché me lo chiedi?”

“Niente di speciale, penso solo che sia divertente imparare il francese.”

“Potrei darti qualche lezione privata.”

Hanna lo guardò con tenerezza. Indossava un semplice abito nero, con una spallina che tendeva a scivolare e che lei rimetteva continuamente a posto. “Lo faresti davvero?”

“Possiamo iniziare con un po’ di conversazione, come facevamo in Danimarca.”

“Ma quello era un gioco.”

“Perché, adesso è una cosa seria?”

Hanna non rispose, limitandosi a tendergli le mani, come aveva fatto Siri. “Vieni qui.”

Hake si fece avanti e le si sedette a fianco. Lei lo strinse fra le braccia e cercò la sua bocca. Hanna sapeva di cioccolato alla menta e vino. Lo fece distendere sul divano e lui la lasciò fare. Notò un piccolo ricciolo sulla nuca di lei a cui non aveva mai fatto caso. Le accarezzò i seni e i fianchi, lei lo strinse un po’ più forte. Quando Axel cercò il suo sguardo, vide due occhi caldi e pieni di desiderio. Fecero l’amore sul divano, ma prima di addormentarsi Hake ebbe la sensazione che Hanna non era venuta per lui, quella sera.

8.

Il temporale era iniziato già durante la notte. Hake si era svegliato per il fragore dei tuoni, si era alzato brancolando nel buio e aveva sporto la testa fuori dalla finestra. Pioveva che Dio la mandava. In lontananza, dalle parti di Västerbron, un fulmine aveva illuminato l'intera zona e l'acqua, da massa nera e fitta, si era trasformata in un attimo in uno specchio di metallo. Come quando si scatta una foto con il flash e tutto diventa di colpo chiaro e nitido. Vide la pioggia scrosciare sulla superficie dell'acqua, lasciando dietro di sé cerchi e schizzi, vide una macchina sul ponte che prima sembrava nera ma che alla luce del fulmine seguente si rivelò rossa scura. Chiuse la finestra e si rincantucciò nel letto, ma non riuscì più ad addormentarsi. Dopo essersi girato e rigirato per un po' di tempo, si alzò di nuovo. Riprese in mano l'indagine e cominciò a esaminare tutto il materiale a disposizione, senza però riuscire a individuare uno schema. Era solo una matassa di fili slegati l'uno dall'altro. Nella speranza di farsi venire qualche nuova idea, decise di provare a ricostruire tutti i dati relativi al movente, alla vittima e al modus operandi, ma senza risultato. Alle sei si sentiva completamente svuotato e si preparò una tazza di caffè.

Un'ora dopo stava seduto nella sala operativa con lo sguardo fisso alla finestra. C'erano momenti in cui un'indagine si arenava. Niente di strano, beninteso, succedeva di tanto in tanto. Il punto, però, era che al momento non avevano tracciato neppure un quadro generale delle conoscenze di Harry Stenman, né tanto meno trovato un motivo che potesse giustificare un'azione brutale come quella di ammazzare un uomo a sprangate per poi affondarne il cadavere in un canale. Aveva bisogno di più agenti, ma Rilke non voleva saperne.

Il commissario andò a parlare con i colleghi dello Span, il reparto degli agenti che agivano sotto copertura. Conoscevano il settore dell'auto, ma non Harry Stenman in modo specifico. In compenso gli capitò per le mani un'indagine su alcune macchine rubate in cui si sospettava fossero coinvolti dei russi. Gli agenti Span tenevano la banda sotto stretta sorveglianza, ma non era emerso ancora niente di rilevante. Loro avevano tutto il tempo e la pazienza di vigilare su sospetti criminali, a differenza di Hake. Giorno dopo giorno, infatti, la pista si raffreddava e se il caso non fosse stato risolto entro il primo mese, le probabilità che ciò avvenisse in seguito sarebbero scese drasticamente. Gli fu comunicato un indirizzo in Frihamnen dove si trovava un esportatore di auto russo di nome Maxim Olgakov, sul quale gli agenti Span gli avevano inoltre fornito una serie di documenti e informazioni.

Axel Hake si sedette al volante della sua Citroën e guidò fino a Frihamnen. I grandi depositi lungo la banchina brulicavano di ogni genere di attività commerciali e piccole aziende. Si producevano film pubblicitari e trasmissioni radiofoniche. C'erano installazioni artistiche e magazzini di frutta. Dappertutto si vedevano enormi container carichi di tutta la merce possibile, dal cibo in scatola alle automobili. Uno dei depositi sul grande molo ospitava la società Interexport. Sull'insegna pendeva un po' di sghembo una stella rossa, mentre nell'ufficio nel quale Hake entrò dominava il marrone. Di questo colore erano i mobili, gli scaffali, la moquette. Tutto aveva un aspetto vecchio e cadente, come se non si scommettesse sulla possibilità di restarci troppo a lungo e quindi non valesse la pena di curare l'arredamento. L'uomo seduto alla scrivania indossava a sua volta un completo marrone, ma in testa aveva un lurido cappello di pelle scamosciata verde. Il tipo era alto e grosso, con una faccia larga e la pelle butterata. Aveva gli occhi verdi e pesanti anelli d'oro con sigillo alle dita.

Hake si presentò. L'uomo lo studiò con espressione astuta, facendo scivolare lo sguardo dalla testa al bastone di Hake. "A Mosca uno come lei avrebbe trovato lavoro come parcheggiatore," disse Maxim Olgakov. "Non vorrei sembrarle scortese, ma un poliziotto con il bastone non avrebbe nessuna possibilità di fare carriera. E poi i cittadini considererebbero un affronto essere protetti da uno storpio. Come se gli venisse imposto come superiore un uomo a loro inferiore."

"Un po' come le sue macchine forse," commentò Hake acido. "Ma ora non siamo a Mosca e il crimine su cui sto indagando qui, a Stoccolma, è un omicidio."

"Non capisco cosa c'entro io in tutto questo," replicò Olgakov, che continuava ad avere un'aria divertita.

"L'uomo ucciso commerciava in automobili e al momento stiamo passando al setaccio i suoi conoscenti."

"Non ne so niente."

"Ma se non sa neppure di cosa voglio parlarle!"

"Intendo dire che non conosco nessuno che sia stato ucciso."

Rigirandosi uno degli enormi anelli che portava alle dita, si appoggiò allo schienale della sedia, che cigolò sotto il peso della sua mole.

"Si tratta di Harry Stenman," disse Hake.

"Non lo conosco."

"Lo chiamavano tutti Red."

“Red, Blue, Black, è uguale: non lo conosco.”

Di nuovo quel sorrisetto presuntuoso sulla bocca. “C’è altro? Avrei parecchio da fare ora.” Si allungò verso il telefono. Nello stesso istante Hake lo colpì sulla mano, facendo cadere la cornetta. Lo sguardo di Olgakov si trasformò, diventando all’improvviso buio e intenso. Hake lo sostenne senza abbassare gli occhi.

“Non ha sentito che cosa le ho detto, Maxim? Parliamo di un’indagine per omicidio, non di un gioco fra me e lei.” Si sistemò su una sedia di fronte al russo. “Che cosa sa di Red e dei suoi affari?”

“Non so un bel niente. Ma perché tormenta un povero rivenditore di auto in questo modo? Non capisco.”

La sua voce adesso era seccata, lo sguardo interrogativo. Ma sembrava tutta una recita. La sua astuzia faceva sempre capolino.

Hake estrasse alcune carte dalla tasca. “Ho controllato le sue dichiarazioni dei redditi,” disse con calma. “Lei ha venduto ventisei macchine l’anno scorso e sedici quest’anno. Ha dichiarato entrate per settantaduemila corone, però possiede una villa a Bromma, una Mercedes e un piccolo appartamento a Östermalm. Com’è possibile con guadagni così miseri?” Il commissario notò il lieve sussulto con cui Olgakov accolse l’accenno all’appartamento. Ringraziò fra sé e sé il collega che gli aveva fornito quelle informazioni.

“Sappiamo a cosa le serve. Lei ha un’amante, Rita, che abita lì.”

Olgakov provò ad abbozzare un sorriso, ma riuscì a produrre solo una specie di smorfia.

“Non è un crimine avere un’amante.”

“Vediamo che cosa ne pensa sua moglie.”

“Maledetti...”

Fece per alzarsi dalla sedia, ma ricadde subito pesantemente all’indietro quando Hake lo bloccò con un gesto deciso. “Dalle sue carte ci risulta anche che ha fatto affari con la ditta ‘Le auto di Harry’.”

“Okay,” capitolò Olgakov. “Ho incontrato Red un paio di volte, non è mica un crimine.”

Hake non replicò, ma continuò a sfogliare i documenti che aveva portato. Olgakov cominciò a lamentarsi, poi sbottò ad alta voce: “Ma insomma che cosa vuole sapere?”.

“Dettagli sugli affari di Red.”

“Quello che le dirò resterà fra noi?”

“No, se ha a che vedere con l’omicidio.”

Olgakov si agitò sulla sedia per qualche istante prima di cominciare a parlare. “Red era un piccolo commerciante. Aveva una pessima reputazione nel nostro ambiente.”

“Come mai?”

“Si considerava una specie di soldato. Cercava di fare il duro. Proprio come lei.”

Di nuovo il sorriso da serpente. “Combinava sempre casini con i soldi e alla fine nessuno voleva fare affari con lui.”

“Trattava anche auto rubate?”

“Qualche volta sì, credo. Non ne sono sicuro.”

“Ha forse fregato qualche esportatore russo una volta di troppo?”

Olgakov scosse la testa, turbato. “Commissario Hake, noi siamo uomini d’affari, mica assassini. Una volta lo abbiamo preso a botte, ma da allora non è più successo niente del genere. Non è difficile trovare qualcuno che arrivi con una mazza da baseball per colpire un tizio che gioca a fare il duro.”

Lanciò ad Hake uno sguardo innocente. “Nessuno, dico nessuno, nel nostro giro lo avrebbe ucciso per qualche macchina scassata. Cerchi di capirlo: se fosse saltata fuori una storiaccia del genere, non avremmo più fatto affari, tutti avrebbero avuto paura di noi, cosa che proprio non desideriamo. La polizia russa ci teme, ma qui cerchiamo di comportarci come si deve. Non vogliamo pestare i piedi alla polizia, anche se potremmo."

Lasciò che le sue parole facessero effetto. "E ora la visita è finita, Hake. Tempo per lei non ne ho più, davvero."

Si alzò in tutta la sua imponenza e guardò il commissario dall'alto in basso. "Red era un pesce piccolo e lo sa che cosa succede, ai pesci piccoli?"

Hake restò in silenzio.

"I pesci piccoli li gettano di nuovo nel mare," disse Olgakov con aria da maestro.

Axel Hake tornò in Chapmansgatan e si preparò il pranzo. Spaghetti con aglio e acciughe, conditi con una spruzzata di parmigiano. Il trucco era sciogliere i pesci in olio d'oliva bollente e versare il tutto sulla pasta. Mangiò in piedi in cucina. Pensava all'esportatore mafioso russo. Forse Harry Stenman rappresentava una spina nel fianco di questi cosiddetti "uomini d'affari". Li odiava. O magari si dedicava alle estorsioni. Era più che una possibilità, dal momento che lui non credeva a una sola parola di ciò che gli aveva raccontato il russo. Ma ammesso che fosse così, per quale ragione avrebbero dovuto nascondere Harry Stenman nelle acque intorno a Långholmen? Non avendo risposte a queste domande, mise su un cd di Serge Gainsbourg. Quando ascoltava musica francese, aveva sempre l'impressione che lo spazio si dilatasse. Che diventasse, chissà come, più grande e luminoso. Hanna aveva ipotizzato che dipendesse dal fatto che gli anni trascorsi a Parigi erano stati per lui il tempo della libertà, privo di qualunque vera responsabilità. Per questo associava sempre la musica francese all'essere libero e pieno di vitalità. Poteva essere vero: i suoi anni parigini erano stati al tempo stesso spensierati e intensi. In realtà la Francia gli mancava solo da turista. Forse, una volta diventato vecchio, avrebbe comprato un appartamentino a Parigi o un piccolo cottage in Provenza. Ma non era mai andato oltre queste fantasie. Si spostò in soggiorno, notando che erano stati rimossi alcuni volumi dagli scaffali, dove ora si apriva una specie di buco nero. Sapeva di cosa si trattasse: quello era il posto dei libri su Parigi. Poteva averli presi solo Hanna, ma a che scopo? In quell'istante squillò il telefono. Era Julia. Gli chiese dove diavolo fosse stato.

Lo stava aspettando, come sempre, fuori dall'ambulatorio veterinario. Probabilmente era stato il suo cane a sentire la macchina in arrivo e ad avvertirla. Una piega amara le deformava la bocca. Quando il fratello scese dall'auto, si limitò a salutarlo con un cenno della testa. Axel la seguì in casa, che profumava di caffè e dolci appena sfornati. Alla domanda se non stesse diventando una perfetta donna di casa, Julia mugugnò che non vedeva cosa ci fosse di male. Forse era ora che diventasse un po' più materna. Hake si tranquillizzò non appena si accorse che la sorella aveva solo messo a scongelare dei dolcetti nel forno.

La casa era comunque accogliente e pulita, e la tavola adornata da una tovaglia blu che prima non c'era. C'erano anche un paio di vasi di fiori nuovi e la libreria, che si solito straripava di libri e giornali, era stata rimessa in ordine. Bevvero del caffè parlando del più e del meno. Soprattutto di come stava Siri. La sorella non gli chiedeva mai notizie di Hanna: non le piaceva quella donna fredda dagli occhi quasi trasparenti. Pensava che Axel meritasse una sorte migliore. Alla fine arrivò al punto e gli domandò ciò che le stava a cuore. Voleva sapere se fosse un reato venire a conoscenza di qualcosa che poteva essere un atto criminale. Hake le chiese se c'entrasse Yuri, ma Julia negò. Si trattava di altro. Hake cercò di approfondire, Julia però restò sul vago, ribadendo che la sua era stata solo una domanda ipotetica.

"È chiaro che un crimine dev'essere denunciato," disse Hake.

"Ma forse non è stato ancora commesso," svicolò Julia.

"A maggior ragione devi dire quello che sai."

"Sei proprio senza speranza, accidenti. Devono pur esserci delle zone grigie."

"Insomma, che cosa sai?"

"Come ti ho spiegato, è solo una supposizione, niente di preciso."

Ecco cos'è un poliziotto, cazzo, pensò Hake. Non bastava essere l'ultimo avamposto per tutta la cittadinanza, bisognava esserlo anche per la propria famiglia e i propri amici. Nel suo caso, significava mantenere in equilibrio fra loro il commissario Hake, l'amico Axel o il vecchio Axel, nel peggiore dei casi. Le persone soppesavano e valutavano tutto quel che gli dicevano perché consapevoli del fatto che non era solo all'individuo Axel che si rivolgevano, ma anche all'autorità che egli rappresentava. Avvertiva spesso un'aura di sospetto in chi gli parlava, perché nonostante tutto era pur sempre uno sbirro che avrebbe potuto procurare loro qualche danno. Hanna non aveva questo atteggiamento. Tanto per cominciare, al poliziotto Hake non raccontava mai un tubo. I suoi argomenti di discussione erano sempre e solo privati, ma Axel sapeva di essere l'ultimo avamposto anche nella loro relazione. La responsabilità di rappresentare una sicurezza sia per i cittadini, sia per i famigliari che avevano bisogno del suo sostegno, era spesso più di quanto potesse sostenere. Ogni tanto avrebbe avuto bisogno di staccare la spina, di liberarsi dalle responsabilità, di giocare. Ma sapeva che una posizione del genere non sarebbe mai stata accettata, perciò era gioco forza prigioniero del suo ruolo.

Scacciò dalla mente i pensieri cupi e alzò lo sguardo sulla sorella. Sedeva muta e impenetrabile, e Axel capì che non sarebbero andati oltre. Julia lo accompagnò fuori, coprendosi solo con uno scialle. Osservò il fratello mentre si sedeva con fatica dietro il volante e, quando svoltò per immettersi sulla strada, lo salutò con un gesto della mano. L'ultima cosa che vide, prima che Axel sparisse nella foresta di abeti, fu l'espressione dura e chiusa sul suo viso. È un vero lupo solitario, pensò. Un uomo che vive in una specie di esilio volontario. Con la sua aria sempre vigile e quell'espressione impenetrabile faceva sentire gli altri insicuri e a disagio. Ottimo per la sua professione, pessimo per la sua vita privata. Julia si chiese se avesse amici degni di questo nome. Non ricordava rapporti stabili e duraturi nella vita di suo fratello. La sua migliore amica – amica? – era forse proprio Hanna. O forse era lei, Julia. Ma che vita faceva un uomo che aveva per migliore amica la sorella? Julia si strinse lo scialle attorno alle spalle. E io allora? Chi è il mio migliore amico? Sorrise amara, ben sapendo che non ne aveva. Lo aveva sempre saputo. I suoi amici erano gli animali di cui si prendeva cura. Sempre fedeli e riconoscenti. Di amanti invece ne aveva, ma guai a considerarli come amici.

Al suo ritorno alla centrale, Hake trovò Tobias Tobisson e Oskar Lidman nella sala operativa. Sul grande tabellone bianco erano state affisse le fotografie dell'autopsia accanto a quella di Red a torso nudo, risalente a dieci anni prima, che mostrava con orgoglio il suo tatuaggio sorridendo all'obiettivo. C'erano poi il referto dell'autopsia e le analisi tecniche dell'ancora e della catena, le foto del bus bianco e quelle del luogo del ritrovamento, nonché una lista degli oggetti lì rinvenuti. Non che servissero a granché, vista tutta la gente che era passata da quelle parti. C'erano anche le foto di Ulla Stenman e Danne Durant. Hake riferì ai colleghi sulle attività di Maxim Olgakov e Red. Lidman scosse la testa. "Se

Harry Stenman vendeva macchine illegalmente, deve averlo fatto proprio da schifo. Dai un'occhiata a queste," disse sventolandogli sotto il naso un mucchio di carte che teneva ben strette fra le dita grassocce. "Le ho sgraffignate al fisco."

Sembrava quasi disgustato, come se quei documenti fossero imbrattati.

"Non esiste topaia peggiore del garage 'Le auto di Harry'. Non funziona un tubo, per quel che riguarda la contabilità. La ditta è sommersa di solleciti di pagamento, di fornitori che non sono stati saldati, di clienti fregati alla grande. Debiti a destra e a manca. L'affitto del garage non viene pagato da diversi mesi e lo stesso vale per la carta di credito della Statoil, nonostante Stenman si sia rifornito di centinaia di litri di carburante."

"Denunce?"

"No, i nodi devono ancora venire al pettine."

"Un casino del genere, però, non può andare avanti da tanto," obiettò Hake.

"Sei mesi."

"E prima di allora?"

"A quanto vedo, tirava avanti alla meno peggio. Ma non ha funzionato."

Hake si sedette e si mise a fissare il soffitto.

"Pensi la stessa cosa che penso io?" chiese Lidman.

Hake annuì.

Tobisson lanciò a entrambi un'occhiata velenosa. Odiava quando Hake e Lidman parlavano come se lui non esistesse. Non era carino. Non c'era dubbio che Lidman si comportasse così per farsi bello. Ma riguardo al commissario, l'opinione di Tobisson era più incerta. Secondo lui Hake si dimostrava un pessimo capo quando escludeva qualcuno dal lavoro comune: in questo modo tracciava una linea divisoria fra i suoi uomini e per di più volontariamente. Si sentiva sottovalutato, ma gliel'avrebbe fatto vedere lui chi era il migliore a procurarsi informazioni utili a dare spinta all'indagine.

"La stessa cosa in che senso?" domandò irritato.

Hake lo guardò tranquillo. "Secondo me ha iniziato a mandare l'azienda a rotoli perché aveva in ballo affari più grossi."

"O forse perché non c'era più niente da fare," suggerì Tobisson, che non aveva nessuna intenzione di farsi mettere da parte dai colleghi.

"Non credo proprio," disse Lidman. "Stenman ha chiesto quattrocentomila corone in prestito a Danne Durant. Per far cosa non lo sappiamo, ma certo non per saldare i debiti che aveva contratto. Forse si era messo in combutta con i russi e gli è andata male. O forse aveva iniziato a fare affari in un altro settore, droga magari, e gli serviva un magazzino."

"Forse era vittima di estorsioni," intervenne ancora Tobisson, "e doveva pagare un mucchio di soldi. Così ha mandato l'azienda a rotoli per dare l'impressione che non gli fosse rimasto più nulla."

Sia Hake sia Lidman lo guardarono stupiti, annuendo lentamente.

"Bravo," si complimentò Hake. "Non mi sembra un'ipotesi campata in aria."

"Come ci sei arrivato?" fu l'ironica domanda di Lidman. Non aveva grande stima di Tobisson. Provava un'avversione naturale per i poliziotti palestrati e con i capelli a spazzola che mordevano un po' troppo il freno.

Tobisson non rispose. Si piazzò davanti alla finestra con le mani intrecciate dietro la schiena, come un anziano maestro di scuola. Guardando fuori si accorse che per la prima volta da lungo tempo non pioveva. Il cielo fra i tetti era azzurro e senza una nuvola. Le case sembravano aver rinnovato le facciate, che da grigio-brune erano diventate giallo oro, mettendo in risalto i cornicioni e le decorazioni. Anche le finestre scintillavano alla luce del sole e la gente non si affrettava più lungo le strade protetta da ombrelli e impermeabili. Ora girovagava senza meta, si fermava davanti alle vetrine con la sensazione di avere a disposizione tutto il tempo del mondo. Anche Tobisson si sentiva di buonumore e la città rispecchiava in qualche modo il suo stato d'animo. Si girò verso i colleghi e li guardò. Credete di aver detto la cosa giusta, pensò. Ora vi faccio vedere io che cos'ho in serbo.

9.

Harry Stenman fu sepolto il giorno seguente e Axel Hake partecipò alla cerimonia funebre insieme a Oskar Lidman per vedere chi lo avrebbe accompagnato alla tomba. Ulla Stenman se ne stava un po' in disparte. Non indossava né la veletta né altri abiti da lutto, ma un semplice cappotto nero sotto il quale si intravedeva una gonna grigio scuro. A pochi passi dietro di lei c'era Rick Stenman, il fratello di Red, in soprabito di pelle nera. Aveva un'aria quasi scocciata e non faceva che guardare l'orologio. Il prete fece del suo meglio per indurre i presenti a chinare la testa e mostrare un cenno di dolore, ma dopo pochi istanti si rese conto che era impossibile e si limitò a mormorare la sua litania. C'erano anche Maxim Olgakov e Danne Durant, nessuno dei due vestito di nero. Olgakov indossava come sempre un completo marrone e Danne uno grigio. Attorno alla tomba si erano radunate anche altre persone, ma Hake non ne riconobbe nessuna. Intanto però scattavano fotografie a tutti: magari sarebbero tornate utili nel corso dell'indagine. Notò un paio di uomini molto somiglianti fra loro, che si diressero insieme alla tomba per deporvi due mazzi di fiori. Hake si girò in direzione di Ulla, che si rifiutò di incrociare il suo sguardo. L'aveva avvertita che ci sarebbero stati anche loro e lei non aveva avuto obiezioni. "Potete fare quello che volete, purché prendiate chi ha fatto questo a Red. Ma non credo che lo troverete fra i suoi amici. Non si può fare una cosa del genere a qualcuno che si conosce."

Hake invece lo aveva visto fare troppo spesso per fidarsi della storia dei vincoli di amicizia.

Uscendo dal cimitero andò incontro a Olgakov: "Solo una domanda". Il russo, che aveva avuto il buon gusto di non indossare il suo orrendo cappello al funerale, ora se lo rimise in testa e si fermò. "Conosce un tizio che si chiama Victor Jetvjenko?" domandò il commissario. Aveva sparato a caso, ma bisognava provarle tutte. Olgakov lo guardò quasi sorpreso.

"Esimio commissario," attaccò in tono formale, "se la polizia qualche volta avesse provato ad aiutarmi, forse avrei potuto rispondere alla sua domanda. Ma voi mi avete messo i bastoni fra le ruote da quando sono arrivato in questo paese, perciò la mia risposta è una sola: no, non conosco nessuno con questo nome. Però le offro ventimila corone per la sua Citroën."

"Gli amici non si vendono," replicò Hake.

"Appunto, commissario," concluse Olgakov prima di andarsene.

Hake trascorse la serata in compagnia di Siri. Hanna era a Saltsjöbaden dalla madre, una donna che riteneva che sua figlia avesse scelto l'uomo sbagliato. E le sue azioni non erano salite di certo nel corso di una rigida e formale cena in cui Hake aveva buttato lì per caso che suo padre, imprenditore, si era risposato con una donna più giovane. Dopo il fatale errore ci erano voluti mesi prima che tornasse a essere invitato nella magnifica villa. Siri pensava che la nonna fosse cattiva e ne aveva un po' paura. Tutto era iniziato una volta che l'avara gentildonna, mentre le tagliava le unghie dei piedi, l'aveva accusata di essere una frignona perché si era lamentata che le faceva male. Da allora il delicato compito fu affidato esclusivamente ad Hake, che lo considerava, più che un onere, un onore. Innanzitutto facevano insieme un bel bagno caldo, in modo che le unghie si ammorbidissero, poi, prima che entrassero in azione le forbici, lui le massaggiava dolcemente i piedi. Quella sera avevano noleggiato la cassetta con le avventure di Pippi Calzelunghe per la milionesima volta. Siri non ne aveva mai abbastanza e Hake si chiese quante bambine avessero rafforzato la propria identità grazie a questa fantastica creatura.

Hake diede a Siri il bacio della buonanotte, percependo l'alito fresco e profumato di mela che hanno solo i bambini e che svanisce con la crescita. E a quel punto svanisce in qualche modo anche il tempo dell'innocenza, ammesso che esista. Siri dormiva beata e pura stringendo fra le braccia il suo peluche preferito, un coniglietto dalle lunghe orecchie.

Hake si sistemò sul divano e si immerse nella lettura della rivista di corse francese, sorseggiando del vino. All'improvviso suonò il campanello.

"Lo so che sei in casa," disse Lars Larsson-Varg spingendo in basso la maniglia.

Il commissario andò ad aprire e il vicino gli sventolò sotto il naso una raccolta di documenti. "Dorme la piccola?"

Hake annuì, chiedendosi se il vecchio sovrintendente non si sdraiasse con l'orecchio sul pavimento per tenere sotto controllo il minimo movimento nell'appartamento al piano di sotto. Fatto sta che non appena metteva a letto Siri, tempo qualche minuto e il vicino, non sentendo più la voce della bambina, si precipitava a fargli visita. Axel gli versò un bicchiere di vino e studiò le fotografie e i documenti che aveva portato.

"Nuova scoperta," esordì. "Sembrerebbe che sia stata trovata l'impronta di un pollice su tre dei più famosi dipinti di Rembrandt. O almeno che si attribuiscono a lui." Lanciò ad Hake un'occhiata significativa. La sua idea fissa che il quadro di Rembrandt esposto al Nationalmuseum fosse falso non poteva essere neppure discussa. "Guarda qui," ordinò indicando una serie di ingrandimenti dell'impronta di un pollice che era stata isolata sulla vernice asciutta dei tre quadri. "Questo è il pollice di 'Remmi'. Capisci che cosa significa tutto questo?"

Hake non capiva.

"Certe volte sei un testone, Axel," se ne uscì Larsson-Varg impaziente. "È ovvio: significa che se quell'impronta non si trova sull'opera *Giuramento dei Batavi*, il maestro non l'ha mai toccata. E soprattutto, non l'ha dipinta."

"Non ne sarei così sicuro," commentò Hake. "Perché si verifichi un crimine non è sufficiente che manchi qualcosa."

"Non c'è ancora nessun crimine," disse Larsson-Varg criptico.

"Non ancora?"

"Diventerà un crimine solo quando avrò mostrato tutte le prove. Bisognerà quantificare il risarcimento e, quanto a me, presenterò una citazione in giudizio con relativa richiesta di soldi per tutti i biglietti di ingresso che il museo ha incassato con false schede tecniche. Ogni singolo visitatore ha pagato esclusivamente per vedere quell'opera. Se tutti fanno come me, il museo sarà costretto a sborsare cifre astronomiche. Il quadro si trova al museo fin dalla sua inaugurazione, nel 1866."

Sprofondò all'indietro nella poltrona, chiuse gli occhi e si godette in silenzio l'effetto che avrebbe sortito la sua scoperta.

"E come farai a esaminare il quadro per trovare la sacra impronta?" domandò Hake inquieto, temendo il peggio.

Larsson-Varg prese tempo prima di riaprire gli occhi e lanciare ad Hake uno sguardo fintamente ingenuo. "Credo sia un'ottima cosa avere la polizia dalla propria parte in operazioni di questo genere. Avrai anche tu la tua bella fetta di gloria quando sarà svelata la truffa."

"Di che operazioni stai parlando?"

"Ce li avete o no grimaldelli e altri aggeggi del genere? Ce le avete o no le mappe dei sistemi di allarme e le istruzioni per bloccarli?"

"Stai pensando di fare irruzione al Nationalmuseum?"

"Ma è irruzione anche se uno si porta dietro la polizia?"

"Tu non hai nessuna polizia con te, Lars."

"Pensavo che io e te..."

"Stai scherzando?"

Larsson-Varg assunse un'aria indecisa: non tutto era andato come aveva pensato. "In ogni caso mi farai da palo."

"Lars..."

"Okay, okay. Se ti ostini a non voler condividere..."

Hake scrollò le spalle. "Mio illustre sovrintendente, già licenziato... perché è questo che ti è successo, ricordi? Sei stato licenziato e ora vuoi vendicarti, non è così?"

Larsson-Varg non rispose.

"Comunque sia, io sono un investigatore. Ma sono anche un tutore dell'ordine e perciò ti invito a riferirmi di eventuali atti criminali, a prescindere dal fatto che siamo amici."

"Axel," disse il suo ospite con un sospiro, "stai per diventare un fanatico del comma e un carrierista. Prima o poi mi arresterai se offrirò alcol di contrabbando nel mio appartamento."

"Non è la stessa cosa."

"Comunque sei senza speranza," concluse Larsson-Varg ferito. Poi raccolse le sue carte e si alzò. Il caftano rosso e i larghi pantaloni di cotone lo facevano sembrare un artista circense.

"Io però non mi arrendo. Continuerò la mia battaglia da solo, come ho sempre fatto."

"Basta che non fai sciocchezze," disse Hake.

La risata di Larsson-Varg lo seguì fino alla porta esterna.

Il sovrintendente si era appena dileguato quando una chiave si infilò nella serratura e Hanna entrò. Lo salutò brevemente, poi si diresse senza esitazione in soggiorno, dove si versò un bicchiere di vino che bevve tutto d'un fiato.

"Alla salute," disse Axel.

Hanna si limitò a fare una smorfia prima di riempirsi ancora il bicchiere.

"Avete litigato?"

Lei lo guardò per un tempo infinito, poi parlò. "Hai mai avuto paura di assomigliare ai tuoi genitori?"

Ad Hake era capitato spesso di pensare all'alcolismo di suo padre e all'artrosi di cui soffriva alle mani sua madre, ma non ne aveva mai avuto paura.

"Mah, non saprei..." cominciò.

"Io ho paura, Axel."

"Ma tu non assomigli affatto a tua madre."

"Sì invece, forse diventerò come lei. Acida, piena di pregiudizi e intimamente felice se agli altri va tutto storto."

"Un aspetto che non ho mai notato in te," replicò lui con dolcezza.

"Sei molto carino," disse Hanna sedendosi accanto a lui e mettendogli un braccio attorno alle spalle, "ma finirai per lasciarmi, esattamente come mio padre ha lasciato mia madre."

"Hanna, per favore..."

"Shhh," sussurrò lei baciandolo con passione sulla bocca.

Hake si liberò dalla sua stretta e la fissò. "Si può sapere che cosa è successo?"

"Ero seduta in soggiorno a osservare la mamma che ce l'aveva con il mondo intero e in quel preciso istante ho visto me stessa fra qualche anno. Collo magro, capelli eccessivamente tinti, troppi gioielli e anelli addosso. Busto incassato e le mani solcate da vene blu come inchiostro su una pergamena."

Chinò la testa verso di lui. "E ho pensato che non voglio diventare così. Piuttosto mi butto nel lago."

"Non diventerai mai così," la rassicurò Axel.

"Certo che sì, ma non mi vedrai mai in quelle condizioni."

"Che cosa vuoi dire?"

Lei scosse la testa addolorata e fissò il vuoto senza guardarlo. "Ho freddo, Axel. Ho freddo..."

Il giorno dopo Lidman e Hake si recarono in Ringvägen con la vecchia Citroën. La luce si rifletteva sulla facciata delle case e le strade erano tappezzate di foglie rosse e gialle. Lidman sedeva ben avvolto nell'ampio soprabito e guardava fisso davanti a sé. La moglie era andata a un congresso e questo significava che non c'era nessuno con cui condividere le sue grandi passioni: il cibo e il ballo. Contatti privati con Hake e Tobisson non voleva averne. Tobias e quello stuzzicadenti della sua amica di certo si nutrivano di corteccia e crusca, e Lidman non aveva alcuna intenzione di passare la serata ad ascoltare lezioni sui benefici del moto e di una sana alimentazione. Hake, poi, non aveva mai mostrato di voler condividere il tempo libero con i colleghi. La sera prima Lidman aveva considerato l'ipotesi di andare al dancing club da solo e ballare un po' con altre persone, ma sapeva che sarebbe finito al bar a scolarsi un whisky dopo l'altro e il solo pensiero del dopo-sbornia lo deprimeva. Molto meglio starsene a casa da solo, a fare i cruciverba e a immergersi nel lavoro fino al ritorno della moglie.

Hake parcheggiò nei pressi del garage di Harry Stenman, poi insieme a Lidman scese nell'ufficio. Ulla Stenman sedeva alla scrivania nell'ufficio dalle ampie vetrate davanti ad alcuni fogli di carta e con una calcolatrice accanto a sé. Alzò rapidamente lo sguardo sui due agenti, digitò alcune cifre e li invitò a sedersi. Lidman prese dalla cartella i documenti che aveva raccolto. Li sfogliò in silenzio per qualche istante, prima di schiarirsi la voce. "Abbiamo dato un'occhiata alla vostra situazione economica dell'ultimo anno e non è proprio rose e fiori," esordì.

Ulla Stenman inarcò le sopracciglia.

"A voler usare la parola giusta, la definirei fallimentare."

La donna li guardò entrambi infastidita. Lidman il grassone, con il suo continuo schioccare la lingua e quell'enorme soprabito da dinamitardo, come avrebbe detto Red, e il commissario con il bastone e lo sguardo fisso.

"Ora comincio a capire," disse alla fine indicando le carte e il raccoglitore. "Credevo che Red avesse pagato le spese correnti, ma a quanto pare non è così."

"Che cosa pensa di fare?" domandò Hake.

"Che cosa c'è, oltre a dichiarare fallimento?"

"Lo sa perché suo marito ha mandato l'azienda a rotoli negli ultimi sei mesi?"

Ulla scosse la testa.

"Lei lavorava qui in ufficio, però."

"Degli affari si occupava Red, io mi accertavo che le macchine fossero in regola con l'assicurazione, i documenti, che venissero pagate e che funzionassero le inserzioni e i contatti con i clienti." Fece un gesto rassegnato. "Era lui che lo voleva."

Lidman aveva controllato se ci fossero imprenditori gravemente danneggiati dai pasticci che Harry Stenman faceva con fatture e pagamenti, ma non aveva trovato niente di rilevante.

Rick scese nel garage al volante di una vecchia Mazda. Parcheggiò in uno spazio minuscolo ed entrò nell'ufficio, indossando una giacca di pelle fin troppo leggera per le condizioni atmosferiche del momento. Si passò una mano sulla zazzera biondo-rossa, li salutò e andò a piazzarsi accanto alla porta.

"In definitiva lei non si è ancora fatta un'idea di chi può aver ucciso suo marito?" chiese Hake.

Ulla Stenman lanciò una lunga occhiata a Rick, poi spostò lo sguardo sui due poliziotti.

"Sono sempre più d'accordo con la teoria di Rick sullo scambio di persona."

"Chi sono quelli che avrebbero scambiato persona?"

"Quelli che l'hanno fatto."

Hake percepì una sfumatura di irritazione nella sua voce.

"Come farà con i soldi che dovete a Danne Durant?"

"A chiedere il prestito non siamo stati né io, né l'azienda e questo gliel'ho già detto. È stato Harry. Io non possiedo denaro mio."

"E non ha ancora scoperto che cosa abbia fatto lui di tutti quei soldi, dato che è ormai evidente che non li ha usati per saldare i debiti?"

La donna scosse la testa. Il commissario si rivolse a Rick, che gli rispose: "Non ne ho la minima idea".

"Non li avrà per caso investiti in... droga, per esempio? O in qualche altra attività commerciale?"

"Red non avrebbe mai fatto niente del genere," intervenne Ulla Stenman.

"Era uno a posto," aggiunse Rick. "Perché non ci credete? Avete dei pregiudizi sui rivenditori di auto usate?"

"Seguiamo tutte le piste possibili," spiegò Hake con calma. "È il lavoro della polizia. Se non sapete dove sono finite le quattrocentomila corone del prestito, vuol dire che Harry non si fidava di voi, no? Dobbiamo scoprire anche questo."

Sia Ulla sia Rick rimasero in silenzio e Lidman li lasciò cuocere nel loro brodo. Era un vecchio trucco da poliziotto, quello di prolungare il silenzio finché qualcuno non si sentiva in dovere di dire qualcosa. Ulla si alzò e si passò le mani sui fianchi per lisciarsi la gonna. "Ho verificato tutti i nostri conti e neanche lì c'era traccia delle quattrocentomila corone," disse.

"Non può aver aperto qualche conto segreto?"

"A che scopo?"

"Perché aveva in ballo qualche affaruccio che non voleva far sapere a nessuno, è ovvio," sbottò Lidman irritato.

"Non saprei davvero cosa potrebbe essere."

"Non era per caso vittima di una qualche forma di estorsione?"

Ulla negò con un cenno della testa, poi guardò Rick, che si limitò a un'alzata di spalle.

"E di Danne Durant che cosa mi dice? Non si è fatto sentire per niente?"

"È venuto al funerale a farmi le condoglianze," disse Ulla.

"Nient'altro?"

"No."

Ulla tornò a sedersi e si mise a giocherellare con la fede nuziale. Hake non le staccava gli occhi di dosso, pronto a cogliere il minimo segno di nervosismo o insicurezza da parte sua, ma fino ad allora non aveva notato niente di particolare nel comportamento della donna. Però non l'aveva mai vista girarsi e rigirarsi l'anello al dito.

"Allora com'è che Harry conosceva Danne Durant?"

"Erano amici di vecchia data," rispose Ulla sul vago.

"Da circa vent'anni, in ogni caso," completò Rick. "Me lo ricordo ai tempi in cui aveva un negozio di antiquariato in Gotlandsgatan."

A quel punto Rick lanciò una rapida occhiata alla cognata, che scosse impercettibilmente la testa.

"Avevano avuto rapporti d'affari in precedenza?"

"Hanno sempre provato a fare delle cose insieme," disse Rick. "Per un certo periodo hanno gestito una ditta di traslochi."

"Che fine ha fatto?"

"Non andava granché bene, arrancavano."

Di nuovo un veloce sguardo d'intesa fra Rick e Ulla. Hake si chiese che cosa potesse significare. Aveva l'impressione che Rick volesse dire qualcosa che però Ulla voleva tenere per sé. Ci fu un attimo di distrazione nel momento in cui un cliente scese nel garage: Rick uscì e gli comunicò che per quel giorno erano chiusi. Al suo rientro in ufficio, guardò la cognata e le disse: "Penso che dovresti parlarne, Ulla".

"Parlare di cosa?" domandò Oskar Lidman sporgendosi in avanti e provocando uno scricchiolio nella sedia. Ulla scrollò le spalle.

"Rick si riferisce presumibilmente al fatto che io e Danne eravamo una coppia, prima che sposassi Harry," chiarì alla fine.

"Porco diavolo!" esclamò Lidman quando uscirono dalla concessionaria. "Perché non ce l'ha detto prima?"

Hake guidò lungo Ringsvägen, poi svoltò in Hornsgatan e proseguì costeggiando Bergsunds Strand verso Långholmen. Quando glielo aveva chiesto, Ulla aveva risposto che semplicemente non pensava fosse rilevante. Poi aveva raccontato che la sua relazione con Danne aveva iniziato a scricchiolare quando si era innamorata di Harry. Nel giro di pochi mesi erano già sposati. A sentire Ulla, Danne non aveva fatto scenate, non era certo il tipo, secondo lei. Aveva accettato la situazione ed erano rimasti amici.

"Se avesse voluto farmela pagare per averlo lasciato, avrebbe ucciso Harry allora, no?" aveva detto Ulla.

"Dunque ne sarebbe capace," aveva chiesto a quel punto Lidman. La vedova aveva negato, dicendo che oltretutto non credeva che dopo tanti anni Danne potesse essere ancora geloso al punto da rappresentare un pericolo per Harry.

"E non penso neppure che gli avrebbe prestato le quattrocentomila corone," si era intromesso Rick. E in ogni caso non aveva notato alcun cambiamento nel rapporto fra i due soci.

Hake però sapeva che la gelosia poteva covare sotto la cenere e crescere a dismisura, provocando, in alcune circostanze, violenza e morte. Gli archivi della polizia erano pieni di casi del genere.

"Non possiamo sbatterla dentro per reticenza?" chiese Lidman mentre Hake percorreva il ponte per Långholmen, oltrepassandolo per raggiungere Mälarvarvet, dove era ormeggiata la barca di Danne Durant.

"A che servirebbe? La farebbe rinchiudere ancora di più in se stessa."

Lidman borbottò qualcosa e scese dalla macchina, dopo che Hake si fu fermato lungo la banchina vicino a Mälarvarvet. La barca stava nello stesso posto dell'ultima volta, ma alla pallida luce del giorno sembrava ancora più fatiscente. La vernice scrostata lasciava intravedere la ruggine e lo sporco sui vetri degli oblò sembrava impenetrabile. Salirono a bordo e bussarono alla porta. Una radio si spense di colpo e si udirono dei passi sulla scala che conduceva al ponte. Poi la porta si aprì e Danne Durant guardò i due agenti.

"E adesso che c'è?"

Hake chiese di poter entrare e Danne suo malgrado li invitò a seguirlo. Attraversarono il salone fatiscente e scesero di un piano, fino al ponte inferiore. A quel punto si aprì inaspettatamente alla loro vista un elegante e raffinato loft. Era tirato a lucido e accogliente, con un divano e due poltrone in stile Chippendale a una delle estremità e scaffali di legno di quercia che coprivano uno dei due tramezzi. C'erano poi un grande tavolo, ingombro di libri di architettura e oggetti di antiquariato, e tappeti antichi sul pavimento. La stanza ricordava l'abitazione di un capitano del secolo scorso. Tutto quel buon gusto nell'arredamento si spiegava forse con il fatto che un tempo Danne Durant si era occupato di antiquariato.

"Certo, a nessuno verrebbe in mente di trovare un ambiente così elegante e raffinato sotto il ponte di una barca come questa," disse Durant quando vide lo sguardo stupefatto dei due poliziotti. "Tutti i balordi che sbirciano dentro vedono solo un salone malandato e un paio di tavoli che cadono a pezzi, niente che valga la pena di rubare."

Si sedette in una poltrona. "Ma non credo che siate venuti solo per ammirare il mio splendido arredamento, o sbaglio?"

"Come lei sa, stiamo indagando sull'omicidio di Harry Stenman," esordì Lidman. "In particolare stiamo controllando la sua cerchia di conoscenze e negli ultimi tempi il suo nome è saltato fuori più di una volta. Di recente abbiamo saputo che Ulla Stenman l'ha piantata per mettersi con Harry."

Lidman lo guardò con un sorrisetto beffardo: era un maestro nell'irritare la gente con il suo comportamento inopportuno.

"Ve l'ha detto lei?" Danne guardò Hake, che non aveva ancora aperto bocca.

"Sono state le sue precise parole," riprese Lidman. "Lei, Danne, non era abbastanza per Ulla."

Durant impallidì leggermente e Hake poté quasi toccare con mano i sentimenti contrastanti che gli si agitavano dentro. Da una parte avrebbe volentieri mandato Lidman al diavolo, dall'altra si sforzava di non perdere il controllo, fatto per lui molto importante. Danne si alzò, raggiunse un piccolo frigobar e prese una bottiglia di acqua Ramlösa. Se ne versò un bicchiere, senza offrire niente ai due sbirri. Guardò Hake.

"Stiamo cercando di risolvere un brutale omicidio," ribadì il commissario. "Ogni tanto capita di perdere la calma. Non se la prenda a male."

Danne tornò a sedersi, sorseggiando l'acqua ghiacciata. "Io e Ulla eravamo una coppia, ma eravamo già al capolinea quando lei conobbe Harry. A onor del vero, mi sentii quasi sollevato per la fine della nostra storia. Ulla ha la tendenza a parlare senza dire niente di significativo."

"Perciò la rottura della relazione fu più o meno reciproca," fece Hake comprensivo. Danne annuì. "E non l'avete più ripresa?"

"Sarebbe stato del tutto senza senso."

"Ne è assolutamente sicuro?"

Danne si limitò a lanciargli uno sguardo divertito.

"Che cosa sa invece di import-export russi?" chiese Hake con lo stesso tono basso di voce. La domanda arrivò del tutto inaspettata e Danne sembrò cadere dalle nuvole.

"Io... io non so niente. Perché dovrei?"

"Sappiamo che Harry era coinvolto nell'attività."

"Harry, certo."

"Ma lei gli ha pur sempre prestato quattrocentomila corone. Forse le ha raccontato che quei soldi gli servivano per gli affari che aveva in ballo con i russi."

"Le ho già detto che non so a che cazzo gli servissero."

"Quindi Harry le ha chiesto il denaro e lei gliel'ha dato e basta?"

"Qualcosa del genere, sì. Lo conoscevo da vent'anni e non doveva rendere conto a me di ciò che voleva o non voleva fare."

"E lei aveva quattrocentomila corone così, sull'unghia?" intervenne Lidman.

"Sono un ricco uomo d'affari. L'ho visto come un investimento. Red mi avrebbe reso quei soldi con gli interessi."

All'improvviso si udì un rumore stridente provenire dall'esterno della barca. Danne sembrò un po' inquieto.

"Aspetta qualcuno?" chiese Hake.

Durant fece di no con la testa.

Ora il commissario avvertì distintamente dei passi sul

ponte e qualcuno che cercava di forzare la porta. Si alzò in un lampo, afferrò il bastone e cominciò a salire la scala zoppicando. Aprì con uno spintone la porta del salone e andò dritto all'oblò. Quando vide una sagoma sparire in fretta dietro un angolo della barca, decise di seguirla. Il gelido vento autunnale lo investì in pieno non appena uscì sul ponte. Si fermò un attimo e lasciò vagare lo sguardo lungo il cantiere. Nessun movimento. Per quanto glielo permetteva la gamba, proseguì lungo il parapetto del ponte di coperta e poi sulla banchina, ma continuò a non vedere traccia della sagoma. Si affrettò in direzione delle barche e da dietro un capannone industriale sbucò il mulettista.

"C'era lei a bordo della barca poco fa?" urlò Hake.

L'uomo scosse la testa.

"C'era un tizio là."

Con un cenno della testa l'uomo indicò un rimorchiatore poche postazioni più avanti. Hake si avviò verso l'imbarcazione. Non vide nessuno, ma quando si girò a guardare il mulettista, questi gli fece un cenno di conferma. Il commissario salì a bordo e fece in tempo a scorgere qualcuno che cercava di infilarsi in una botola sul ponte di prua. Era arrivato un secondo dopo che il coperchio si era chiuso. Lo riaprì con forza, ma quando guardò nella botola non vide altro che buio pesto e silenzio totale. "Chi sei? Torna su!" urlò Hake, ma nessuno si fece vivo. Il commissario mise via il bastone e cominciò a scendere lungo la scaletta. Un tanfo acido di corda marcia e cerate lo sommerse. La luce che filtrava dallo spiraglio della botola era sufficiente per consentirgli di vedere dove metteva i piedi, così riuscì a scendere sotto coperta.

"Fatti vedere!" urlò ancora nel buio.

Nessuno rispose. Lui avanzò a tentoni, urtò contro un sacco pieno di corde e gomene e mise il piede su un telo scivoloso. In quello stesso istante sentì la presenza di qualcuno accanto a sé, allungò la mano e afferrò un maglione. L'uomo che lo indossava sobbalzò e si allontanò. Ad Hake sfuggì la presa ma senza preavviso si gettò in avanti: il maglione ebbe finalmente un corpo e nel giro di pochi secondi finirono entrambi sul pavimento. Fece appena in tempo ad afferrare di nuovo il maglione quando capì chi gli stava davanti.

La puzza di alcol dell'uomo del bus bianco era quasi insopportabile.

"E tu che ci fai qui?"

"Lasciami," piagnucolò il tizio.

"Torniamo su," disse Hake trascinandolo verso la scala. L'uomo sembrava non avere più fiato e seguì Hake sul ponte di prua senza opporre resistenza. Lo vide tremare, la ferita che si era procurato da ubriaco si era quasi cicatrizzata, ma era tutto il suo aspetto a essere pietoso.

"Perché ci stavi spiando?"

L'uomo si passò la lingua sulle labbra screpolate. "Non vi stavo spiando," disse. "Volevo solo vedere se c'era Danne."

"Lo conosci?"

"Ogni tanto mi dà un biglietto da dieci."

Hake lo lasciò andare. "Come ti chiami?"

"Leffe."

"Solo Leffe?"

"Mi chiamano Leffe Calzino, perché certe volte ho i piedi sporchi, ma il mio cognome è Alderson."

Provò ad abbozzare un sorriso, ma il risultato fu un ghigno disgustoso.

"Andiamo alla barca di Danne, così parliamo un po'."

Leffe impallidì visibilmente e scosse la testa con forza. "Mai. Piuttosto mi butto in mare."

"Hai paura di lui?"

"Ti prego, non dirgli che c'ero io là fuori," lo implorò.

Riprese a tremare, guardandosi intorno disperato.

"Okay, okay, calmati ora," lo tranquillizzò Hake.

Ma Leffe non si calmava affatto. Si muoveva senza sosta, la testa ballonzolava su e giù come se avesse le convulsioni e Hake si chiese preoccupato se non gli stesse venendo un attacco di delirium tremens.

Si allontanarono dal rimorchiatore e si avviarono alla *Laura*.

"Sei sicuro di non sapere nient'altro riguardo all'omicidio di Harry Stenman?" gli chiese Hake mentre si avvicinavano alla barca di Danne.

"Zero. E lasciami in pace, una buona volta. Non ho sentito né visto niente." Tremò ancora tutto, poi si allontanò a piccoli passi dalla barca e da Mälarvarvet. Hake lo seguì con lo sguardo per qualche istante, quindi salì a bordo della *Laura*.

"Chi era?" domandò Danne Durant quando Hake tornò sotto coperta.

"Non sono riuscito a vederlo," rispose il commissario.

"A vederlo? Era un uomo?" domandò Lidman. "E io che pensavo che fosse Ulla Stenman a essere scesa per una sveltina, ma poi ci ha visti e se l'è svignata."

Hake scrutò Danne Durant: la sua faccia era però completamente priva di espressione e non sembrava né sollevato né preoccupato, convinto com'era che Hake non avesse visto il visitatore.

"Forse ha ascoltato di nascosto," ipotizzò Hake mentre guidava da Långholmen alla stazione di polizia. "Ma perché avrebbe dovuto farlo?"

"O forse doveva vedere Danne per qualche faccenda, ma quando si è accorto che c'era la polizia se l'è data a gambe," disse Lidman.

"Però quel poveraccio se la faceva sotto dalla paura, tanto che mi ha pregato di non fare il suo nome con Danne."

"C'è qualcosa di losco in questa storia," commentò Lidman osservando Hake. Secondo lui il collega stava guidando male. Sicuramente Hake aveva una frizione adatta al suo handicap, ma sembrava che riuscisse a malapena a sollevare il ginocchio durante il cambio delle marce.

"Come va la gamba?" domandò Lidman.

"Tutto a posto," rispose il commissario stringendo i denti.

Tuttavia non appena arrivarono in centrale si precipitò in bagno per ingoiare un antidolorifico e cospargersi il ginocchio di unguento antinfiammatorio. Si era visibilmente gonfiato e lui si maledì per la sua ostinazione a sottoporlo a sforzi esagerati arrampicandosi e correndo.

Quando entrò nella sala operativa trovò Tobisson seduto ad aspettarlo. Era calmo in modo preoccupante. Fra l'altro non indossava la solita tenuta sportiva, ma un cappotto scamosciato nuovo con il bavero di pelle.

"Sì?" fece Hake.

"Non ha voluto dirmi niente prima del tuo arrivo," disse Lidman.

Con il suo cappottino nuovo di zecca Tobisson gli sembrava un pappone degli anni settanta. Gli mancava solo il cappello di pelliccia.

"Solo per non ripetere due volte la stessa storia," si giustificò Tobisson alzandosi. Rovistò nella sua cartella e prese una fotografia che appose al tabellone accanto alle altre. La foto ritraeva quattro uomini in uniforme della Legione straniera. Harry Stenman con il *képi blanc*, il tipico berretto della Legione, tirato indietro sulla nuca, fissava serio l'obiettivo. Alla sua sinistra c'era un uomo della stessa età con il fucile in spalla e alla sua destra altri due, più giovani, molto somiglianti fra loro, con occhi grigi e nasi carnosi. Hake riconobbe i due tizi che aveva visto al cimitero.

"Harry Stenman e compagnia bella a Sarajevo," disse

Tobisson. "Il tipo a sinistra si chiamava Kurre Oskarsson. È morto laggiù. L'opinione comune era che Harry Stenman non avesse obbedito agli ordini e che perciò fosse caduto dritto in un agguato. Licenziato in tronco. Gli altri due, i fratelli Nils e Göran Hemmesta, restarono ancora a lungo e sono tornati in Svezia solo all'inizio dell'estate scorsa. Sono rimasti nella Legione straniera per quasi quindici anni."

Guardò compiaciuto i due colleghi.

10.

La casa di campagna si trovava dalle parti di Värmdölandet, e come molte altre era stata costruita per metà a norma e per metà in nero. In origine era stata una delle abitazioni venute su come funghi nei primi anni cinquanta, quando si potevano acquistare i terreni a poco prezzo. In seguito erano stati aggiunti una seconda camera da letto, una piccola terrazza con la tettoia e una rimessa. I dintorni di Stoccolma pullulavano di dimore del genere, ma questa aveva un aspetto più trasandato del normale. Era marrone con il tetto rivestito di carta vetrata, aveva la vernice scrostata lungo i bordi delle finestre e sembrava che nessuno se ne prendesse cura da anni. Il giardino rigoglioso con i suoi nodosi meli era stato un tempo attraversato da un sentiero che portava alla casa, ma che ora era quasi scomparso: solo un avallamento al centro del prato ne rivelava l'esistenza.

Hake fermò la macchina davanti alla cassetta della posta con il cognome Hemmesta sulla targhetta, quasi illeggibile, poi ispezionò la casa dall'esterno. La finestra non era illuminata, anche se fuori era coperto e buio. Il commissario guardò Tobisson, che fece spallucce. "È l'unico indirizzo che abbiamo," spiegò.

Tobisson aveva fatto un eccellente lavoro preliminare. I contatti con Raymond gli avevano fruttato il nome dei cittadini svedesi arruolati nella Legione straniera. Aveva inoltre scoperto che all'inizio degli anni novanta gli Hemmesta erano stati in Bosnia e infine aveva trovato la madre del defunto Kurre Oskarsson. Era stata lei a dargli la foto di gruppo degli amici. "Glielo avevo detto, a Kurre, di non andare laggiù," si era lamentata l'anziana donna. "Ma lui non ha voluto sentire ragioni. D'altra parte, chi ascolta la propria vecchia madre?"

Era un donnino minuto, con occhi piccoli come grani di pepe che studiavano Tobisson con cura. "Lei me lo ricorda un po', sa?" aveva detto a un certo punto. "Mio figlio voleva diventare poliziotto, ma poi ha commesso delle sciocchezze e l'hanno condannato per maltrattamenti, così non se n'è fatto niente."

Aveva sospirato a quei ricordi e Tobisson aveva capito che la donna non aveva avuto vita facile durante l'adolescenza del figlio.

"Suo padre se la svignò quando Kurre aveva tre anni e molti dicono che i figli maschi senza padre sono quelli più soggetti a comportamenti violenti. Ma io credo che sia tutta una questione di geni. Il padre di Kurre era un mascalzone attaccabrighe, sempre pronto a provocare chiunque. Ma lei non è così, vero?"

Tobisson aveva avvertito un brivido freddo lungo la schiena a quell'inaspettata domanda così diretta. Wendela gli rimproverava spesso di essere troppo irascibile e permaloso, di prendersela per qualsiasi sciocchezza. Tuttavia aveva rassicurato la mamma di Kurre, dicendole che no, lui non era affatto così.

La donna era andata a rovistare in un comò ed era tornata con la foto del gruppo di amici a Sarajevo.

"I due fratelli dovevano essere proprio dei duri," aveva detto la signora Oskarsson porgendogli la foto. "Questo Red invece si atteggiava a capetto e faceva fare ai ragazzi ciò che voleva lui."

“Ha ancora qualche lettera di suo figlio?”

Lei lo aveva guardato abbattuta. “Sa, Kurre aveva problemi con la lettura e la scrittura... c’è un nome preciso per questo disturbo, non me lo ricordo. Comunque, credo che si vergognasse a scrivere. Ogni tanto ricevevo delle cartoline, ma non credo che fossero opera sua: in ogni caso non ho riconosciuto la sua calligrafia.”

“Allora come ha saputo di Red e dei due fratelli?”

“Hanno inventato un aggeggio chiamato telefono,” aveva risposto la donna divertita. “Kurre mi chiamava piuttosto spesso.”

Si era incupita di nuovo per un secondo, poi aveva sorriso ancora. “Voleva bene ai suoi amici,” aveva detto. “Si trovava a suo agio con loro, soprattutto con i due fratelli.”

“E con Harry Stenman?”

“Oh, lo ammirava. Era pur sempre il loro capo, era stato in Somalia e aveva un sacco di esperienza. Ma io credo che fosse... viscido.”

“Quindi lo ha conosciuto?”

Lei aveva annuito. “Venne a farmi le condoglianze, in completo nero e camicia bianca. Mi consegnò il basco verde del Secondo reggimento che era appartenuto a Kurre e disse che sentiva la responsabilità, come superiore di mio figlio, di andare a cercare la sua famiglia. Affermò che era uno degli uomini più maturi che avesse mai incontrato e che avevano accennato alla possibilità di aprire un’attività insieme al termine dell’incarico nella Legione. Ma io non ci credo neanche un po’, Kurre me l’avrebbe detto.”

“Le raccontò com’era morto suo figlio?” aveva domandato Tobisson.

“Disse che era caduto in battaglia, colpito da un proiettile. Ricevetti anche una lettera di condoglianze dalla Legione straniera che diceva più o meno la stessa cosa. Ma io sapevo che non era vero.”

"Com'è possibile?"

La sua bocca si era piegata in una smorfia amara. "I due fratelli erano tornati per un permesso e ne approfittarono per venirmi a trovare. Mi dissero che Kurre era morto per colpa di Stenman, che li aveva fatti cadere tutti in un agguato anche se aveva ricevuto espressamente l'ordine di non muoversi."

Aveva cercato lo sguardo di Tobisson e i suoi occhi si erano fatti cupi e scuri quando aveva detto: "In un certo senso è giusto che Stenman sia morto".

"È stato ucciso," l'aveva corretta Tobisson.

"Una fine adatta a uno come lui..."

Hake e Tobisson percorsero il sentiero fra gli alberi di mele. Li accolse il lieve sentore della frutta marcia caduta a terra. L'aria era fresca e spirava una debole brezza. La zona delle case estive era piuttosto isolata e nelle altre abitazioni non c'erano finestre illuminate. Hake si diresse verso la porta e bussò energicamente. Sentì all'interno un rumore di passi, che poi cessò. Nessuno venne ad aprire. Bussò di nuovo, finché dalla finestra accanto all'entrata non sbucò una faccia.

"Polizia," disse Hake ad alta voce.

All'improvviso da un angolo della casa spuntò un uomo in pantaloni larghi e giacca militare verde. Imbracciava un fucile da caccia e lo teneva puntato contro di loro. Era uno dei due fratelli. "Mani in alto!" intimò con un pesante accento del Sud.

Nello stesso istante la porta si aprì e apparve l'altro fratello con un coltello in mano. Indossava pantaloni da ginnastica e un giubbotto multitasche su un pesante pullover di lana.

Hake li guardò. Avevano entrambi occhi grigi come pietre, come se dentro non vi fosse neppure una scintilla di luce. Il commissario appoggiò tutte e due le mani sul bastone.

"Spero che lei abbia la licenza per questo giocattolo," disse al fratello con il fucile.

I due uomini si scambiarono una rapida occhiata. Quello con il fucile annuì, mentre l'altro fece un passo verso Hake e lo perquisì. Poi fece lo stesso con Tobisson.

"Siamo della polizia," ripeté Hake.

"Questo è quello che dice lei," replicò il tizio armato di coltello, che stava di fianco ad Hake.

Gli sfilò il portafoglio e prese il documento d'identità. Lo esaminò con cura, grattò col pollice sulla plastica e glielo restituì, insieme al portafoglio.

"Sono sbirri, Nils."

Nils Hemmesta tenne ancora un po' il fucile puntato contro i due agenti, poi dopo una breve esitazione abbassò la canna.

"Che diavolo volete?" chiese.

"Vogliamo parlare con voi di Harry Stenman."

"Non abbiamo niente da dire."

Hake si avvicinò di un passo all'uomo, avvertendone l'alito cattivo e il tanfo di sudore emanato dal corpo.

"Non so se le è chiaro: siamo due poliziotti e in questo paese ciò significa che siamo autorizzati a interrogare delle persone nel caso di indagini per omicidio."

"E con ciò? Non abbiamo comunque niente da dire," intervenne l'altro fratello. Hake incrociò il suo sguardo, che gli sembrò del tutto indifferente.

"Questo lo decido io, e se non mette giù quell'arma la obbligheremo a seguirci alla centrale."

"E come?"

Göran Hemmesta dondolò sui talloni.

"No," ordinò Hake a Tobisson, accorgendosi che il collega era sul punto di aggredire l'altro fratello. "Non ora."

Nils Hemmesta aveva ancora in mano il fucile, che faceva oscillare con disinvoltura da destra a sinistra.

"Sì, invece, provaci pure," disse il fratello lentamente rivolgendosi a Tobisson senza troppi riguardi.

"Ora entriamo e discutiamo della faccenda, invece di stare qua a parlare a vanvera," disse Hake oltrepassando Göran Hemmesta. I fratelli però rimasero al loro posto, come Tobisson. Nils lo osservò. "Credi davvero che avresti avuto una possibilità, sbirro?" domandò quasi incuriosito.

"Non è ancora detta l'ultima parola," replicò Tobisson senza perdere la calma.

All'interno c'era puzza di marcio, oltre al tipico odore di bruciato delle case estive dovuto alla polvere attirata dai caloriferi elettrici. Con grande sorpresa di Hake, però, l'ambiente era pulito e i piatti lavati: evidentemente era una necessità, per uomini con una formazione paramilitare, che tutto fosse in perfetto ordine. Nel soggiorno c'erano due letti rifatti. Alla parete era appoggiata una libreria bassa con fotografie e ricordi della Legione, libri e dischi. Una radio a transistor diffondeva musica di sottofondo.

Gli altri avevano seguito il commissario nella stanza. I fratelli si piazzarono alla porta e studiarono i due agenti. "Iniziate pure a parlare," disse Nils Hemmesta, che sembrava più vecchio del fratello, ma non c'era molta differenza fra loro né per l'altezza, né per l'aspetto.

Hake raggiunse zoppicando una sedia e si accomodò. "Sedetevi," ordinò agli Hemmesta.

I fratelli esitarono, poi però si sedettero e lo stesso fece Tobisson. Si sentì alquanto sollevato quando vide che i due non avevano chiuso la porta. Hake prese un foglio di carta che spiegò con un certo sforzo. "Nils e Göran Hemmesta, nati a Löddeköping. Condannati per le attività criminali insieme alle bande di motociclisti locali. Con la condizionale. Arruolati nella Legione straniera per quindici anni. Esonerati lo scorso maggio e da allora domiciliati a questo indirizzo. Entrambi disoccupati."

Sollevò lo sguardo su di loro. "Di che cosa vivete?"

"Ma che gliene importa?" domandò Göran Hemmesta. Hake lo studiò a lungo. Gli venne in mente l'espressione *white trash*, usata per indicare i bianchi di basso livello culturale.

"Siete stati per molto tempo all'estero, perciò capisco che non conosciate le leggi e gli ordinamenti svedesi, ma permettetemi di dire una cosa. Io sono a capo di un'indagine per omicidio e ne possiamo parlare qui, da persone adulte, oppure giù in centrale. A voi la scelta."

I fratelli si scambiarono uno sguardo e per una frazione di secondo una luce sembrò accendersi nei loro occhi grigi. Nils si rivolse ad Hake: "Abbiamo avuto una buonuscita dalla Legione," spiegò. "Comunque, che cosa c'entriamo noi due con la sua indagine per omicidio?"

Al suo spiccato accento del Sud si aggiungeva la erre moscia, forse perché negli ultimi quindici anni aveva parlato francese.

"Si tratta dell'omicidio di Harry Stenman, come certamente saprete."

"Non ha niente a che vedere con noi."

"È proprio di questo che devo accertarmi," disse Hake deciso.

"Che cosa vuole sapere?"

"Vi siete visti con Harry una volta tornati a casa dalla Legione?"

"Lo abbiamo cercato."

"Che cosa è successo?"

"Niente. Una semplice visita di cortesia."

"Era contento di vedervi?"

"Perché non avrebbe dovuto?"

Di nuovo quell'abitudine di rispondere a domanda con domanda, con rabbia, come se si trattasse non di una conversazione ma di una faccenda di vita o di morte. Come se la totale mancanza di amore con cui si erano dovuti confrontare nel periodo precedente della loro vita fosse una condizione immutabile e a ogni affermazione bisognasse opporre un'obiezione. Niente scorreva liscio con quei due soldati. Quel modo di essere ce l'avevano nel corpo, negli occhi e non da adesso, ma da sempre.

"Perché lo avete accusato di essere responsabile della morte per arma da fuoco di Kurre Oskarsson."

"Chi l'ha detto?"

"La madre di Kurre," si intromise Tobisson.

Nils esitò, poi appoggiò le mani grandi e screpolate sulle cosce e si chinò in avanti verso Hake: "Red era uno di quelli che si credono furbi. Nascondeva informazioni importanti ai suoi compagni e lo stesso faceva con la tessera annonaria e i pagamenti. Non si assumeva mai rischi in prima persona, li scaricava sempre sugli altri. In poche parole, era una vera carogna".

Gli occhi di Nils incrociarono ora quelli di Hake, che scorse in fondo a essi una briciola di presunzione. "La nostra missione non era stata autorizzata dai piani alti, ma noi non lo sapevamo. C'entrava invece con gli affari privati di Red con la mafia jugoslava. Riguardava la benzina. Red era riuscito a mettere le mani su un piccolo bimotore che utilizzava per trasportare il suo carico di carburante. Ma lui spedì Kurre a fare un sopralluogo nel deposito di una fabbrica dove voleva concludere l'affare. Gli slavi si erano stancati delle fregature di Red e pensavano di farla finita con lui, ma al posto suo ci lasciò la pelle Kurre."

"Lui era il nostro migliore amico," disse Göran inaspettatamente. Ma nell'attimo stesso in cui pronunciò quelle parole sembrò pentirsene, come se avesse parlato troppo. Per mettere bene in chiaro le cose proseguì: "Laggiù è importante potersi fidare gli uni degli altri. Con Kurre era possibile. Ma Red era tutt'altra cosa".

“Avete cercato di estorcere del denaro a Harry Stenman, dopo il vostro ritorno in Svezia?” domandò Tobisson all'improvviso, pensando alle quattrocentomila corone andate in fumo.

Nils si girò nella sua direzione. “Te la stai davvero cercando,” disse.

“Mi sto cercando cosa?”

“Una bella lezione.”

“Come quella che avete dato a Red?”

Nils serrò visibilmente le mascelle. Le grosse mani si strinsero in due pugni e sembrava che si stesse preparando a spiccare un balzo.

“Che cosa disse Harry Stenman quando vi vide?” chiese Hake in fretta.

Ci volle qualche minuto prima che Nils si rilassasse un po'. “Ci disse che forse aveva un impiego per noi,” rispose alla fine.

“Voleva offrirvi un lavoro?”

Annuirono entrambi.

“E quale fu la vostra risposta?”

“Che dovevamo pensarci su.”

“Ma non avete più avuto sue notizie, è così?”

Si guardarono un attimo, prima di scuotere la testa. Hake continuò a fare domande, ma era chiaro che i due fratelli avevano parlato abbastanza e cominciarono a rispondere a monosillabi. Dopo un po' Hake si stufò, si alzò e ringraziò per la chiacchierata. Sarebbe tornato se fosse stato necessario. I fratelli non risposero. Nils cercò Tobisson con lo sguardo, senza riuscire ad agganciarlo. Ma poco prima di chiudere la porta, mormorò alle sue spalle: “*Anytime*, sbirro”.

Tobisson si girò e lo afferrò per la camicia: “Era una minaccia?”.

“Entra un attimo, sii gentile,” lo sfidò Nils con un ghigno folle sul viso, mentre Hake si dirigeva verso la macchina.

Tobisson lo allontanò con una spinta. "*You wish*," disse laconico.

Entrarono in città nel momento stesso in cui cominciava a scendere la sera. Lungo la Stadsgården videro accendersi le luci di Gröna Lund e a bordo dell'imbarcazione *Chapman* a Skeppsholmen. L'acqua, appena increspata dal vento, era nera come un manto di seta. L'ascensore di Stadsgård non si fermò in cima alla collina, bensì nella sua vecchia postazione, una casetta di legno, dove un pittore aveva il suo atelier con vista su Skeppsbron. Nei pressi di Järngraven, accanto alle chiuse, era buio fitto, ma un po' più avanti, verso Gamla stan e i suoi vicoli medievali, tutto tornava ad apparire luminoso e seducente. Era questa Stoccolma, in un certo senso. Al tempo stesso scostante e accogliente. Bella e brutale. Il traffico dell'ora di punta era appena iniziato e non aveva importanza che uno arrivasse da nord o da sud, c'erano code in entrambe le direzioni.

Hake si sentiva stranamente tranquillo, nonostante l'incontro con i due fratelli. Non aveva avuto paura quando era spuntato Nils con il fucile, si era anzi sentito pervadere da una fredda lucidità. Stava abbastanza vicino a Göran da potergli sfilare il coltello di mano con il bastone e poi ripararsi dietro di lui. Ma questa tattica la aveva presa in considerazione solo per pochi secondi: un attimo dopo si era reso conto che avrebbe potuto superare l'impasse prendendo il controllo della situazione. In fondo aveva di fronte due soldati abituati a eseguire ordini e un atteggiamento autoritario non l'avrebbero visto certo come una provocazione. Tutt'altro. Uomini di quel genere diventavano insicuri in situazioni incerte.

Ciononostante non sapeva bene cosa pensare dei fratelli Hemmesta. Erano così fuori dal mondo che rispondevano solo a se stessi delle proprie azioni. Non avevano il minimo timore dei guardiani della società, e forse neanche di eventuali punizioni. Era una combinazione pericolosa. Avevano davvero incontrato Harry Stenman al loro ritorno dalla Legione solo una volta? E lui si era davvero limitato a offrire ai due fratelli solo un lavoro? Hake ne dubitava.

Tobisson era seduto al posto del passeggero, covando odio. Avrebbe dato qualsiasi cosa per restare da solo con Nils Hemmesta. Senza armi. Si era allenato a eseguire il calcio in volo nel corso di karate e ora fantasticava di sferrarne uno sulla faccia beffarda di Nils.

Il traffico si diradò leggermente verso Gamla stan, e da Hantverkargatan alla centrale di polizia il tragitto divenne scorrevole.

"Tanto vale che li sbattiamo al fresco," disse Tobisson quando scese dalla macchina.

"*You wish*," rispose Hake sorridendo.

Il suo buonumore persisteva quando andò all'asilo a prendere Siri, per poi recarsi a piedi a casa di Hanna. Non era ancora tornata, ma decisero ugualmente di cominciare a cenare. Il piatto preferito di Siri erano gli spaghetti con i gamberi. Ora poi era abbastanza grande da essere ammessa alla preparazione della cena. Stava in piedi su uno sgabello in cucina e impartiva raccomandazioni al padre: "Non dimenticare l'aglio, papà".

Dopo cena Siri andò nella sua stanza a giocare da sola. Lo faceva di sua spontanea volontà, senza lamentarsi, ed era un vero e proprio regalo, sia per i genitori che per se stessa. Potersi rilassare restandosene per conto suo fra giochi e libri, nonostante tutti gli stimoli cui era stata esposta nel rumoroso ambiente dell'asilo, era una benedizione. Hake si fermò sulla soglia della porta a guardare la figlia, prima di dirigersi in soggiorno e accendere la tv. Sul tavolino accanto al divano c'erano alcuni volumi. Li afferrò: erano quelli su Parigi della sua libreria. Non riusciva ancora a capacitarsene: perché Hanna li aveva presi senza chiederglielo? Forse era solo un caso, ma con lei non lo era quasi mai. Il suo approccio alla vita freddo e un po' disinteressato era solo una facciata. In realtà pianificava molto bene le sue mosse e sapeva esattamente quel che faceva.

Hake sprofondò nel divano e si augurò che Hanna tornasse presto: voleva andare all'ippodromo. Ma lei arrivò troppo tardi perché lui potesse fare in tempo ad assistere alle corse, così trascorsero la serata insieme. Prima di andarsene, però, Axel si sentì in dovere di affrontare una certa questione. "Ascolta... Per quanto riguarda i libri, perché non mi hai consultato prima di prenderli?"

"Quali libri?"

"Quelli su Parigi. O ne hai presi altri?"

Hanna si bloccò nel mezzo di un movimento e inclinò la testa da un lato. "Mister poliziotto si è messo al lavoro, a quanto pare."

"Ti ho solo chiesto perché non mi hai detto che li volevi."

Hanna assunse un'espressione colpevole e quando lo seguì nell'ingresso gli gettò le braccia la collo. La sua bocca cercò la gola di lui, che aspirò avidamente il profumo dei suoi capelli. "Non so perché li ho presi, Axel. Non so se è stato perché Parigi è sempre nei tuoi pensieri e io ne sono in qualche modo gelosa, così volevo saperne qualcosa di più; o se ero semplicemente curiosa di vedere cosa leggi quando sei solo. Ti chiedo scusa."

Hake le augurò la buonanotte e camminò lentamente verso Chapmansgatan. Si malediceva per aver sollevato quel dannato argomento. La luce giallastra dei lampioni di Kungsholms Kyrkoplan illuminava dolcemente gli alberi e le strade, e la facciata dell'imponente Landstingshuset, la sede del consiglio regionale, sembrava un invito a festa. Hake però era di umore nero. Non per i libri, ma perché Hanna gli aveva mentito, mentre lo baciava sul collo. Un bacio di Giuda, ecco cos'era stato, perché neppure per un secondo aveva creduto che lei potesse essere gelosa di Parigi o che fosse interessata alle sue letture. Se fosse stata dalla parte della ragione, non si sarebbe affannata a inventarsi tutte quelle scuse. Svoltò in Pontonjärgatan e valutò per un secondo l'ipotesi di entrare dal cinese e prendere una bottiglia di vino, ma in quel momento non aveva bisogno di quel tipo di consolazione. Per migliorare il suo umore gli ci voleva una risposta, una risposta che sapeva non avrebbe ottenuto. Forse con il tempo, chissà. Ma a lui serviva ora.

Non riuscì neppure a mettere piede nell'appartamento che sentì squillare il telefono. Sollevò la cornetta sperando che fosse Hanna, pronta a dirgli finalmente che cosa le stesse frullando per la testa. Invece gli arrivò una limpida voce da bambina che gli disse di essersi ricordata un dettaglio che poteva essere utile alle sue indagini. Gli ci volle qualche secondo per associare quella voce al viso di Lizzi Hammarlund. Era lei al telefono. Hake promise di raggiungerla prima possibile.

Quando tornò nell'appartamento nell'antica casa in pietra, il commissario non poté fare a meno di ammirarne ancora una volta la bellezza. La luce della lampada che illuminava il parquet rivelava che era stato appena tirato a lucido. Un leggero profumo di cera aleggiava ancora nella stanza, mescolandosi all'aroma di acqua di rose. Ora notava per la prima volta che dal soffitto pendeva un lampadario di cristallo, le cui gocce a forma di prisma riflettevano una pioggia di colori sulle pareti. All'altro capo della stanza c'era un comò stile impero su cui troneggiava un fascio di rose. Sopra di esso era appeso un ritratto racchiuso in una cornice dorata. Lizzi stava fumando, seduta alla finestra del salone. Lo salutò con un cenno della sua mano di bambola. Il viso era perfettamente truccato come la prima volta che si erano visti, e aveva raccolto i capelli sulla testa fissandoli con delle eleganti bacchette. Un'acconciatura che la faceva assomigliare a una piccola geisha.

"Si avvicini, commissario," disse.

Hake sperò che Lizzi avesse sul serio qualcosa da raccontare. Che non fosse la sua solitudine la causa della telefonata. Si lasciò cadere su una sedia, appoggiando il bastone allo schienale. C'erano alcune foto accanto all'attrezzatura fotografica: immagini pornografiche che ritraevano Lizzi nuda in diverse, grottesche pose. C'erano anche dettagli scenici: un orsacchiotto, una bambola, un paio di calze rosa e persino un gatto. Hake si chiese se la donna non avesse piazzato quelle foto apposta perché lui le vedesse. Il commissario la guardò negli occhi: vi scorse un lampo di malizia.

"Vuole qualcosa da bere?"

Hake scosse la testa.

"Peggio per lei," commentò versandosi il solito liquore verde. "A proposito, che cosa ci faceva l'altra sera dalle parti del bus bianco?"

"Allora mi ha visto?"

Lei scrollò le spalle con nonchalance. Il gesto fece scivolare il kimono, mettendo così a nudo la pelle bianca. Il commissario notò che Lizzi aveva delle profonde bruciature di sigaretta sul petto. Erano state coperte da vari strati di fondotinta, ma ciò non impedì ad Hake di riconoscerle.

"L'ho vista, sì," confermò la donna.

"Era un'azione di polizia. Lo conosce quell'uomo?"

"No, si è trasferito nell'Overland Express quest'estate."

"Overland Express?"

"È così che si chiama il bus bianco."

"Come fa a saperlo?"

"Be', ho le mie fonti."

"Sa anche come si chiama il tizio che ci abita?"

"No, ma lo trovo piuttosto interessante. Certe volte si mette in tiro, come se non fosse più la stessa persona. Indossa stivali da cowboy, jeans puliti e una giacca di pelle scamosciata con le frange. Si rade e fa il bagno. Apre leggermente la portiera del bus e si accerta che non lo veda nessuno prima di sgattaiolare fuori. Poi raddrizza la schiena e si avvia verso Pålsundsbron."

"Una donna, forse?" azzardò Hake.

"Direi."

"L'ha mai vista venirlo a trovare?"

"Probabilmente non sa nemmeno dove abita. Lei glielo direbbe?"

"In effetti, non credo," ammise Hake. "La sua chiamata..."

"Ecco, sì. Le ho telefonato per un fatto che può essere utile alla sua indagine. Era già un mese che me ne stavo qui seduta a guardare dalla finestra, quando un giorno ho visto un taxi fermarsi nei pressi di Pålsundsbron," disse indicando il canale. "Pioveva quella sera, e mi ricordo dell'accaduto perché il passeggero era sceso dalla macchina senza ombrello per poi incamminarsi sul ponte."

"Lo ha visto?"

Lizzi scosse la testa. "Era troppo buio e in quel punto non ci sono lampioni. L'uomo aveva le mani in tasca e indossava un ampio soprabito. Camminava chinato in avanti. Il tassista si era fermato ancora un po' a contare i soldi. Lui invece l'ho visto bene, perché era accesa la luce interna dell'auto."

"Che aspetto aveva?"

Lizzi fece spallucce. "A me questi 'pupazzetti neri' sembrano tutti uguali. Pelle scura e facce scolpite, ma il tipo di quella sera aveva una striscia bianca fra i capelli, tipo cacca di gabbiano. Non appena ebbe finito di contare, accese l'insegna e ripartì."

"Ha visto dov'era diretto l'altro uomo?"

"No, non ero interessata. Ricordo solo di aver pensato che era da imbecilli non farsi portare in taxi fino a destinazione. Che senso aveva fare l'ultimo tratto sul ponte a piedi, sotto la pioggia?"

"In effetti è una buona domanda."

"Lei cosa ne pensa?"

Hake non lo sapeva.

"Ma questa informazione può essere importante?" domandò Lizzi guardandolo speranzosa.

"Credo di sì."

"Quindi in un certo senso le sono stata utile?"

"Assolutamente sì."

"Allora sorrida un pochino, musone!"

Hake si costrinse a stirare le labbra in un sorriso e le diede un buffetto sulla mano.

"Giù le mani," disse la donna seria, allontanandolo. "Ho visto, sa, come guardava le mie foto prima. Eccitato?"

"Da chi, da lei?"

"E da chi se no?"

Ma non attese risposta: dopo aver letto la reazione di Hake nei suoi occhi, spinse la sedia a rotelle verso la camera da letto e sbatté con violenza la porta. Il commissario si alzò e la raggiunse. "Lizzi, andiamo, esca da lì. Lei mi è stata davvero di grande aiuto."

La donna borbottò qualcosa.

"Che ha detto?"

"Non si faccia più vedere, sbirro del cavolo. Lo so che cosa avete in testa voi uomini, è solo che siete così maledettamente vigliacchi."

"Lizzi..."

Ma l'unico suono che udì fu quello dei suoi singhiozzi soffocati. Allora la lasciò e scese in cortile. L'aria fresca che spirava dal canale era umida. Notò che gli mancava un bottone del soprabito, che cercò di tenere chiuso con una mano mentre con l'altra reggeva convulsamente il bastone. Alzò lo sguardo sulla finestra della villa, ma Lizzi non c'era. Si sentì male e sperò di non dover associare l'acqua di rose all'infelicità. Gli erano sempre piaciute, le rose, e voleva continuare a goderne il profumo anche in futuro.

11.

Dopo aver contattato le varie compagnie di taxi con la richiesta di controllare i propri computer, Hake riuscì finalmente a localizzare l'autista che aveva effettuato una corsa fino a Söder Mälarstrand la sera del 29 settembre. Si chiamava Muhammed Hafez e corrispondeva alla descrizione fornita da Lizzi. Si incontrarono al caffè notturno di Folkungagatan. Hafez era alto come Hake e aveva un ciuffo di capelli bianco. Era un'anomalia nella pigmentazione, probabilmente causata da una botta. Hake gli chiese della corsa.

"Certo che me la ricordo. Aveva chiamato un tipo con i capelli rossi che doveva andare in Söder Mälarstrand. Quando gli chiesi a quale numero, mi rispose che potevo fermarmi vicino a Pålsundsbron. Pensai che fosse un po' strano e mi sentii a disagio. Diamine, quella zona è deserta. E poi il tipo sembrava sfinito, stava seduto con le mani infilate nelle tasche, fino in fondo. Mi venne il dubbio che potesse nascondere un'arma. Devo ammettere che non appena scese mi sentii sollevato."

"Le disse qualcosa lungo il tragitto?"

"No, e a ogni mio tentativo di scambiare due chiacchiere rispondeva con il silenzio. Era preso dai suoi pensieri."

"Una donna che l'ha vista sostiene che lei si sia trattenuto per qualche minuto dopo che l'uomo se ne fu andato."

Hafez confermò. "Mi sono chiesto dove fosse diretto, così l'ho seguito con lo sguardo per un po'. Dico io, se uno abita a Långholmen il ponte lo attraversa in macchina quando piove, no? Allora ho pensato che forse il tipo dovesse raggiungere una delle barche. Stavano ancora tutte laggiù, al molo."

"Ed è questo che ha fatto, è salito su una barca?" domandò Hake drizzando le orecchie.

"Proprio così, cazzo. È salito a bordo di una Pettersson."

"Mi segua," gli ordinò Hake. Oltrepassarono il canale e si fermarono a Mälarvarvet. Lidman li stava aspettando presso la casa arancione "Depravazione". Indossava il solito impermeabile scuro, e a vederlo in mezzo alle foglie autunnali e ai rami degli alberi che si protendevano sottili come disegnati con un pennarello nero, Hake pensò che sembrava un ispettore di polizia di un'epoca remota. Uno di quei personaggi grossi e burberi che acciuffano ladri e delinquenti grazie alla loro forza fisica, ma detestano scrivere rapporti.

Lidman era ancora offeso con il commissario perché non lo aveva portato con sé dai fratelli Hemmesta, ma il terreno per quell'incontro lo aveva preparato Tobisson ed era stato giusto coinvolgere lui in quella parte dell'indagine. Inoltre Tobias lavorava sodo quando si trattava della Legione: era arrivato a odiare visceralmente i due fratelli e rivoltava ogni piccola zolla di terra per vedere che cosa ne sarebbe emerso. Certe volte un impegno così accanito poteva essere letale in un'indagine di polizia, ma Hake riteneva che in questo caso rappresentasse un vantaggio. Lidman, invece, era ingegnoso e astuto e queste qualità erano utili per dare una valutazione equilibrata della situazione.

Hake presentò il collega al tassista, poi si diressero insieme verso l'arcata del ponte. Hafez alzò lo sguardo su Söder Mälarstrand per individuare un punto di riferimento, poi proseguì sul pontile e in basso verso l'acqua. Si guardò intorno. Non c'era nessuna barca in giro. "Era qui," disse puntando lo sguardo sull'altro margine del canale, prima di annuire. "C'era una barca Pettersson di mogano con piccoli oblò."

"Adesso le avranno tirate tutte su," disse Lidman.

Hake condusse Hafez a fare un giro fra le barche alate che troneggiavano sotto i teloni protettivi. "È sicuro di poterla riconoscere?"

Hafez scrollò le spalle e continuò a vagare da una barca all'altra con il commissario. Lidman aveva iniziato dall'altra parte. Dopo qualche minuto chiamò ad alta voce: "Venite!".

Hake e Hafez lo raggiunsero. Lidman sollevò il telone da una Pettersson di mogano. L'acqua lambiva la fiancata dell'imbarcazione e Hake fece un passo indietro per non bagnarsi. Hafez osservò la barca a lungo. "No, non ci siamo," disse alla fine. "Questa ha la... come si chiama, la cobina bianca."

"Cabina," lo corresse Lidman.

"Quell'altra era verde."

"E lei ha visto il colore della cabina nonostante fosse sera e piovesse a dirotto?"

"Certo," confermò Hafez orgoglioso.

Con l'aiuto del commissario Lidman rimise il telone al suo posto. Il tassista guardò l'orologio. "Devo rientrare in servizio, è il mio turno," disse.

Scesero al molo per un ultimo giro, tornando all'ormeggio 22. "Qui dunque," disse Lidman con un rapido guizzo negli occhi.

"L'ho visto io," ripeté laconico Hafez, prima di ritornare al suo taxi.

Lidman e Hake girovagarono per un altro po', senza ricavarne un tubo. Lidman fissava affascinato l'imponente arcata del ponte. Enormi rivetti e basamenti di cemento lo sostenevano sulla roccia primaria. Si vociferava che ci fossero passaggi segreti e stanze all'interno del ponte di Västerbron, ma lui non ci credeva.

"Okay, ormeggio 22," disse dopo aver studiato il ponte per parecchi minuti.

Hake guardò in direzione del bus bianco dove alloggiava Leffe. Lo raggiunse e bussò alla porta, ma nessuno venne ad aprire. Poco dopo arrivò anche Lidman. "Credi che sappia qualcosa?" gli chiese.

Hake scrollò le spalle. "Credo che da qui abbia un buon punto d'osservazione su ciò che succede."

Fece il giro del bus, cercando di sbirciare attraverso i finestrini, ma i fogli di carta che li ricoprivano rendevano l'operazione impossibile. Bussò ancora, ma neppure stavolta la porta si aprì. Spaziò tutt'intorno con lo sguardo, per vedere se Leffe non lo stesse per caso spiando da dietro un cespuglio o dall'angolo di una casa. Non scoprì niente.

Tornarono lungo Skutskepparvägen e proprio mentre stavano per salire in macchina, arrivò il manovratore del muletto della zona industriale. Hake si piazzò in mezzo alla strada e sollevò una mano. L'uomo fermò il veicolo. Non guardava mai il commissario dritto negli occhi, piuttosto sembrava fissare un punto alle sue spalle.

"Ormeggio 22," disse Hake.

"Sì, e allora?"

"Chi tiene ormeggiata la barca lì?"

"Con il numero 22 non ho niente a che fare," rispose il mulettista passandosi la lingua sulle labbra.

"E chi ci ha a che fare, allora?"

"Voglio dire, quella barca non la tiro su io."

"Chi la tira su?"

"Non la tira su nessuno, questo volevo dire. Il direttore Bergman ha un posto a Skarpö. Alla fine della stagione va lì a rimettere la sua barca."

"Il direttore Bergman?"
"Sì, se si riferisce alla Pettersson con la cabina verde."

Olle Sandstedt, il responsabile della Scientifica, era un fumatore incallito. Le dita della mano destra erano ormai gialle e gli attacchi di tosse lunghissimi. Oltretutto non riusciva a resistere a lungo senza sigarette, perciò aveva ottenuto una specie di permesso straordinario grazie al quale poteva fumare nel suo ufficio. L'addetto alla sicurezza in un primo momento si era rifiutato di concederglielo, ma Sandstedt lo aveva minacciato di licenziarsi con effetto immediato. Dato che era ritenuto indispensabile, alla fine era stato accontentato.

Al momento si trovava dietro Lidman e Hake sull'auto della Scientifica in viaggio verso Skarpö, fuori da Vaxholm. Qualcuno aveva scritto che l'arcipelago di Stoccolma era un mondo fatto di frammenti, di piccole schegge sparse nell'immenso mare salato, e Skarpö era una di esse. Per arrivarci, bisognava prima prendere il traghetto da Vaxholm a Rindö e poi raggiungere l'isola attraverso un ponticello. Su di essa convivevano ricchi e poveri, splendide ville fine secolo e piccole case di campagna. L'isola aveva avuto un tempo i suoi negozietti dove si trovava un po' di tutto e la sua parrocchia, ma quell'epoca era finita.

Seguendo la cartina, Lidman dava istruzioni sul tragitto ad Hake, che contemporaneamente teneva d'occhio la macchina di Sandstedt per evitare che si perdessero di vista. Ogni volta che guardava nello specchietto retrovisore, vedeva Olle con una sigaretta in mano. Dopo aver svoltato a un incrocio, guidarono verso Skarpövik fino a una costruzione denominata Långa Bryggan. Poco dopo scesero verso l'acqua e l'abitazione del direttore Bergman. Era una casa di legno gialla con una veranda in vetro e il tetto rosso. Non lontano dal pontile si trovava una rimessa per le barche dello stesso colore e stile della casa, e poco più avanti era ormeggiata la Pettersson in mogano con la cabina verde. Fu Bergman in persona, un uomo sui cinquant'anni con addosso un loden e in testa un berretto di lana, a indicare loro con la mano un'area in cui stava parcheggiata una Bmw. Era intento a rastrellare le foglie, che metteva poi in un sacco di plastica nero, accompagnato da una donna della stessa età e vestita come lui, con l'unica differenza che il suo cappello era di stoffa. Sembravano una coppia di cavalli.

Hake e i suoi colleghi scesero dalla macchina e si presentarono. Nessuno dei coniugi Bergman era a conoscenza dell'omicidio: sul quotidiano locale del mattino la notizia non era apparsa, e quelli della sera non li leggevano. La signora Bergman si offrì di preparare il caffè. I poliziotti la ringraziarono e si avviarono alla barca insieme al marito.

"Francamente non capisco che cosa abbia a che fare quest'omicidio con la mia barca," disse il signor Bergman aggrottando le folte sopracciglia, che formarono così una specie di M sulla fronte.

"Come le dicevo al telefono, abbiamo un testimone che sostiene di aver visto qualcuno gironzolare dalle parti della sua Pettersson," spiegò Hake mentre percorreva con cautela il pontile.

"Ma che c'entra questo tizio con la barca?" domandò Bergman.

"Non lo sappiamo."

Bergman parve insoddisfatto della risposta.

"Ce l'ha l'ancora?" chiese il commissario quando arrivarono alla barca.

"In effetti non lo so. Ho una boa qui e una a Pålsund, è raro che la usi."

"Le dispiace controllare?"

Bergman salì a bordo per primo, seguito da Sandstedt e dal suo assistente, un uomo sulla trentina di sicuro destinato a morire per danni da fumo passivo. Era robusto e forte:

Hake sospettava che Sandstedt se ne servisse solo per fargli spostare le attrezzature più ingombranti. Il lavoro di indagine e ricerca Olle voleva portarlo avanti da solo. Salì a bordo anche Lidman, mentre Hake restò sul pontile: non aveva nessuna intenzione di avventurarsi su un'imbarcazione scivolosa. Bergman si calò nella cabina e risalì subito dopo. "Un maledetto bastardo mi ha rubato l'ancora," sbraitò.

"Può venirla a prendere da noi," disse Sandstedt, "tanto abbiamo finito di esaminarla. Era una Breeze, giusto?"

Bergman pensava di sì. Sandstedt si guardò intorno nella barca. "Sono salite molte persone a bordo?"

"Da quando?"

"Direi... dall'estate scorsa."

Bergman rifletté un secondo, poi disse che probabilmente la barca aveva ospitato da allora una ventina di persone. Avevano organizzato la festa dei granchi a poppa per otto invitati. Inoltre il figlio aveva utilizzato la barca più di una volta per portarci i suoi amici.

Sandstedt scosse la testa, pescò una sigaretta, la accese e tirò una lunga boccata. Poi lanciò uno sguardo ad Hake, che fece spallucce. "Dobbiamo rilevare tutte le impronte, Olle," disse.

"Credi che non lo sappia..."

Il commissario era in ogni caso molto soddisfatto. Forse aveva individuato il possibile luogo del delitto e comunque era su quella barca che Harry Stenman era salito la sera del 29 settembre. Si mise a osservare l'acqua. Una coppia di cigni si riposava nel canneto e dall'altra parte dello stretto sentì stridere alcuni uccelli. Difficilmente la natura era particolarmente selvaggia sull'arcipelago: le indomite onde del mare venivano fermate da tutte quelle isole e isolotti, formando una cornice idilliaca. L'unico elemento di drammatica imponenza dello stretto era la vecchia fortezza di Oskar-Fredriksborg che si ergeva di sbieco sull'altra sponda.

"Axel!" chiamò a gran voce Sandsted. "Credo che abbiamo qualcosa."

Ginocchioni per terra, stava esaminando la stiva con una strana torcia fluorescente.

"Che cosa?" domandò Hake avvicinandosi.

"Sangue," rispose Sandstedt rimettendosi in piedi.

"Dobbiamo sequestrare la barca?"

"Assolutamente sì."

Il direttore Bergman sollevò un sopracciglio.

"È necessario sequestrare la barca per accertamenti tecnici," spiegò il commissario.

"È previsto un... risarcimento per questo?"

"Non credo."

"Qualcosa bisogna pur avere in cambio! Voi avete, per così dire, compromesso il mio lavoro. Mancati introiti, credo che si dica così."

"Certi inconvenienti si devono accettare per il bene della società," disse Lidman, che amava provocare gli individui ribelli.

"La società, figuriamoci," ridacchiò Bergman, sollevando se possibile ancora di più il sopracciglio.

"Dare il proprio contributo in un'indagine in modo che i cittadini, ovvero lei stesso, possano dormire sonni tranquilli è un dovere sociale."

"Io non ho bisogno di nessuna protezione da parte di nessuna società."

"La sua barca è una probabile scena del crimine," ribatté Lidman, "il che significa che potrebbe esservi implicato anche lei."

"Sono sospettato?" domandò Bergman.

"A questo punto dell'indagine lo sono tutti."

"Ma..."

"Può anche significare che lei potrebbe essere la prossima vittima. O che possa esserlo sua moglie. O suo figlio. Chi può dirlo?"

Bergman impallidì, ma non replicò. La moglie era uscita sulla veranda per avvertirli che il caffè era pronto. Si avviarono lentamente verso la casa.

Bergman si irritò, quando capì che avrebbe dovuto prendere un giorno di ferie per consentire alla polizia di prelevare la barca con il rimorchiatore e farla esaminare dalla Scientifica. E se la barca fosse rimasta danneggiata durante il trasporto? Hake spiegò che avrebbero fotografato e filmato la Pettersson prima e dopo l'esame dei tecnici, e che lo avrebbero certamente risarcito per gli eventuali danni. Bergman cercò di individuare delle lacune nel modus operandi della polizia, mentre il commissario si sforzava con tutta la pazienza di cui disponeva di dirottare la discussione sull'indagine per omicidio. I coniugi Bergman, però, non conoscevano nessun Harry Stenman, né avevano mai acquistato da lui una macchina usata. E neppure conoscevano altri membri del club nautico: amavano starsene per conto loro o in compagnia dei propri amici. Hake riuscì a farsi dare il numero di telefono del figlio, che studiava alla facoltà di Economia e commercio. I due si dissero però sicuri che neanche lui conosceva gente che avesse a che fare con l'omicidio.

"Ma non potete saperlo al cento per cento," obiettò Lidman con una punta di cattiveria.

Il signore e la signora Bergman restarono in silenzio finché il commissario non si alzò, ringraziando per il caffè e promettendo di comunicare al più presto l'ora del sequestro della barca.

Più tardi, nel corso della giornata, si recarono dal curatore fallimentare della società di Harry Stenman, un vecchio avvocato che lavorava in uno studio zeppo di faldoni e cartelle. L'uomo annunciò che nessuno avrebbe guadagnato dal fallimento. Sulle macchine in garage pesava il divieto di vendita e in azienda non era rimasto un granché in termini di contanti, crediti e beni mobili. Ulla Stenman si era comportata in modo esemplare, mostrandosi molto collaborativa nonostante il dolore per la sua perdita e la catastrofe economica. L'appartamento in Bastugatan era stato intestato a suo nome e non poteva dunque essere pignorato. In questo modo avrebbe avuto per lo meno un tetto sulla testa. A Rick Stenman spettava la riscossione di un mese di stipendio arretrato, ma poi avrebbero dovuto effettuare una contrattazione su chi avesse il diritto di ricavare qualcosa dalla massa fallimentare. Le auto ancora in deposito sarebbero state vendute all'asta e lì c'era forse la possibilità di qualche buon affare. Il commissario però ritenne che questo non fosse un movente abbastanza valido, così escluse un'indagine su eventuali acquirenti. L'avvocato affermò che a quel punto dell'inchiesta non poteva valutare se si fosse verificato un reato, ma si sarebbe fatto sentire non appena avesse scoperto elementi interessanti per la polizia.

Tornato alla centrale, Hake cercò Seymour Rilke per fare rapporto e chiedere un ampliamento delle risorse. La risposta che ottenne fu la stessa dell'altra volta: non erano previsti rinforzi.

"A proposito, ho ricevuto una telefonata riguardo al sequestro di una certa barca," disse Rilke un istante prima che Hake se ne andasse.

"Sì?"

"Era proprio necessario?"

Hake si bloccò sulla soglia.

"Tu che ne dici?"

"Sono io che lo chiedo a te, Axel."

"Come la penso io lo sai benissimo, tant'è vero che ho fatto sequestrare la barca."

Rilke fece il finto tonto. "Forse sei stato un po' precipitoso."

"Perché?"

"Ecco, ho l'impressione che tu ti faccia spesso provocare dalla classe dei padroni. Tu sembri... troppo inquadrato."

"Puoi citare uno o più episodi in cui io mi sia comportato male in servizio?" domandò Hake. Il suo tono di voce era così basso da suonare come un sibilo.

"Sai bene cosa intendo. Certe volte il tuo complesso di inferiorità offusca la tua capacità di giudizio."

"Puoi essere più preciso e farmi magari qualche esempio? Sarebbe interessante."

Fece un passo nella stanza.

"Non mi piace ricevere lamentele sui miei uomini. Questo è tutto."

Hake lanciò a Seymour Rilke uno sguardo gelido. "Ti informo che con ogni probabilità la barca è il luogo in cui è avvenuto il delitto. È necessario che i tecnici la esaminino con cura, è così che lavoriamo. D'altra parte la confisca è stata filmata, perciò potrai renderti conto di persona della correttezza della procedura."

"Avresti potuto semplicemente isolare la scena del crimine con il nastro di sbarramento, in modo che nessuno potesse salire sulla barca."

"Nastro di sbarramento?"

"Esatto, che c'è di strano?"

"C'è parecchio di strano, potrebbe addirittura essere giudicata un'omissione in servizio da parte mia."

"Non credo, e in ogni caso non è bello che la polizia riceva critiche da parte della comunità."

"Della comunità dei potenti, vorrai dire."

Rilke fu tentato di ribattere, ma lasciò perdere.

"E poi i coniugi Bergman non sono stati esclusi come possibili autori del delitto: in fondo è sulla loro barca che è avvenuto, forse."

Rilke non rispose.

“Altre obiezioni sul mio operato?”

“Mi farò sentire io, se sarà il caso...”

Hake sudò freddo lungo la schiena e riuscì a malapena a lasciare la stanza senza gettarsi addosso all’arrogante capo della polizia. Lungo il corridoio picchiò più volte il bastone contro le pareti. Da una porta fece capolino il commissario Bolinder. Osservò Hake con uno sguardo incuriosito, poi sorrise, come se avesse colto la situazione. “È ancora vivo Rilke?” domandò prima di richiudere la porta.

Hake andò a nuotare. Era sempre così, dopo un incontro con Rilke in cui si era sentito inferiore. Aveva bisogno di ripulirsi, di sfinirsi di fatica. Nuotò più a lungo del solito e concluse la sessione con duecento metri a farfalla. Mentre andava all’ippodromo, le braccia gli tremavano ancora per lo sforzo sostenuto. Perse cinquecento corone su un cavallo su cui a suo tempo aveva giurato che non avrebbe mai scommesso. La sua capacità di giudizio era accecata e ne riteneva responsabile Seymour Rilke, che avrebbe perciò dovuto risarcirlo di quelle cinquecento corone.

Fu solo quando, tornato a casa, si buttò sul divano con un bicchiere di vino rosso in mano che corpo e mente ritrovarono la pace. Prese il taccuino e scrisse a lettere cubitali che non avrebbe mai più ceduto alle provocazioni del suo capo. MAI PIÙ! E aggiunse che l’omicidio era il più efferato dei crimini, il più grande dei peccati e che lui, Axel Hake, aveva il compito di catturare coloro che commettevano un atto così odioso. E che perciò farsi incastrare nei giochi di potere di un superiore che poteva mettere a repentaglio la sua missione era antiprofessionale in modo quasi imperdonabile. Si appoggiò allo schienale del divano e continuò a sorseggiare il vino. In quello stesso istante capì che mai e poi mai si sarebbe comportato in maniera professionale con gente come Seymour Rilke.

Quel sabato, festa di Ognissanti, Hake portò Siri al cimitero di Adolf Fredrik, che si trovava nel cuore della città ed era circondato unicamente da una cancellata di ferro sopra un basamento di pietra. Hake vi si recò per accendere un cero in memoria dei nonni paterni, ai quali aveva sempre voluto bene, nel parco delle rimembranze. Nel testamento avevano disposto di essere seppelliti nello stesso cimitero di Branding e Palme e quando se ne erano andati, dieci anni prima, Axel aveva fatto in modo che così accadesse. Erano stati fedeli al movimento operaio per tutta la vita, e Hake li aveva ascoltati parlare ore e ore di tutte le ingiustizie che colpivano la gente comune. Sospettava che fosse quella l'origine del suo senso della giustizia. Di certo non poteva averlo ereditato da quell'ubriacone di suo padre.

"La mamma mi ha detto che qui c'è un signore che ha il suo stesso nome," disse Siri, che si entusiasmò quando vide tutte quelle luci meravigliose che illuminavano tombe e vialetti. Dappertutto c'erano fiori, gran parte dei quali si trovava sulla tomba del primo ministro assassinato. Hake la portò a visitare la lapide bianca dello scultore Johan Tobias Sergel e Siri riconobbe, nelle lettere impresse sul marmo, quelle stampate sulla cassetta della posta di casa sua. Si sentì molto orgogliosa, anche se Hanna e lo scultore non erano parenti, e volle sapere perché lei non avesse lo stesso cognome. Il padre le spiegò semplicemente che così avevano deciso a suo tempo, e che una volta cresciuta avrebbe potuto scegliere il cognome della mamma. Percorsero il sentiero ghiaioso, che scricchiolava sotto i loro passi e, come sempre gli accadeva al cimitero, Hake si sentì pervadere da un profondo senso di pace.

Siri trovava strano che il nonno e la nonna non avessero una propria lapide. Hake le spiegò che questa era stata la loro volontà e che la mancanza di una tomba non impediva di piangere i propri morti. Rimase per qualche istante a capo chino. Siri fu presa dal momento solenne e non fece storie, anzi abbassò la testa a sua volta. In macchina, di ritorno a Kungsholmen, la piccola se ne uscì con l'idea che in ogni caso lei avrebbe voluto una lapide tutta per sé. Hake sospettò che avrebbe voluto anche il cognome Sergel.

Cenarono da Hanna, rimasta a casa a lavorare a una nuova linea di mobili per bambini per un consorzio internazionale. Axel la sentiva assente e in effetti, finita la cena, Hanna li lasciò soli con la scusa che voleva terminare degli schizzi che aveva iniziato. Hake fece il bagno con Siri e le lesse la storia della buonanotte. Non era arrivato neppure a metà quando la figlia si addormentò.

Fuori la pioggia batteva contro i vetri e le gocce brillavano come piccole stelle sotto i riflessi della luce dei lampioni. L'orologio della chiesa fece udire i suoi pigri rintocchi e il brusio del traffico si disperse nella notte.

12.

Il lunedì si presentò un Olle Sandstedt con gli occhi arrossati. Aveva lavorato per l'intero fine settimana. Gli occhiali dalla montatura di tartaruga erano sporchi, i vestiti stropicciati e sembrava tremare tutto. Secondo Hake non aveva chiuso occhio. Sandstedt li salutò agitando i fogli che aveva in mano. "Il sangue sulla barca corrisponde a quello dell'uomo ucciso."

"Sicuro?"

Il capo della Scientifica annuì.

Hake prese il materiale e lo sfogliò velocemente. Poi guardò Sandstedt, a cui si chiudevano gli occhi dal sonno. "Evviva Olle!" urlò.

Sandstedt fece un sorriso.

"E ora vai a casa a dormire. Non voglio vederti prima di dopodomani."

Il tecnico della Scientifica frugò alla ricerca del pacchetto di sigarette, salutò e se ne andò. Incrociò Lidman e Tobisson all'entrata, ma li scorse appena.

"Lo hai torturato?" domandò Lidman quando vide Olle sparire nel corridoio.

"Il sangue di Harry corrisponde a quello trovato sulla barca," comunicò Hake.

"E..." iniziò Tobisson.

"E questo significa che con tutta probabilità abbiamo il luogo e l'ora del delitto."

"E?"

"E ora possiamo controllare gli alibi che i vari sospettati avevano per quella sera."

"Lo immaginavo," disse Tobisson crollando a sedere.

"Dovresti essere contento," disse Hake. "Ora hai l'opportunità di incontrare di nuovo i tuoi amici della Legione straniera."

Questa volta non tornarono nella casa di campagna, ma convocarono i fratelli Hemmesta alla stazione di polizia. Indossavano il solito abbigliamento paramilitare: giacche da combattimento verdi, berretti di lana e pantaloni mimetici. Uno dei due stava sempre un passo dietro all'altro, e leggermente spostato di lato. Come guerriglieri che attraversano una città e non vogliono farsi beccare tutti e due da una pallottola. Quando misero piede nella stazione di polizia, apparvero tutt'altro che disorientati. Perlustrarono l'ambiente con lo sguardo e quando individuarono Hake in procinto di venirli a prendere, non mostrarono di averlo riconosciuto: si limitarono a dirigersi verso di lui e a salutarlo. Nessuno dei loro movimenti sembrava casuale, tutto era studiato fin nei minimi dettagli. Avevano una tabella di marcia per ogni eventuale corso degli eventi.

Hake li condusse nella stanza degli interrogatori, dove si trovavano Tobisson e Lidman. Quest'ultimo li guardò incuriosito, ma i due lo degnarono solo di una rapida occhiata. Valutarono in fretta quale fosse la postazione più vantaggiosa e si piazzarono vicino all'uscita. Nils Hemmesta tenne lo sguardo fisso su Tobisson per parecchi secondi, mentre l'agente si limitò a fingere di essere annoiato.

"Siate così gentili da sedervi, così iniziamo l'interrogatorio."

Nils guardò Hake. "In che senso l'interrogatorio? Lei ci

ha detto che voleva solo qualche altra informazione quando abbiamo parlato al telefono."

"Credo che abbia capito male," replicò il commissario.

"Nient'affatto," disse Nils.

Guardò sospettoso il commissario, che aveva acceso il registratore.

"Non perdiamoci in sottigliezze ora," disse Hake. "Siamo qui per fare chiarezza in una serie di circostanze riguardanti l'omicidio di Harry Stenman."

I due fratelli capirono di essere stati raggirati e si guardarono intorno confusi.

"Quel che ci interessa sapere è che cosa avete fatto la sera e la notte del 29 settembre."

"Non me lo ricordo," rispose Nils contrariato. "Siamo sospettati di qualcosa?"

"Dipende da cosa risponderete alle nostre domande."

"Non me lo ricordo neanch'io," disse Göran.

"Ma è passato solo un mese. Cercate di rifletterci, anche se è difficile."

Oskar Lidman fece capire, con un tono di voce venato di disprezzo, che pensava di avere a che fare con due deficienti. Nils gli piantò gli occhi addosso: fu facile leggervi che aveva trovato un'altra persona da odiare.

"Su, fate uno sforzo," li incoraggiò Hake. "Si tratta di un omicidio."

"Noi non abbiamo niente a che fare con la morte di Red," ribadì Nils. "È così difficile da capire?"

"Quella sera pioveva. Era un lunedì."

I fratelli si scambiarono un'occhiata. Hake capì che i due fratelli probabilmente usavano un codice per comunicare, solo che non riusciva a decifrarlo. Nils si prese il lobo di un orecchio fra il pollice e l'indice: poteva essere questo. Poteva essere qualsiasi gesto.

"Allora?"

Nils si passò una mano fra i capelli. "Eravamo nella nostra casa di campagna," dissero quasi contemporaneamente.

"Ci sono testimoni?"

"Lui," dissero all'unisono, indicandosi a vicenda.

Nel profondo degli occhi metallici di Nils Hemmesta balenò, dietro l'odio, la scintilla di qualcosa di simile all'intelligenza. Il commissario ricordò a se stesso di andarci cauto, perché l'uomo che aveva davanti non era certo un agnellino.

"Non è passato a trovarvi nessuno?"

"No."

"Avete visto la televisione?"

"Non abbiamo la televisione."

"Vi ricordate almeno che cosa avete fatto?"

"Ascoltato la radio, letto, cose del genere."

"Quale programma, alla radio? Qualcosa di speciale?"

"Di solito ascoltiamo Radio France. A volte gli amici ci mandano i loro saluti attraverso di essa."

"Qualcuno che avete sentito via radio potrebbe confermare che stavate seguendo quel programma?"

I due fecero spallucce.

"Avete forse telefonato a qualcuno?" proseguì Hake.

Scossero la testa.

"Neanche ai vostri genitori?"

Hake sapeva che erano morti, ma sapeva anche che avevano denunciato i propri figli accusandoli di aver rubato soldi e gioielli di famiglia. Doveva trovare qualche crepa nel muro che i due fratelli avevano innalzato.

"I nostri genitori sono morti," disse Göran con voce sommessa.

"Mi dispiace," commentò Hake.

"A noi no," disse Nils.

Ci fu un momento di silenzio. Lidman smise di succhiare la sua caramella alla menta.

"Perché?" domandò Hake.

"Tutta questa storia non c'entra un cazzo con la polizia."

"I vostri genitori si sono comportati male con voi?"

Scese di nuovo una coltre di silenzio. Nils non voleva la compassione di nessuno e dopo qualche secondo riprese a parlare. "Erano dei maiali."

"Come Harry Stenman?"

"Sì, come lui."

"Avete augurato la morte anche a lui?"

Nils si limitò a scuotere la testa.

"Non siete stati forse addestrati a uccidere nella Legione straniera?" domandò Tobisson di punto in bianco. "Non siete stati forse addestrati a indirizzare tutto l'odio che covate dentro contro altri esseri umani?"

Nils guardò prima Tobisson, poi Lidman e infine Hake e il suo bastone. I suoi occhi sprizzavano odio. "Nella Legione straniera ci hanno addestrato come paracadutisti da spedire nei focolai di guerra in tutto il mondo. Dipendiamo dall'esercito francese e non siamo mercenari. In Somalia e Bosnia avevamo solo compiti di *peace-keeping* sotto l'egida dell'Onu. Harry Stenman era un porco perché non rispettava queste disposizioni, anzi faceva affari protetto dalla nostra bandiera, e tirò dentro anche Kurre Oskarsson. Che alla fine ci ha lasciato la pelle."

L'uomo guardò di nuovo i tre agenti. "Red era tipo da uccidere, non noi."

"Dunque siete solo due ragazzi inoffensivi?"

"Siamo uomini. Siamo soldati che mettono al primo posto l'onore e il sacrificio. L'abbiamo giurato davanti ai nostri compagni della Legione. Ma sappiamo riconoscere i maiali, quando li vediamo. Un'ultima cosa: i vostri raggiri e i vostri assurdi pregiudizi sono semplicemente ridicoli. Quanto a te, Tobisson, non avresti resistito neppure una settimana laggiù. È stata una fortuna che tu non abbia mai provato a entrare nella Legione, anche se sono sicuro che ci hai fantasticato a lungo."

Tobisson impallidì visibilmente.

"E ora sono stufo di questa pagliacciata. Vi abbiamo detto dov'eravamo e che cosa abbiamo fatto quella sera e se volete andare avanti su questa strada, fate pure, noi ci rivolgiamo all'avvocato."

Guardò Hake. "In ogni caso, un po' sappiamo come funziona questa società, anche se siamo stati via a lungo."

A quel punto si alzò, subito imitato dal fratello. Giunto alla porta, Nils si girò e puntando l'indice contro Tobisson gli disse: "Ci rivedremo ancora, stanne certo".

Sorrise fra sé e scomparve.

"Dai, azzannali, mordili," disse Lidman a Tobisson. Ma questi non era per niente divertito. Avvertì un brivido freddo lungo la schiena e per la prima volta da molto tempo ebbe paura. Si sentì completamente indifeso, come se tutte le lezioni di karate e le prove di resistenza cui si era sottoposto non fossero altro che esercitazioni di facciata, un modo per convincersi di essere sicuro di sé nell'affrontare conflitti e violenze. E invece, davanti al male allo stato puro, ci si ritrova sempre smarriti. Cercò di scacciare questa sensazione, ma il danno ormai era fatto. Si alzò, si diresse verso il registratore e disse: "L'interrogatorio si conclude alle ore undici e trentacinque".

Poi lo spense e pensò che d'ora in poi avrebbe dovuto tenere alta la guardia.

Hake ammise che avevano fatto un buco nell'acqua. Nel caso dei fratelli Hemmesta il problema erano i testimoni. Ci sarebbe voluto qualcuno che li avesse visti in città la sera del 29 settembre, e a quel punto il loro alibi sarebbe crollato. Solo allora sarebbe stato in grado di procedere. Naturalmente poteva farli pedinare per vedere se fosse emerso qualche elemento in più, ma pensò che nessuno dei suoi uomini era abbastanza bravo da non farsi scoprire e non voleva esporli a un tale rischio. A prescindere da quel che aveva detto Nils della Legione straniera, coloro che ne facevano parte erano uomini pericolosi, addestrati a uccidere.

Continuarono le indagini interrogando di nuovo Danne Durant. L'uomo sosteneva che la sera del 29 settembre era rimasto tutto il tempo sulla barca, ma non c'erano testimoni che potessero confermarlo. D'altra parte si rendeva conto di quanto strano sembrasse il fatto che Red era stato ucciso a poche centinaia di metri da lì senza che lui ne avesse saputo nulla. Hake pensò che non solo "sembrava" strano: lo era davvero. Il commissario lo tenne sui carboni ardenti più a lungo che poté, ma Danne era furbo e conosceva benissimo i limiti entro cui poteva muoversi la polizia.

Hake si alzò più volte a girovagare sulla barca per scaldarsi, nonostante avesse addosso la giacca e il maglione a collo alto. Notò che ogni volta che lo faceva, Danne lo osservava di nascosto. Seguiva interessato i suoi movimenti, il modo in cui si serviva del bastone, quanto tempo riusciva a camminare senza, come vi si appoggiava. Si sentiva come una preda valutata con freddezza in attesa della stagione della caccia. Quando lasciò la barca, dovette ammettere che dall'interrogatorio con Danne non aveva ricavato niente. Niente di utile, in ogni caso.

Anche Rick Stenman aveva trascorso da solo quella fatidica sera, e anche nel suo caso non c'erano testimoni. Naturalmente il giorno dopo si era chiesto come mai Red non fosse passato in ufficio, ma ogni tanto cose del genere capitavano. Red aveva i suoi affari da sbrigare e non toccava certo a lui mettere in discussione la sua agenda. Aveva reagito con una risatina nervosa, passandosi le mani fra i capelli biondo-rossi, quando Lidman gli aveva chiesto se avesse paura di suo fratello. "Aveva carattere ed era maledettamente orgoglioso," disse Rick, "ma di certo non mi faceva paura. Era il mio benefattore, non lo dimentichi. Senza di lui sarebbe andato tutto a catafascio."

Per l'ennesima volta Hake fu colpito dall'opinione quasi sacra che Rick aveva del fratello maggiore. E poi non gli piacevano tutti questi uomini che non avevano un alibi per la sera del delitto. Ironia della sorte, anche lui era rimasto tutto il tempo da solo quella notte. Ricordava che pioveva, che aveva pensato di andare alle corse dei cavalli ma che all'ultimo aveva lasciato perdere. Ovviamente il cavallo su cui avrebbe puntato aveva vinto, ed era per questa ragione che ricordava quella sera così bene. Invece aveva deciso di rannicchiarsi sul divano, a leggere un libro sugli stalloni francesi e a fantasticare di comprarsi, un giorno, una cavalla, farla montare da un esemplare non troppo caro, ma con un discreto pedigree. Aveva pensato di telefonare ad Hanna, ma poi si era ricordato che lei aveva a cena alcuni amici della scuola di design e vi aveva rinunciato. Ciliegina sulla torta, nemmeno lui aveva testimoni per la sera del delitto.

Dopo che Rick se ne fu andato dalla stazione di polizia, Hake ricordò a Lidman di controllare i tabulati telefonici di Red. Un'ora dopo Lidman tornò e gli riferì che Harry Stenman possedeva un cellulare con carta prepagata, le cui chiamate in entrata non erano perciò rintracciabili se non si individuava la Sim. Fra i suoi effetti personali, però, non avevano trovato nessun cellulare e la missione di Lidman si rivelò così senza speranza.

Il commissario Hake telefonò a Ulla Stenman per fissare un incontro, ma la donna era andata a trovare i genitori nel Värmland e non sarebbe tornata prima di qualche giorno.

Lidman aveva interrogato i coniugi Bergman, che al contrario degli altri un alibi ce l'avevano: erano stati a Båstad insieme al figlio. Erano stati quindi depennati.

Al termine della giornata di lavoro Hake andò subito a

casa. Vide la luce accesa da Lars Larsson-Varg e pensò di salire da lui per un bicchierino. L'ultima volta che si erano visti il sovrintendente museale era andato via su tutte le furie e ora aveva bisogno di ricucire la loro amicizia. Ma quando alzò lo sguardo sulla finestra, vide il vicino che lo osservava senza muoversi. Hake gli fece un cenno di saluto con la mano, ma Larsson-Varg lo guardò con freddezza, poi si girò e si allontanò dalla finestra.

Si mossero quando scese la sera. Erano solo in cinque nel vecchio pulmino Volkswagen. Julia si era seduta in fondo, accanto a Yuri. Lövenhjelm guidava e gli altri due ragazzi Julia li aveva visti di sfuggita durante una sua visita alla comune vegana. Il luogo di destinazione non era troppo lontano, solo un'ora di guida. Julia si sentiva allo stesso tempo esaltata e un po' inquieta. Non aveva mai partecipato ad azioni simili e tuttora non era sicura che stesse facendo la cosa giusta. Yuri era arrivato da lei subito dopo pranzo. Avevano preso il caffè e poi fatto l'amore. I fianchi stretti del giovane e il suo corpo liscio e vellutato nella pallida luce pomeridiana l'avevano fatta impazzire di desiderio. Con Yuri aveva fatto cose che non aveva mai fatto con altri uomini. Poi avevano dormito abbracciati per un'oretta, prima di ricominciare. Stavolta Yuri l'aveva amata con dolcezza e Julia gli aveva chiesto di parlare in russo durante l'amplesso. Nella stanza risuonarono tanti piccoli sussurri, pieni di poesia e dolore.

Più tardi era venuto a prenderli Lövenhjelm. Aveva tirato Yuri da parte e gli aveva parlato sottovoce. Il russo aveva annuito più volte e Julia avrebbe voluto sapere di che cosa stessero discutendo, ma non le andava di fare domande. Si accontentava di sedere accanto a Yuri nel pulmino, di stringergli di tanto in tanto la mano, ricambiata da lui. Quasi fosse un segreto segnale in alfabeto Morse fra due amanti. Dopo un'ora abbondante si fermarono sul margine di un bosco con un profondo fossato che arrivava fino al bordo della strada. Prima di scendere dal pulmino, uno dei ragazzi accese la torcia e fece luce su una mappa.

Gustav Lövenhjelm guidava il gruppo e Julia si strinse a Yuri. Era una fitta foresta di abeti e nei paraggi non si scorgeva nessuna abitazione. Gli unici rumori erano il fruscio delle foglie e lo scricchiolio degli stivali e fu solo quando furono prossimi alla meta che Julia riuscì a distinguere guaiti e urla soffocate. Lövenhjelm sollevò una mano e il resto del gruppo si bloccò alle sue spalle. Uno dei ragazzi si abbassò il berretto in modo che al buio fossero visibili solo gli occhi, che brillavano da due fori. Si avventurò da solo fino all'abitazione, totalmente immersa nelle tenebre. Dietro di essa si intravedevano lunghe file di gabbie dove erano rinchiusi i visoni. Giunto in prossimità della casa, il ragazzo si accovacciò, poi si appiattì contro la parete prima di chinarsi di nuovo lentamente per sbirciare attraverso la finestra. Scosse la testa guardando gli altri, proseguì fino al lato posteriore, poi spuntò da dietro l'angolo e diede il segnale di via libera agli altri.

Si calarono sul viso i passamontagna e sgattaiolarono in un'unica truppa verso le gabbie. Julia aveva in mano una piccola cesta per gatti e un paio di guanti pesanti. Quando arrivarono all'allevamento di visoni aprirono una delle gabbie e fecero uscire due bestiole, che Julia ripose subito nella cesta. I due animaletti cominciarono a morderla, ma smisero non appena si resero conto che non serviva a niente. Julia diede il segnale di via libera e gli altri si affrettarono a spalancare il resto delle gabbie. Una marea di creature grigie si riversò all'esterno, sparpagliandosi nel bosco. Nel giro di poco, tutti i visoni furono liberati e Julia si sentì pungere dal senso di colpa. In quanto veterinaria era suo dovere proteggere gli animali e lei sapeva che molti dei piccoli visoni non se la sarebbero mai cavata all'aperto. Sarebbero stati vittime dei predatori e inoltre non erano in grado di procurarsi il cibo da soli. Julia allontanò dalla mente quei pensieri. Comunque avevano agito per il loro bene: sapeva che altrimenti i visoni sarebbero stati spediti alla conceria e morti di una morte prematura.

Sentiva alcuni di loro urtarle la gamba e quelli nella cesta emettere grida di richiamo agli altri. Girò la testa in cerca dell'altro ragazzo e lo vide in piedi, intento a filmare tutta l'operazione. Il tipo sollevò il pollice verso Gustav Lövenhjelm, che annuì e urlò che era ora di andare via. Yuri raggiunse Julia e la baciò appassionatamente sulla bocca. Poi tornarono insieme da dove erano venuti. Prima di salire sul pulmino si tolsero i passamontagna: erano tutti su di giri. Julia teneva la cesta sollevata e parlava dolcemente con i due visoni che vi erano custoditi. Il ragazzo che filmava li riprese entrambi.

Sulla via del ritorno Gustav Lövenhjelm fece girare una bottiglia di vino fra i partecipanti al blitz, che lodò per il comportamento maturo. Julia bevve un sorso e sentì un'ondata di calore invaderle il corpo. Era esausta ma anche felice, in un certo senso. Era stata una specie di grande avventura e ovviamente la presenza di Yuri al suo fianco aveva contribuito alla sua eccitazione. Rimase un po' delusa quando il giovane russo disse che non si sarebbe fermato per la notte: doveva inviare alcune mail agli altri animalisti e sarebbe passato del tempo prima che finisse il giro. Julia promise di tenere i visoni al riparo, mentre Lövenhjelm le assicurò che l'avrebbero ricontattata al più presto.

Fu solo quando il pulmino si mise in moto e il buio la inghiottì completamente, che Julia si accorse di quanto fosse stato assurdo quel che era successo. Guardò i visoni nella cesta, poi andò nella stalla e li trasferì in una gabbia più grande. Dopo averli nutriti con una porzione di mangime per pesci, che aveva acquistato in anticipo, rientrò in casa e si sedette in cucina. Per la prima volta da tempo si sentì infinitamente sola.

13.

L'uomo che aspettava Hake fuori dal suo ufficio poteva avere circa cinquant'anni. Indossava un soprabito grigio e teneva una cartella sotto il braccio. Aveva i capelli radi, il viso stretto e ossuto e il naso un po' storto. Gli occhi erano svegli e ombreggiati da ciglia lunghe come quelle di una donna. Si presentò come Tage Lennartsson, revisore. Aveva una voce piena e profonda, da basso, che mal si accordava al suo fisico magro e asciutto. Hake lo fece entrare e lo invitò a sedersi. L'uomo lo aveva chiamato il giorno prima per chiedergli un colloquio riguardo all'omicidio di Harry Stenman, di cui non volle anticipare nulla al telefono.

"Lei aveva delle informazioni per me," disse Hake speranzoso.

L'uomo annuì, aprendo contemporaneamente la sua cartella. Prelevò alcuni documenti e li mise sulla scrivania. Il commissario li scorse in fretta con lo sguardo. "Un'assicurazione sulla vita," commentò sorpreso.

"Esatto," disse Tage Lennartsson. "Nell'ultima pagina troverà la cifra."

Hake seguì il suggerimento e apprese così che Harry Stenman aveva stipulato una polizza sulla vita per un importo di due milioni di corone. Il beneficiario era Ulla Stenman.

"Diventerà molto ricca," commentò Hake.

"Quando si tratta di omicidio e di cifre di questa portata vogliamo essere sicuri che sia tutto in regola."

"Lo capisco."

"La signora risulta fra i sospettati?"

"Stiamo svolgendo un'indagine per omicidio e ovviamente non posso parlarne."

Il revisore dell'assicurazione sospirò rumorosamente, sbattendo le lunghe ciglia. Tirò su con il naso. "Ma questo è un caso un po' particolare," obiettò.

"Capisco le vostre preoccupazioni," disse il commissario, "però non hanno niente a che vedere con il lavoro della polizia."

"Una somma così significativa non è un buon movente per un omicidio?"

"Certo che sì, ma l'indagine è materia della polizia. Se sospettate una truffa ai danni dell'assicurazione, dovete sporgere denuncia."

"È ciò che sto cercando di scoprire, ma senza il vostro aiuto non è così semplice."

"Quando ha stipulato l'assicurazione il signor Stenman?"

"Un anno fa. Il premio è molto elevato, è evidente, ma Stenman non era certo vecchio e non sembrava ci fosse niente di strano o poco chiaro. Niente malattie, niente nel casellario giudiziale."

"Era puntuale nel pagamento delle rate?"

Tage Lennartsson annuì.

"Non esiste una polizza equivalente a beneficio di Harry Stenman?"

"No. Ulla Stenman non ha mai stipulato assicurazioni di nessun genere."

"Non posso aiutarvi," disse Hake. "L'unica cosa che posso dirle è che finora nessuno è stato arrestato o fermato per omicidio."

"Non avete dei sospettati?"

Hake sorrise impercettibilmente. "Come ho già detto, queste sono informazioni che al momento teniamo per noi."

Lennartsson non sembrava proprio deluso, ma forse aveva sperato di ottenere di più. Si alzò. "Si tratta di una cifra ingente anche per una grande compagnia di assicurazioni come la nostra, perciò devo prendere in esame ogni possibile circostanza prima di autorizzarne il pagamento."

"Mi telefoni se scopre qualcosa che possa tornarci utile," disse Hake porgendogli la mano.

Il perito la strinse, poi guardò il commissario e fece un ultimo tentativo: "Lei invece non mi darà alcuna informazione, è così?".

"Non posso, ma mi farò sentire non appena arrestiamo o incriminiamo qualcuno."

Il commissario accompagnò Lennartsson alla porta e subito dopo si recò nella sala operativa, dove Lidman stava passando al setaccio le informazioni sul caso.

"Vieni," disse Hake.

Ulla Stenman stava in piedi in mezzo alla stanza e gesticolava.

"L'ho saputo solo ieri," esordì.

Axel Hake e Lidman la guardarono senza dire una parola. La donna sembrava molto nervosa, così avevano deciso di comune accordo di lasciarla parlare liberamente.

"È stato una specie di shock."

Un bello shock, pensò Hake. Ulla Stenman aveva fatto ordine nell'appartamento dall'ultima visita, liberandosi dell'antidiluviano apparecchio tv e dei poster alle pareti. In compenso aveva riempito la casa di fiori e sul pavimento spiccava un tappeto nuovo dai disegni audaci. Alla parete era appeso un quadro che il commissario non aveva visto la volta precedente, raffigurante un soggetto marino in cornice dorata. La luce che filtrava dalla finestra illuminava l'ambiente e le vecchie tende erano state eliminate. La stessa Ulla appariva cambiata, e in meglio. I capelli spenti e gli abiti lisi erano spariti. Ora indossava una minigonna di pelle e un maglioncino di angora arancione. Il viso, non più scialbo e grigio, lasciava immaginare che si fosse sottoposta a una cura ringiovanente. Se ne stava muta a osservare i due poliziotti che non si decidevano a farle domande.

"Non sapevo che Harry avesse stipulato un'assicurazione sulla vita," disse in tono quasi implorante. "Non me ne ha mai fatto parola."

Hake si chiese se fosse vero.

"Sembra incredibile, lo so, ma è così che stanno le cose," insistette Ulla.

Spostò lo sguardo da Hake a Lidman. "Se credete che abbia ucciso mio marito per incassare i soldi dell'assicurazione, vi sbagliate di grosso."

Andò in cucina, si riempì un bicchiere d'acqua e ritornò in soggiorno, visibilmente più calma. "Non posso offrirvi un caffè perché stavo per uscire prima che arrivaste," disse dirigendosi nell'ingresso e afferrando il cappotto.

"Dite qualcosa, accidenti!" sbottò poi irritata.

"Come vanno gli affari alla concessionaria?"

"Il curatore fallimentare ha preso in mano la situazione. Non me ne frega niente. L'azienda era una creatura di Red e ora che è morto..."

"Lei si ritrova più ricca di due milioni di corone," la schernì Lidman.

La donna si infilò il cappotto. "Io non l'ho ucciso."

"Si può sempre farlo fare a qualcun altro," intervenne Hake.

"Andatevene ora. Non ho altro da dirvi."

Stava giusto per aprire la porta quando il commissario la trattenne. "Ancora un attimo."

Ulla Stenman perse un po' della sua baldanza, quasi fosse

abituata a cedere quando qualcuno diventava troppo insistente.

"Ciò che per noi è importante sapere è che cosa ha fatto la sera del 29 settembre."

"Del 29 settembre?"

"Secondo le nostre ricerche è in quella data che Red potrebbe essere stato ucciso."

Lei fece un passo indietro, infilò le mani nelle tasche del cappotto e chinò leggermente la testa. "Ma... è la sera in cui Harry non tornò a casa," disse infine. "Doveva solo chiudere la concessionaria, io me n'ero andata qualche ora prima. Ma non è mai tornato. Il giorno dopo ho denunciato la sua scomparsa."

"Esatto, è proprio di quella sera che stiamo parlando. Dove si trovava?"

"Qui," rispose Ulla Stenman in fretta, "ero qui."

"Da sola?"

"Certo, stavo aspettando Harry. È stata una notte terribile. Più volte mi è sembrato di sentirlo rientrare, ma era solo la mia immaginazione."

Il commissario guardò Lidman, che fece spallucce. Capirono entrambi che non sarebbero arrivati oltre. Hake lanciò un'ultima occhiata attraverso la finestra e constatò che dall'appartamento si poteva vedere la città fino a Mälarvarvet e Pålsundsbron. Se Ulla Stenman era coinvolta nella morte di suo marito, poteva aver benissimo seguito l'accaduto da casa sua.

"Grazie," disse Hake alla fine. Lasciarono l'appartamento tutti insieme.

Quando furono in strada, Ulla Stenman salì su una vecchia Opel e salutò i due agenti prima di mettere in moto e sparire.

"Che cosa ne pensi?" domandò Hake.

"Non lo so," fu la risposta di Lidman.

Svoltarono in Timmermansgatan, la cui estremità si affacciava su Riddarfjärden. Rimasero fermi per qualche istante a godersi il panorama, poi percorsero la strada che scendeva verso l'accesso a Söder Mälarstrand. Voltandosi, videro l'imponente Mälarborgen color rosso mattone che nella luce del tramonto splendeva sulla cima della montagna, proiettando un'immensa ombra sul pendio sottostante. Sembrava un castello stregato, così diverso dalle altre costruzioni della zona, che consistevano soprattutto di vecchie case protette dai Beni culturali e di abitazioni popolari.

"La pediniamo?" domandò Lidman dopo aver fatto il giro della casa ed essere tornati all'entrata principale.

Axel Hake annuì con decisione.

Cominciò così l'operazione appostamento. Dovevano effettuarla durante il normale orario di servizio, grazie alla cocciuta avversione di Rilke all'assunzione di altro personale. A Tobisson e Lidman toccò il primo turno, durante il quale però Ulla Stenman non uscì neppure di casa. In compenso si era infilato nel portone un tizio con un berretto di lana in testa. Non lo videro chiaramente: teneva il berretto calato fin sulle orecchie e il bavero della giacca alzato, dunque non era possibile riconoscerlo. Probabilmente era solo un inquilino dello stabile.

Lidman si lamentò di Tobisson. Secondo lui era troppo su di giri, saltava su per la minima sciocchezza e aveva l'ossessione di essere seguito. "E come se non bastasse, quel malefico si è portato appresso un thermos gigante di caffè, anche se sa benissimo che la caffeina stimola l'urinazione, e uno deve correre a pisciare ogni due per tre e questo non si può fare durante un pedinamento, cazzo!"

Hake non diede troppo peso a quelle recriminazioni. Durante il suo giro, era stato Tobisson a lagnarsi del tanfo di sudore e grasso di Lidman, e del suo ingozzarsi di pasticcini e dolci al cioccolato.

"Quell'uomo finirà per ammazzarsi di cibo," aveva detto Tobisson. "Prima o poi esploderà. Non si è sicuri con un collega che non può venirti in aiuto se ne hai bisogno, che non può correre dieci metri senza fermarsi a riprendere fiato."

Hake assegnò ai due colleghi ancora un turno insieme, prima di interrompere la collaborazione. Neanche quella sera era successo niente di speciale. Ulla era rimasta tutto il tempo in casa e non si era presentato nessun tizio con il berretto. La sera successiva Hake assegnò a Tobisson il turno di guardia davanti al castello di Mälarborgen in Bastugatan. Tobisson sembrò sollevato quando scese dalla macchina e sussurrò che a Lidman era venuta un'altra mania: le stringhe di liquirizia. Il commissario prese posto nell'auto e dopo alcune insignificanti battute calò il silenzio, ammesso che di silenzio si potesse parlare con tutto il ruminare di Lidman.

Hake resistette per una mezz'ora, poi scese dalla macchina e si diresse in Timmermansgatan, che faceva angolo con Bastugatan. C'erano altre due uscite e Hake si chiese se avrebbero visto Ulla Stenman nel caso che fosse uscita da quella strada. Tornò alla macchina e constatò che era impossibile fare quel percorso senza essere visti. Ma ormai gli era sorto il dubbio, così raggiunse di nuovo la traversa e proseguì giù per la collina fino ad arrivare alla facciata della costruzione che si stagliava maestosa contro il cielo notturno. Hake cominciò a contare i piani e guardò in alto verso la finestra di Ulla Stenman. La luce era spenta. Si affrettò a raggiungere Lidman in macchina.

"Sei proprio sicuro che sia in casa?"

"È salita tre ore fa."

Hake prese l'ascensore per l'appartamento della Stenman e suonò alla porta. Nessuno venne ad aprire e lui si diede dell'idiota. Tornò alla macchina.

"È possibile che vi abbia visti?" domandò.

"Possibile qua e possibile là. Tutto è possibile, soprattutto con Tobisson che esce in continuazione dalla macchina."

"Ulla non è in casa e nessuno di voi due l'ha vista uscire."

"Magari è andata da una vicina."

"Uno spegne la luce quando va da un vicino?"

Lidman lo guardò pensieroso.

"Uno spegne la luce se si accorge che la polizia lo sta spiando?"

"In poche parole, la Stenman non sa che la stiamo osservando."

"Ma può usare un'altra uscita?"

Hake annuì.

"Aspettiamo," disse.

Restarono di guardia per altre tre ore senza che Ulla si facesse viva. Nel frattempo Lidman aveva fatto fuori la sua scorta di stringhe di liquirizia e caramelle alla menta. Hake era sceso in Hornsgatan a comprare salsicce e purè per tutti e due e dopo che ebbero finito si fece un altro giro verso l'entrata principale della casa. Quando alzò lo sguardo sulla finestra di Ulla vide che era illuminata. Si mise a sedere di fianco a Lidman. "Ora che è rientrata ce ne possiamo pure andare. Non credo che uscirà ancora per questa sera."

Lidman innestò la marcia e partì. Hake intrecciò le mani dietro la nuca e guardò il tetto della macchina. Ulla Stenman usava dunque una via di accesso e di uscita dalla sua abitazione che non poteva essere vista né da Bastugatan né dalla traversa. Perché lo faceva? Si sentiva seguita? Non voleva che qualcuno sapesse se era in casa o meno? Forse la spiegazione era più semplice, forse usava una scorciatoia che le tornava più comoda del portone principale. Hake si ripromise di indagare sulla faccenda, ma senza fare domande dirette alla donna: finché non sapeva di essere pedinata, loro sarebbero stati in vantaggio rispetto a lei. Avrebbe invece controllato ogni altra possibile via d'uscita alla luce del sole fin dal giorno dopo.

Guardò attraverso il finestrino della macchina. Era bello non essere obbligati a guidare e poter vedere la città scorrere davanti agli occhi. Stoccolma di notte era un'altra città rispetto a Stoccolma di giorno. Era quasi deserta e tuttavia magicamente viva. Le luci al neon lungo le strade avevano un certo fascino, i lampioni gialli che illuminavano le corsie creavano un'atmosfera cupa e vivida al tempo stesso. Dappertutto sembrava regnare la tranquillità. Nessuna violenza. Ma Hake sapeva che era un'illusione. Sotto quell'ingannevole superficie la città ribolliva di odio e aggressività. Sotto la superficie si nascondevano le verità della natura umana.

Tobias Tobisson stava per infilare la chiave nella serratura della porta d'ingresso quando scorse un'ombra sul vetro. Si girò di scatto e forse fu proprio quel movimento repentino a salvargli la vita, visto che il tubo di ferro gli colpì la testa di lato per poi abbattersi con forza sulla spalla. Tobisson la sentì indolenzirsi e contemporaneamente avvertì il sangue che fluiva sul viso. Cadde in ginocchio, cercò di rialzarsi. Distinse una figura con il passamontagna che sollevava un'altra volta la spranga, ma fece in tempo a rotolare su un fianco, così l'arma lo colpì sul gomito. Lo sentì frantumarsi e vide davanti a sé l'ulna sporgere dalla pelle e i tendini scoperti. Di colpo si vide trasportato come un pacco inanimato dal medico legale Brandt, che lo pesava e gli prendeva le misure, per poi estrargli le viscere e il cervello e riporli in fredde ciotole di acciaio inossidabile. Riuscì a malapena a pensare che non voleva starsene disteso su un tavolo di metallo esposto a occhi estranei.

Con le ultime forze che gli restavano sferrò un calcio, sentendo che il piede aveva colpito la gamba dell'aggressore. Quest'ultimo cadde in ginocchio accanto a Tobisson e nell'atto di sollevare di nuovo il tubo lasciò intravedere il polso nudo. Per qualche inspiegabile ragione nella mente di Tobisson riecheggiarono le parole di Lidman. Dai, azzannali, mordili. L'agente si gettò in avanti e affondò i denti nel polso dell'uomo con tutte le sue forze. Fra il dolore e gli schizzi di sangue sentì un urlo atroce, prima che il braccio dell'aggressore lasciasse la presa.

L'uomo lo scaraventò a terra un'altra volta e il tubo volò verso di lui. Tobisson si raggomitolò come una palla e sentì la spranga sfiorargli prima la spalla e poi colpirlo sul fianco. La giacca a vento assorbì gran parte della botta, ma ora Tobisson cominciava a scivolare in uno stato nebuloso, in cui ogni movimento avveniva al rallentatore e ogni respiro sembrava un'impresa quasi sovrumana. Vide la porta e pensò che anche là dietro c'era qualcuno ad aspettarlo, ma non ne era sicuro. Forse era l'aggressore che si stava specchiando nel vetro. Per alcuni orribili secondi aspettò il colpo finale, che però non arrivò mai. Gli sembrò di sentire qualcuno urlare da una finestra in alto e dei passi che presto si dileguarono. Ora tutto girava sempre più in fretta e l'ultima cosa che vide, prima di svenire, fu il proprio orologio insanguinato.

Tobisson era ancora privo di conoscenza quando Axel Hake lo raggiunse in ospedale, nel cuore della notte. Era stato svegliato dall'agente di turno che gli aveva riferito l'accaduto. Nonostante le numerose tazze di caffè che aveva bevuto, gli sembrava di non essere del tutto sveglio. Non aveva telefonato a Lidman: pensava che il collega avesse bisogno di recuperare tutto il sonno possibile, se dovevano continuare con l'appostamento.

Hake riconobbe la ragazza di Tobisson, Wendela, seduta nella sala d'attesa del pronto soccorso. Le fece un cenno di saluto. Aveva un'aria indicibilmente stanca, con gli occhi arrossati dal pianto e il naso irritato per via di tutti i fazzoletti-ni che aveva usato.

"Devono averlo aspettato," disse Wendela con un filo di voce. "Era da un pezzo che lo vedevo preoccupato."

"Preoccupato per cosa?"

"Non lo so, non me lo voleva dire. Ma non faceva altro che guardarsi alle spalle o sbirciare dalla finestra."

Hake si sedette di fianco a lei. "Sai se qualcuno ha visto l'aggressione?"

"Secondo la pattuglia che è arrivata insieme all'ambulanza, in parecchi hanno sentito delle urla provenire dalla strada e si sono precipitati a vedere cosa stava succedendo. Ma la persona che lo ha colpito è scomparsa nel portone e poi nel cortile posteriore."

Scosse la testa. "Chi può volerlo morto?"

Axel Hake aveva in mente parecchie risposte a quella domanda. Tobisson si era inimicato un bel po' di criminali nella sua carriera di poliziotto. Molti di loro avevano giurato di fargliela pagare, un giorno o l'altro. Nella realtà, però, accadeva raramente che qualcuno aggredisse un poliziotto. Ma era evidente che c'erano delle eccezioni. "Non lo so," disse Hake. "Ma lo scoprirò."

Wendela lo guardò con un barlume di speranza. Si erano visti solo poche volte, quando lei aspettava Tobisson fuori dalla centrale di polizia. Guardò di nuovo il commissario. Sembrava rilassato, quasi indolente. Tobias lo odiava e rispettava insieme, lei lo sapeva bene. Hake era un "brutto attraente": il setto nasale piatto e le labbra piene non erano tratti da esibire con orgoglio. Ma combinati con gli occhi vivaci e il mento deciso non erano niente male. Wendela si accorse che il commissario era inconsapevole del proprio fascino, il che lo rendeva ancora più interessante.

"Hai idea di chi possa essere stato?" domandò la ragazza.

"No. Erano in due?"

"Nessuno ha visto niente, quel bastardo si è dileguato nella scalinata."

Hake pensò che la cosa migliore era aspettare che Tobisson si svegliasse, invece di continuare a rimuginare su quella domanda. Lui doveva pur saperne qualcosa.

Un medico si diresse verso di loro. Hake si alzò e si presentò. Dopodiché il dottore lo condusse nella stanza di Tobisson: l'agente era disteso nel letto, attaccato al respiratore e con una quantità di tubicini infilati nel corpo. Inoltre aveva la testa fasciata da bende, il gomito ingessato e la faccia tumefatta.

"È tutta opera di un tubo di ferro," disse il medico. "La frattura del cranio è seria ma non mortale. Il gomito è spezzato e le lastre mostrano che ci sono frammenti di ossa nell'area colpita. Risolveremo tutto un passo alla volta, per ora la cosa più importante è che il paziente si svegli. Fra l'altro abbiamo riscontrato anche una clavicola rotta e diversi lividi sulla schiena e sul collo. Il fatto strano è che aveva del sangue in bocca, ma niente ferite, perciò non riusciamo a capire da dove arrivi."

Hake lo ringraziò, salutò Wendela che sedeva mezza addormentata nella sala d'aspetto e uscì che era appena spuntata l'alba. Non c'era ancora luce, ma il traffico mattutino si era già messo in moto e dalla fila di macchine usciva un pennacchio di gas di scarico.

Quando Hake arrivò alla centrale di polizia, la sala operativa era deserta. In attesa di Lidman diede una scorsa alla posta del mattino, che fra l'altro conteneva una lettera da parte del curatore fallimentare. La aprì e lesse che erano riusciti a evitare la bancarotta. Una ditta chiamata Interexport, di proprietà di Maxim Olgakov, aveva acquistato "Le auto di Harry" e pagato tutti i debitori, perciò non c'era più motivo perché il curatore fallimentare perdesse altro tempo in quella faccenda. Voleva solo aggiornare la polizia sugli ultimi sviluppi. Hake rifletté un istante su cosa ciò potesse significare, ma non riuscì a individuare niente di concreto. Trovava difficile vedere in una storia del genere il movente per un omicidio, sempre se non si scoprivano attività nascoste nella concessionaria di Harry Stenman.

Il commissario si sentiva ancora assonnato e decise di andare a nuotare prima di scrivere il rapporto per Rilke. Ma la stanchezza ebbe il sopravvento, facendolo sprofondare in un piacevole dormiveglia. Lentamente chiuse gli occhi.

Yuri non era stato per niente carino per tutta la serata. Avevano fatto l'amore, ma il tenero amante di sempre si era come volatilizzato, lasciando il posto a un uomo brutale e aggressivo. Controvoglia Julia si era piegata a fare cose che in fondo trovava umilianti. Si era sentita sporca e a tratti Yuri l'aveva guardata con un misto di disgusto e disprezzo. Lei aveva cercato di accarezzarlo, ma lui l'aveva respinta ogni volta. Aveva provato a dirgli quanto si fosse sentita avvilita dopo il blitz contro l'allevatore di visoni. Sul giornale aveva letto che dopo aver visto la devastazione dei locali l'uomo era stato ricoverato in ospedale in seguito a un attacco cardiaco. Ma Yuri non aveva voluto ascoltarla: si era limitato a commentare che se l'era meritato, quel torturatore di animali. E quando lei gli aveva detto che non avrebbe partecipato ad altre azioni, era diventato addirittura violento. Poi le aveva messo in mano dei flaconi, intimandole di fare ciò che aveva promesso, altrimenti...

"Altrimenti cosa?" aveva replicato Julia.

Il volto da albino di lui si era irrigidito come in una maschera e la sua risposta era stata poco più di un sibilo: "Altrimenti è possibile che arrivi a prenderti la polizia. Per toglierti la licenza di veterinaria".

All'inizio non aveva capito.

"Abbiamo un filmato in cui ci sei tu subito dopo l'azione, con i visoni nella cesta," aveva messo in chiaro Yuri. "E lo possiamo spedire sia alle autorità sia alla stampa."

"Stai scherzando," aveva provato a ribattere lei.

Ma Yuri non scherzava, era serissimo. Fu solo a quel punto che Julia comprese il madornale errore che aveva commesso partecipando al blitz. L'autorizzazione a esercitare la professione di veterinaria poteva esserle revocata in caso di coinvolgimento in maltrattamenti su animali, e molti ritenevano che l'azione contro l'allevatore di visoni potesse configurare quel genere di reato.

Julia andò a dar da mangiare ai visoni. Provò a non pensare a quanto si sentisse tradita. Poi tornò in cucina e all'improvviso, da una sorta di fonte primordiale, irruppe un suono potente, un lamento, un urlo selvaggio che liberò tutti i sentimenti repressi che si era portata dentro negli ultimi giorni. Si trasformò in un ruggito che durò finché lei, paonazza, si accasciò sul pavimento sfiancata. Prese a singhiozzare e le lacrime che cominciarono a scenderle sul viso divennero presto un pianto dirotto. Non era il pianto di una bambina, né quello di un'adulta. Era il pianto di una bestia ferita.

14.

Leffe Calzino si svegliò con un sussulto nel bus bianco. Gli sembrava di aver sentito dei passi all'esterno e cercò a tentoni il coltello. Si mise a sedere per ascoltare meglio, ma non sentì più nulla. Innervosito, tornò a sdraiarsi e provò a respirare lentamente. Era un espediente che aveva imparato a usare: quando si sentiva davvero impaurito, respirando piano riacquistava la calma per un po'. Il suo battito era appena tornato alla normalità quando sentì di nuovo quei passi. Si tolse la coperta militare, cercò affannosamente la tanica con l'alcol denaturato, se la portò alla bocca e lasciò che il liquido gli scivolasse in gola. Scendeva giù che era un piacere e ne bevve ancora un sorso. Col cavolo che si sarebbe fatto di nuovo cogliere dalla follia. Lui che aveva creduto che gli incubi fossero spariti, che voleva poter incontrare Pia senza avere bisogno di sbronzarsi. Ma se avesse continuato in questo modo sarebbe andato tutto a rotoli un'altra volta. L'incubo che lo aveva spinto a scappare dal Marginalen, l'albergo per scapoli, per trasferirsi nel bus diretto a Katmandu, stava per tornare. L'incubo che non voleva sparire, nonostante lui non fosse andato dagli sbirri, nonostante avesse dimostrato chiaramente di non essere una spia.

Aveva paura, sentiva di essere in pericolo e tuttavia non poteva fare niente. A che cosa sarebbe servito rivolgersi alla polizia? Nella migliore delle ipotesi non gli avrebbero creduto, nella peggiore lo avrebbero arrestato e fatto disintossicare. O magari, come l'ultima volta che aveva avuto a che fare con loro, lo avrebbero maltrattato e messo in isolamento perché aveva vomitato sull'agente di guardia. Lui voleva solo farsi i fatti suoi ed essere lasciato in pace, era così difficile da capire?

All'improvviso sentì un colpo sordo contro la porta esterna. Si alzò. L'alcol lo aveva reso malfermo sulle gambe e per mantenersi in equilibrio si appoggiò a una delle cuccette. Poi tornarono di nuovo i passi. Li sentì distintamente girare intorno al bus. Prese il coltello dal letto e si avviò alla porta di compensato. La spalancò tenendo l'arma in pugno. Era buio, ciononostante Leffe capì che lì non c'era nessuno. Forse erano stati solo dei ragazzini in vena di scherzi, che volevano spruzzare vernice sul bus o fregarsi lo specchietto retrovisore o che diavolo altro. Si era pentito di aver bevuto così tanto, si sentiva già un po' stordito. I fogli di carta ai finestrini e sul parabrezza impedivano a chiunque di sbirciare dentro, ma anche a lui di vedere fuori. Si diresse verso il posto di guida, si sedette dietro il volante, si sporse in avanti e cominciò a rimuovere uno dei fogli. Li aveva applicati lui stesso, perciò sapeva che erano stati fissati con colla per vetro, ma poteva aprire un piccolo foro per vedere chi o cosa si muovesse là fuori. Inserì il coltello sotto uno strato di carta e facendo leva ne staccò un pezzo. Fuori era buio pesto ed era difficile distinguere i contorni di cose e persone. All'improvviso sbucò un'ombra. Un'ombra che reggeva in mano qualcosa. Che sembrava una tanica di benzina. L'ombra ne sparse il contenuto tutt'attorno al bus. A Leffe ci volle qualche istante per capire che cosa stesse succedendo. "Ehi tu, ma che cazzo stai facendo?" urlò.

L'ombra si girò: aveva un passamontagna calato sul viso. Lì per lì Leffe trovò la cosa buffa e gli scappò da ridere, ma in quello stesso istante fu sopraffatto dalla puzza di benzina e si sentì gelare. Divenne di colpo sobrio. Bussò di nuovo sul vetro, ma l'ombra, dopo aver finito di versare la benzina, prese un accendino e lo scagliò contro il bus. Una luce vivida lampeggiò davanti al parabrezza, poi l'ombra sparì dal campo visivo di Leffe.

Il fuoco si diffuse rapidamente e il fumo cominciò a invadere la cabina. Leffe si alzò e barcollò verso la porta. Prima di poter afferrare la maniglia perse l'equilibrio e crollò a terra. Non avvertì alcun dolore, ma l'impatto doveva essere stato pesante, perché si accorse che stava perdendo sangue dal naso. La cabina si riempì completamente di fumo. Leffe strisciò sul pavimento del bus finché non riuscì ad afferrare la maniglia della porta esterna. La abbassò, poi diede una spinta con la spalla, come faceva di solito. Ma la porta era come saldata. Non cedeva di un millimetro. Fece un altro tentativo e in quello stesso momento nel bus cominciarono a sprigionarsi le fiamme. Una lingua di fuoco si alzò nel punto in cui lui teneva le provviste di alcolici, accelerando così l'incendio.

Leffe riprovò con la porta ma evidentemente era bloccata. Gli lacrimavano gli occhi per il fumo e cominciò a tossire a più non posso. Lottò con tutte le sue forze per rimettersi in piedi e tornare al posto dell'autista, dove riuscì a sedersi con uno sforzo spasmodico. Benché sentisse le energie abbandonarlo un po' alla volta, voleva credere ancora alla possibilità di uscire da quell'inferno. Si appoggiò allo schienale del sedile, sollevò le gambe e sferrò un calcio contro il parabrezza. I piedi gli si intorpidirono, ma il vetro rimase intatto. Sollevò le gambe un'altra volta e scalciò più forte che poté. Gli sembrò che il vetro s'incrinasse un po'. Sentiva il sangue colargli sul mento e sapeva che stava per perdere conoscenza, ma doveva farcela: era l'unica possibilità di salvezza.

Si appoggiò ancora allo schienale e fece un ultimo tentativo, seguendo la stessa dinamica di prima. Stavolta il colpo andò a segno: avvertì le vibrazioni su per la schiena e sentì il vetro cedere lungo il punto d'attacco. Sferrò un altro calcio e subito tutto il parabrezza si sganciò, scivolando sul cofano. Leffe però vide subito che era coperto dalle fiamme e l'alito di vento, che soffiò quando aveva ceduto il finestrino, non fece che spingere il fuoco più rapidamente all'interno del bus. Un calore infernale lo assalì in viso. Leffe si guardò intorno: il bus era in fiamme e non c'era più alcuna via d'uscita.

Si accasciò sul pavimento, in cerca delle ultime molecole di ossigeno e pensò che era stato proprio un idiota a non raccontare tutto quel che sapeva. Un maledetto idiota. Vide la gamba dei pantaloni prendere fuoco e sperò solo che tutto finisse più in fretta possibile. Ma non fu così. Il dolore che lo assalì quando la carne cominciò a bruciare era insopportabile. Aprì la bocca per urlare con tutta la forza che gli era rimasta, ma ne venne fuori solo un violento attacco di tosse. L'ultimo pensiero che gli attraversò la mente fu che alla fine anche la sua voce lo aveva tradito.

Quando squillò il telefono, Axel Hake aveva l'impressione di essersi appena addormentato. Insieme a Oskar Lidman, aveva trascorso la giornata a passare al setaccio tutto il materiale investigativo. Avevano riportato su un foglio gli alibi, i moventi, le dinamiche dei fatti e tutte le possibili ipotesi su chi potesse essere l'assassino di Harry Stenman, oltre eventuali collegamenti con l'aggressione a Tobias. Avevano esaminato tutte le circostanze, Hake si era dato da fare a scavare sempre più a fondo, ma alla fine gli era sembrato di non vedere niente. Letteralmente, perché al termine della giornata di lavoro non riusciva più nemmeno a mettere a fuoco le immagini, tale era la stanchezza. Decise di andare a nuotare un'oretta nella piscina coperta, per fare provvista di nuova energia. Ma quando, uscito dall'acqua, vide lo sguardo di

Lidman, capì che non era cambiato niente: aveva ancora la stessa aria distrutta.

Aveva resistito fino alle sette, poi se l'era filata a casa barcollando. Non appena aveva chiuso la porta, però, le sue condizioni erano cambiate e non si sentiva più così stanco da dover andare subito a dormire. Aveva bevuto qualche tazza di caffè e letto per un po'. All'una era ancora sveglissimo, ma era andato a letto lo stesso, solo per alzarsi una mezz'ora dopo e mettersi a rileggere tutto ciò che si era appuntato durante la giornata. Alle tre e mezzo era finalmente crollato e così era tornato a dormire. Dopo appena un'ora, però, era stato svegliato dall'agente di guardia, che gli aveva riferito del bus incendiato.

Il commissario riempì un thermos di caffè e se ne andò a Långholmen. La prima cosa che vide, non appena scese dalla macchina, fu la carcassa del bus bianco annerita dal fumo. Era sotto le luci accecanti dei tecnici della Scientifica. Un intenso odore di gomma e lamiera bruciata lo assalì mentre si dirigeva da Olle Sandstedt, che stava leggermente distante dal bus. "Non avvicinarti troppo," lo avvertì. "È ancora rovente. Non possiamo fare molto, finché non si raffredda come si deve."

Hake avvertì l'ondata di calore già a dieci metri dall'Overland Express. "C'era qualcuno dentro?" domandò.

Sandstedt annuì, puntando l'indice contro il sedile dell'autista. "C'era un corpo sul pavimento là davanti, per quel che siamo riusciti a vedere. Ma è completamente carbonizzato."

"Forse aveva rovesciato qualche candela accesa mentre era ubriaco e per errore ha dato fuoco a tutto il bus."

Sandstedt prese Hake sottobraccio e lo guidò dall'altro lato del bus. Indicò lo sportello. "C'era una leva su questa porta. È stata messa per evitare a chiunque di uscire dal bus. E poi mi sembra evidente che le fiamme si siano sprigionate in tutte le direzioni, perciò credo che qualcuno abbia versato della benzina attorno al bus e poi abbia appiccato il fuoco."

"Incendio doloso?"

"I tecnici ce ne daranno conferma, in ogni caso questa è la mia ipotesi."

Hake si lasciò sfuggire un pesante sospiro. Un altro brutale omicidio su cui indagare. Un omicidio che con tutta probabilità aveva a che fare con quello di Harry Stenman.

Olle Sandstedt gli lanciò un'occhiata penetrante. "Non c'è niente che tu possa fare qui, Axel. Ci vorranno parecchie ore prima che permetta ai tecnici di salire sul bus."

Hake sembrò non aver sentito. Si era rinchiuso nella sua campana subacquea, dove il tempo e lo spazio parevano non esistere.

"Rilke non mi assegnerà altri uomini," disse evasivo.

"Va' a casa e fatti una bella dormita, prima che m'incazzi sul serio," disse Sandstedt accendendosi una sigaretta. Sbirciò un'ultima volta Hake attraverso le lenti sporche dei suoi occhiali con la montatura di tartaruga, poi se ne andò.

Hake non si mosse, ma cominciò a frugare nelle tasche. "Il thermos!" esclamò ad alta voce.

Si avviò lentamente alla macchina, aprì lo sportello e cercò invano il recipiente pieno di caffè. All'improvviso si arrese. Era come se ogni residuo di forza lo avesse abbandonato. Crollò a sedere e si sdraiò di traverso sui sedili anteriori. Chiuse gli occhi per un attimo, ma il vuoto dentro di lui si espandeva sempre più. Si mise seduto, lanciò un altro sguardo in lontananza al bus incendiato, poi girò la chiave dell'accensione e partì diretto a Pålsundsbron. Aveva l'impressione che tutto si confondesse in una massa grigia e indistinta e fu costretto a fermarsi davanti a Mälarvarvet. Spense il motore e si chinò all'indietro. Un secondo dopo dormiva profondamente, con le mani in tasca e la testa appoggiata al finestrino.

Era arrivata con il treno notturno e lui era andato a prenderla al binario. Si erano precipitati in un caffè con i tavolini di marmo: avevano bevuto un paio di bicchieri di vino e mangiato un sandwich ciascuno. Poi lui aveva trascinato la sua valigia fino all'hotel di quarta categoria alle spalle della Gare du Nord. Nella stanza c'erano un letto di ferro, un lavandino sbreccato e un bidè pieno di incrinature. In un angolo troneggiava un massiccio comò – probabilmente acquistato a un'asta – troppo grande per le ridotte dimensioni della stanza. La carta da parati era strappata agli angoli e le tende sottili come veli lasciavano filtrare tutte le luci della notte.

Non si erano scambiati molte parole: avevano preferito raggomitolarsi nel letto cigolante e fare l'amore. La mattina vide la donna alla finestra, nuda e slanciata, in attesa dell'irrompere dell'alba sui vagoni vuoti e sulla locomotiva posteggiata sul binario. Hake era sul punto di rivelarle tutto il suo amore, quando qualcuno bussò forte alla porta. Cercò di capire che cosa dicesse la voce, ma parlava svedese e lui non si capacitava del perché qualcuno gli si rivolgesse in quella lingua mentre si trovava a Parigi. I colpi sulla porta si fecero più insistenti e la voce più irritata. Ora Hake riusciva a decifrare ciò che diceva, ma gli sfuggiva ugualmente il senso delle parole. "Non può stare qui," gli stava intimando la voce.

Si stava giusto chiedendo il motivo di quel divieto, quando l'immagine di Hanna in controluce si dissolse e lui si ritrovò di colpo seduto. Il toc toc al finestrino era implacabile. Hake volse la testa e vide il mulettista di fianco alla macchina. Era lui a bussare. Il commissario tirò giù il vetro. "Lei non può stare qui," ripeté l'uomo. "Mi blocca il passaggio del muletto in entrata e in uscita."

Hake si accorse che si era piazzato esattamente davanti alle inferriate del cantiere, che così non potevano essere aperte. Mise in moto la macchina, si spostò nel parcheggio e scese. Guardò l'orologio e constatò che erano le sette del mattino. Si sentiva teso e intirizzito. Che cosa aveva sognato, quella notte? Qualcosa su Hanna.

Provò a riscaldarsi sbattendo le braccia contro il corpo, poi si avviò lungo la Skutskepparvägen verso l'arcata del ponte di Västerbron. Era ancora buio, ma a oriente si scorgeva una striscia di luce. Una luce limpida e definita, senza ombre. Gli alberi si erano spogliati della loro cappa di fuoco e le foglie si stendevano come un pavimento arancione sotto i tronchi scuri. Il commissario andò dai tecnici che erano entrati nel bus incendiato a rilevare e fotografare reperti. Olle Sandstedt era ancora sul posto, chino a osservare qualcosa su un telo di plastica. Erano i resti di un essere umano. Hake si rivolse al capo della Scientifica. "C'era solo un uomo dentro, immagino," disse.

Sandstedt annuì.

"Come diavolo si fa a capire chi è?"

"Oh, non sarà così difficile. Ci sono ancora due dita, probabilmente l'uomo teneva una mano sotto il corpo mentre bruciava."

Sandstedt pronunciò la parola "bruciava" come se parlasse di una candela. "E poi c'erano ancora un po' di sangue nel corpo, qualche ciuffo di capelli e tutti i denti. No, non sarà difficile. Lo conoscevi?"

"Non esattamente. So che si chiamava Leffe Alderson, ma per tutti era Leffe Calzino. Ci ho parlato alcune volte. Sembrava impaurito o forse paranoico. Alcolizzato. Gli ho chiesto se avesse notato qualcosa di strano nei paraggi la notte in cui Stenman fu ucciso, ma mi disse di no."

"Persone come lui hanno spesso alle spalle brutte esperienze con i poliziotti," affermò Sandstedt come se lui stesso non appartenesse alla polizia. "A volte sono ubriachi fradici e difficili da trattare. Magari cadono e si fanno male nelle celle dove sono trattenuti."

Pronunciò queste ultime parole senza la minima ironia.

Era un uomo che analizzava i fatti e nel suo metodo di lavoro non poteva permettersi di fare confusione fra sentimenti e valutazioni. "La prima volta che abbiamo perlustrato il bus lui non c'era, perciò non l'ho mai incontrato," continuò Sandstedt.

"Avete trovato qualcosa di particolare? Qualcosa che magari avete già notato l'altra volta?"

"No, là dentro è andato distrutto quasi tutto," disse indicando ciò che restava del bus bianco. "Cosa stai cercando esattamente?"

"Niente, le solite cose. Un cellulare, un'agenda con degli indirizzi. Forse aveva una donna."

"Non posso aiutarti. Abbiamo trovato per lo più cenere. E un coltello. Può essere interessante?"

"Non credo," rispose Hake. "È troppo leggero per essere stato utilizzato per spaccare il cranio ad Harry Stenman."

"Di sicuro. No, Stenman è stato colpito con un tubo di ferro. Con un coltello non si ha tutta quella forza."

"Non perdere altro tempo su questa faccenda, Olle, non serve," concluse Hake tornando alla macchina.

Mentre stava per salirvi, vide la luce accesa nell'appartamento di Lizzi. Prese il cellulare e la chiamò. Quando la donna rispose, dopo un po' le chiese se poteva fare un salto da lei per alcune domande. In tono professionale Lizzi rispose che andava bene.

Lo stava aspettando alla porta. Era come sempre truccata di tutto punto e Hake si chiese se si fosse svegliata all'alba per eseguire l'operazione. Ma forse non si struccava neppure per andare a dormire. Indossava un elegante abito di lamé dorato con il collo alto, come una piccola imperatrice, e aveva aggiunto alla tinta dei capelli delle sfumature argentee. Con un gesto della mano lo invitò a sedersi sul divano in soggiorno. Hake si accomodò, appoggiando il bastone al sofà. La porta della stanza con l'attrezzatura fotografica e la telecamera era chiusa e Hake capì che fra loro era stata tracciata una linea di confine: le chiacchiere confidenziali appartenevano al passato.

"Ho ragione di credere che lei abbia visto ciò che è successo al bus bianco," disse il commissario a mo' di preambolo.

Lizzi annuì.

"Lo ha visto bruciare?"

"No."

"È importante, Lizzi. Qualcuno ha appiccato il fuoco al bus e Leffe Calzino è morto là dentro carbonizzato. Incendio doloso."

"Io... ho trascorso tutta la notte a scattare fotografie."

"Non ha guardato fuori dalla finestra neppure una volta?"

Lei si girò sulla sedia a rotelle e si diresse verso la porta della stanza accanto, che si aprì immediatamente. Hake si alzò e la seguì. Lizzi puntò l'indice alla finestra: era coperta da una pesante tenda di stoffa scura.

"Non si vede niente dall'interno. E neanche dall'esterno, per quel che vale."

"Allora quando ha visto il bus bruciato?"

"Stamattina verso le sei. A quell'ora ero in soggiorno a bere una tazza di tè davanti alla finestra. Lei non l'ho vista però."

"Stavo dormendo," tagliò corto Hake.

"Siete sicuri che non abbia appiccato il fuoco lui stesso?"

"La porta del bus era stata sbarrata dall'esterno, perciò nessuno poteva uscire."

"Sta diventando pericoloso abitare in questo quartiere," commentò Lizzi. "La domanda adesso è: chi sarà la prossima vittima?"

"Chiunque sappia quel che sapeva Leffe," disse il commissario lanciandole uno sguardo penetrante. Ma Lizzi si limitò a scuotere la testa. "Io non ho visto niente che possa mettermi in pericolo."

"Forse la pensava così anche Leffe."
"Sta cercando di spaventarmi?"
"No, ma in giro c'è un assassino in libertà che non guarda in faccia nessuno."
Ci fu un attimo di silenzio. Nella stanza c'era aria viziata per il caldo e il profumo di acqua di rose.
"Allora prendetelo," disse aspra.
"O prendetela," tentò Hake.
"*Cherchez la femme*," concluse Lizzi nel suo perfetto francese.

Il commissario era intirizzito quando lasciò Södermalm per raggiungere, dopo la giornata di lavoro, l'appartamento di Hanna. "Puzzi di fumo," disse lei non appena Axel mise piede nell'ingresso per appendere il cappotto. "Sei stato a un barbecue?"
Hake non ebbe cuore di dirle in che cosa era consistita la grigliata a cui aveva partecipato. Si limitò ad annusarsi il cappotto, fingendo di cadere dalle nuvole.
"No, ma abbiamo pranzato in un ristorante che serviva aringhe affumicate."
Di botto, con tutta la stanchezza che aveva addosso, Hake esplose in una risata. La situazione generale, quella bugia bianca che aveva raccontato... era tutto così assurdo che non ce l'aveva fatta a trattenersi. Hanna lo guardò sbalordita. "Cos'ho detto di così divertente?"
Hake ridacchiò ancora, poi andò in camera. Siri uscì dalla sua stanza e guardò i genitori. "Hai raccontato una barzelletta?"
All'asilo lo facevano e nonostante le storie andassero perse per una buona metà, i bambini ridevano ugualmente a crepapelle.
"No, mi era solo venuta in mente una cosa," rispose il padre baciandola sulla fronte.

"Io ne conosco una," disse Siri.

Si concentrò per raccontarla, quasi intimidita da tutta quell'attenzione puntata su di lei.

"Sapete che mangiare carote fa molto bene alla vista?" disse alla fine.

Li guardò. "Mi dovete chiedere perché!"

"Ah, sì... Perché?" domandarono Axel e Hanna all'unisono.

"Avete mai visto un coniglio con gli occhiali?"

Siri recitò la battuta con la massima serietà e Hake colse in lei il talento di una vera commediante.

Axel e Hanna risero divertiti e solo allora Siri si sciolse in un sorriso di leggera superiorità.

"Carina, no?"

Aveva imparato questa nuova parola e non perdeva occasione per esercitarsi.

A sera inoltrata Axel e Hanna si sedettero sul divano davanti al camino a bere cognac. Avevano aperto gli sportelli parafiamma e la legna di betulla ardeva crepitando. Axel aveva l'impressione che Hanna fosse triste, in un certo senso. Non depressa, piuttosto era come se fosse preda di una segreta angoscia. Era stata così per tutta la serata e niente sembrava smuoverla. Nessuna battuta, nessuna tenerezza.

"Mi dici come stai?" le domandò a un certo punto Axel abbracciandola.

Hanna girò il viso luminoso verso di lui, che non poté fare a meno di notare la piega amara della sua bocca. "Bene, sto bene," rispose.

"Davvero?"

Lei annuì distrattamente e tornò a fissare il fuoco.

"Ti ho sognata stanotte," le disse. "Eravamo a Parigi e alloggiavamo in un alberghetto da quattro soldi. All'alba stavi davanti alla finestra, a guardare i treni e i binari. Io ero ancora a letto e ti osservavo."

Hanna bevve un lungo sorso di cognac, si chinò in avanti e prese un mandarino. Lo sbucciò lentamente. "Fai sogni che si avverano?" gli chiese.

"Qualcosa mi ha svegliato prima che riuscissi ad afferrare di cosa si trattasse."

Hanna si mise in bocca uno spicchio di mandarino e lo guardò quasi sorpresa. "Non lo capisci?"

"No, proprio no."

"Io ero girata di spalle rispetto a te, giusto?"

"Sì."

Hanna posò il bicchiere e lo attirò a sé. "Povero Axel," sussurrò baciandolo. "Povero, povero Axel."

Ad Hake non piacquero quelle parole. L'ultima volta le aveva udite all'obitorio, pronunciate da Ulla Stenman a proposito del marito. "Dimmi che cosa significa, è più semplice," le chiese Axel.

Lei scosse la testa e passò una mano sulla sua testa ispida. "Non possiamo fare qualcosa nel weekend, Axel? Noi tre soli. Che so, cenare in un bel posto, visitare un museo."

"Volentieri, certo," acconsentì lui.

Hanna fece un sorriso che le illuminò gli occhi, ma Axel sentiva che aveva perso il filo, che c'era qualcosa che doveva capire ma che ora si stava dileguando lentamente. Riguardava il sogno e la tristezza di Hanna. Ma i baci di lei si facevano sempre più ardenti e il suo corpo caldo e le labbra vogliose scacciarono tutte le considerazioni che aveva fatto.

15.

Axel Hake pensò che la città era come sprofondata in una sorta di perenne grigiore. La neve non era ancora arrivata, c'era solo un leggero velo di umidità su strade e canali. Le ombre si allungavano ogni giorno di più e sembrava che il sole non riuscisse a scavalcare l'orizzonte. Tutto era diventato grigio: grigio polvere, grigio topo, grigio fumo. Le mattine lasciavano il posto a pomeriggi che aggiungevano sfumature ancora più scure. Grigio piombo, grigio antracite. Poi restava solo la sera, che arrivava sempre troppo presto con la sua cappa opprimente. Grigio pece, grigio catrame. Persino le case avevano assunto quelle gradazioni di colore, all'apparenza. Le facciate color rosso mattone e albicocca, ma anche quelle verde mare, si velavano di una patina grigio cenere e le finestre non rimandavano alcun riflesso. Era come se qualcuno vi avesse steso sopra una spessa membrana che aveva spento ogni luce. E infine gli alberi, che solo poche settimane prima splendevano di rosso ardente e giallo oro, erano ora completamente spogli, con i nudi rami scuri protesi verso il cielo.

Axel Hake e Oskar Lidman, seduti in macchina, tenevano d'occhio la casa di Ulla Stenman in Bastugatan. Avevano un'autoradio a portata di mano e Hake aveva posizionato un agente sul pianerottolo sopra all'appartamento della vedova. La radio prese a gracchiare all'improvviso e subito dopo una voce sussurrò che Ulla stava per uscire. Hake scese immediatamente dalla macchina e si avviò a fatica verso il lato posteriore del grande palazzo. Se la donna aveva in mente di squagliarsela, Hake riteneva che l'avrebbe fatto raggiungendo il portone sul lato opposto della casa attraverso il seminterrato. Notò una piccola rastrelliera con il tetto di metallo ondulato: vi si rifugiò per ripararsi dalla pioggia battente. Da quel punto aveva una perfetta visuale su tutte le vie d'uscita del palazzo, tranne quella che dava su Timmermansgatan, presidiata però da Oskar Lidman.

Il commissario non dovette aspettare a lungo. Una porta si aprì e apparve Ulla Stenman, in impermeabile e pantaloni verde oliva. Camminò spedita lungo le mura del palazzo senza guardarsi intorno, poi scavalcò un'inferriata e proseguì scendendo verso la collina che conduceva a Monteliusvägen. Hake la seguiva a distanza. Ulla Stenman si affrettò a raggiungere Kattgränd per poi procedere in direzione di Hornsgatan. Hake si fermò all'angolo di un palazzo, in modo da dare alla donna un leggero vantaggio. Ulla si diresse con passo deciso lungo Hornsgatan finché non raggiunse una cabina telefonica nella rientranza di Bysistäppan. Entrò e fece una telefonata.

Hake decise di andare in Mariahallen, sul lato del vialetto che partiva dallo svincolo di Söder Mälarstrand. Si fermò davanti alle porte e osservò Ulla. La donna parlò a lungo, gesticolando, poi riattaccò il ricevitore. Quando uscì dalla cabina, diede un'occhiata al cielo piovoso, si strinse l'impermeabile attorno alla vita e si avviò verso il punto in cui si trovava Hake. Il commissario imprecò a bassa voce e fece appena in tempo a voltare la testa, prima che la donna entrasse nel negozio. Ulla non lo vide, pur passando a pochi metri di distanza da lui.

Non appena la vedova Stenman si dileguò nel locale, il commissario pensò bene di abbandonare la sua postazione.

Una delle cassiere lo guardò sospettosa, ma lui la ignorò e svoltò l'angolo, in modo da poter vedere attraverso la vetrina dall'altra parte. Ulla Stenman acquistò alcuni dolcetti alla cannella e poi uscì di nuovo. Proprio mentre stava per avvertire Lidman di arrivare con la macchina, notò che Ulla aveva preso la strada a destra per tornare all'appartamento.

Hake seguì a distanza la donna, che percorse a ritroso lo stesso tragitto di prima. Superò l'inferriata, attraversò il cortile e poi scese nel seminterrato per arrivare infine al suo pianerottolo. Hake fece il giro della casa per raggiungere la macchina. Era bagnato fradicio e si maledisse per non aver portato l'ombrello con sé.

"Allora?" fece Lidman.

"Se l'è filata dal lato opposto del palazzo," disse Hake. "Poi è andata a telefonare da una cabina."

"Saliamo da lei a parlare?"

Il commissario scosse la testa. "Preferisco farle credere che può fare quella strada quando vuole. No, non dobbiamo scoprirci."

"Cioè, dobbiamo aspettare ancora?" domandò Lidman. Era sfinito da tutte quelle prove di pazienza.

"Ha comprato dei dolci. Credo che aspetti visite."

"Da parte di chi?"

Il commissario non lo sapeva, ma presto l'ospite misterioso si sarebbe materializzato. Guardò l'orologio: erano poco più delle due. Fra una mezz'ora sarebbe uscito di nuovo a fare la guardia sotto la tettoia della rastrelliera. Era infatti convinto che il visitatore di Ulla non sarebbe entrato dalla porta principale.

Si avviò con un certo anticipo e fu una fortuna, perché non appena raggiunse la parte posteriore di Mälarborgen vide qualcuno scavalcare l'inferriata ed entrare nel cortile. Cercò di affrettare il passo, ma il pendio era scivoloso e il bastone non faceva presa nella melma. Nello stesso momento in cui arrivò all'inferriata, sentì sbattere di nuovo la porta del seminterrato. Tornò alla macchina, si fece dare la ricetrasmittente da Lidman e si mise in contatto con il poliziotto di guardia nel palazzo. Non aveva notato niente, a eccezione della porta che si era aperta silenziosamente una volta sola. Il commissario sospirò, pregandolo di farsi sentire se avesse visto qualcuno andar via. Passarono un paio d'ore, prima che la radio desse segni di vita. "Una persona è uscita in questo momento," sussurrò l'agente.

Hake spalancò lo sportello dell'auto e si precipitò fuori. Aprì l'ombrello, ma stavolta non fece il giro del palazzo. Si diresse invece verso Kattgränd e aspettò il visitatore al varco. Dava per scontato che fosse arrivato in metropolitana e che non avesse pensato di recarsi a Söder Mälarstrand. Ma ora gli era venuto in mente che si poteva parcheggiare in Torkel Knutssonsgatan, di fronte alla Münchenbryggeriet, e si diresse perciò in Monteliusvägen. E fece benissimo. La schiena del visitatore si allontanò lungo la scala di legno in direzione del profondo crepaccio nel prolungamento di Torkel Knutssonsgatan.

Hake arrancò sulla scala, senza perdere di vista il visitatore, ma di colpo il ginocchio cedette non reggendo lo sforzo e lui cadde. Rimbalzò sulla ghiaia e atterrò sul prato bagnato, dove scivolò ancora per un pezzo prima di fermarsi. Nella caduta aveva perso il bastone, che era finito ai piedi della scala di legno. Il soprabito era tutto sporco e la gamba non ne voleva sapere di sostenere il suo tentativo di rialzarsi. Il commissario cominciò a trascinarsi verso il bastone, facendo a ogni mossa uno sforzo immane.

Il visitatore era arrivato alla strada che scendeva lungo il fianco della collina, quando Hake riuscì finalmente ad afferrare il bastone e a sollevarsi. Doveva andarci piano con la gamba, il che lo costrinse a muoversi con la massima cautela al momento di riprendere l'inseguimento. In fondo alla scala c'era una macchina parcheggiata e il commissario si rese conto che non ce l'avrebbe fatta a raggiungere l'ospite prima che questi mettesse in moto. Esitò un attimo, poi scagliò il bastone contro l'auto. Il visitatore stava per salirvi, quando vide il bastone colpire il tettuccio con un tonfo sordo, prima di rotolare a terra. Sconcertato, l'uomo lo raccolse e si guardò intorno. Alzò gli occhi, ma Hake si era già dileguato e l'unica cosa che il tipo vide fu il fianco della collina e uno spicchio di prato. A quel punto esaminò il bastone, poi il tettuccio dell'auto: c'era un'ammaccatura ben visibile. In quel momento gli comparve davanti il commissario. "Un attimo," disse. "Quello è il mio bastone."

Il visitatore si girò e Hake poté riconoscerlo chiaramente: era Rick Stenman. "Che cosa ci fa lei qui?" chiese l'uomo sorpreso. "L'ha lanciata lei questa mazza sulla mia macchina?"

"Mi segua," gli ordinò Hake riprendendosi il bastone. "Dobbiamo parlare."

Si sistemarono nella volante che Lidman aveva nel frattempo parcheggiato di fronte alla Münchenbryggeriet. Rick era seduto dietro, Lidman e Hake davanti. I due poliziotti studiarono la sua espressione: il fratello di Harry Stenman appariva calmo e spostava lo sguardo da uno all'altro senza mostrare il minimo disagio.

"Non mi dovete una spiegazione?" domandò scostandosi i capelli biondo-rossi dalla fronte. Era un bel giovane, con i lineamenti puliti e il viso delicato. Le sopracciglia erano così chiare da sembrare inesistenti e facevano apparire la fronte ancora più alta. Aveva la bocca larga e, quando sorrideva, si intravedevano due denti molto più lunghi degli altri, il che gli dava un aspetto sbarazzino. Hake immaginava che riscuotesse un gran successo con le donne.

"Non c'è niente da spiegare. Si tratta di una normale azione di polizia ed è nell'ambito di tale azione che ora lei si trova qui."

"Avete spiato Ulla o cosa?"
"Come già detto," ripeté Hake, "i nostri metodi investigativi non sono di dominio pubblico."
"Ma lei ha lanciato il bastone contro il tettuccio della mia auto. Dovrà risarcirmi per il danno."
"È stato un incidente. Sono caduto, il bastone mi è sfuggito di mano ed è finito sulla sua macchina."
Rick scosse la testa.
"Roba da matti," mormorò.
"Che cosa faceva a casa di Ulla?" s'intromise Lidman.
Non sopportava le persone irrispettose come questo Stenman, convinte di avere tutti i diritti del mondo ma nessun dovere.
"Abbiamo preso un caffè insieme," rispose Stenman. "È un reato?"
"Siete andati anche a letto?" lo incalzò Lidman infilandosi in bocca una caramella alla menta.
Ma la provocazione non andò a segno. Le ciglia chiare di Rick non si mossero di un millimetro. Né distolse lo sguardo da Lidman. "Ulla Stenman ha perso il marito in circostanze brutali, si sente smarrita, distrutta e ha bisogno di conforto. Ed è questo che faccio, da amico e collega."
"Le ho chiesto se ci è andato a letto," ripeté Lidman sgarbatamente.
"No! Cazzo, è la vedova di mio fratello, lo capite sì o no?"
"Allora perché è andato a trovarla di nascosto?" obiettò Hake.
Rick Stenman ebbe per la prima volta una lieve esitazione. "Ulla ha voluto così."
"Perché?"
"Mi ha detto di aver visto degli sconosciuti aggirarsi nella zona. Non sapeva se fossero poliziotti, periti assicurativi o qualcuno legato al passato di Red."
"Di chi potrebbe trattarsi?"

"Non ne ho idea, ed evidentemente lo stesso vale per Ulla. Però è una faccenda davvero inquietante, ecco perché ha voluto che andassi a trovarla passando per il sotterraneo. Non voleva che qualcuno sapesse se era in casa oppure no."

"E lei ha trovato subito la strada," disse Lidman.

"Quando mi ha chiesto di andare da lei, oggi, mi ha descritto la scorciatoia," spiegò Rick. "Prima non la conoscevo."

Il commissario non era sicuro se credergli e poi non capiva chi potessero essere le persone intraviste da Ulla. Certo non si trattava né di lui, né di Lidman. Quanto a Tobisson, durante il suo turno Ulla non si era proprio fatta vedere.

"Dov'era l'altro ieri notte?" gli chiese Hake a bruciapelo.

Rick non si era aspettato quella domanda e per un istante perse la sua sicurezza.

"A casa, suppongo."

"Suppone?"

"Ero a casa."

"Testimoni?"

Rick scosse la testa.

"Ha mai sentito parlare di un certo Leffe Calzino?"

"No, chi è?"

Hake non rispose: non voleva parlare dell'incendio doloso davanti a un estraneo. "E dell'assicurazione sulla vita stipulata da Red, sapeva niente?"

Rick annuì.

"L'ha sorpresa?"

"Non particolarmente. Red si prendeva cura dei suoi cari."

"Lei però dalla sua morte non ha ricavato niente, è così?"

Rick fece per dire qualcosa, a giudicare dal lieve cambiamento di colore del suo viso, poi riacquistò il suo equilibrio. "No, la sua morte rappresenta la più grande delle disgrazie, per me," disse pacato.

"Sempre che ora non si metta con Ulla per spartirvi il bottino dell'assicurazione," insinuò Lidman.

Rick lo guardò di traverso, poi aprì lo sportello della macchina e lanciò un ultimo sguardo ai due agenti. "Credo proprio che la nostra conversazione finisca qui," disse. "In caso contrario chiamerò il mio avvocato. Le vostre domande cominciano a somigliare a vere e proprie molestie."

Guardò Hake. "Quanto a lei, dovrà risarcirmi per l'ammaccatura del tettuccio."

Dopodiché salì nella sua macchina e partì.

Lidman si rivolse ad Hake: "Ci siamo bruciati l'appostamento," disse con una specie di sollievo nella voce. "Ora andrà a spifferare tutto a Ulla."

"Non ci siamo bruciati proprio niente," replicò Hake deciso.

Lidman mise in moto, guidò verso Söder Mälarstrand e svoltò in direzione di Slussen, il raccordo più ingarbugliato di Stoccolma. Hake era tutto sporco e in più gli faceva male il ginocchio, così chiese a Lidman di accompagnarlo a casa. Il collega imprecò mentalmente, perché ciò lo avrebbe costretto a infilarsi nell'incrocio di Slussen. Per evitarlo, decise di uscire a Skeppsbron, allungando così il percorso prima di lasciare Hake in Chapmansgatan.

Il commissario scese dalla macchina con grande sforzo. Quando lo vide sparire nel portone zoppicando, Lidman provò pena per lui. Che razza di collaboratori aveva. Uno storpio e un fondista a pezzi.

Hake si sdraiò sul letto per far riposare il ginocchio. Lo aveva cosparso di balsamo di tigre e ora lo sentiva piacevolmente avvolto da un fascio di calore. Sentiva il rombare delle macchine e gli schiamazzi di alcuni bambini che tornavano a casa da scuola. Dalle tende abbassate filtrava una lama di luce. Pensò ad Hanna. Che cosa la stava allontanando da lui, giorno dopo giorno? Fisicamente c'era, certo, ma per lunghi momenti si rintanava in se stessa. Questo lo aveva costretto a coltivare una sorta di padronanza di sé che non gli piaceva. Aveva preso l'abitudine di blandirla quando avrebbe invece voluto urlare, scuoterla. Fumò una delle sue sporadiche sigarette, soffiando il fumo in piccole volute verso il soffitto. Aveva forse conosciuto un altro? Non pensava: Hanna non stava scappando, stava affondando lentamente davanti ai suoi occhi. Aveva perso la sua gioia di vivere e se ne scusava dando la colpa alla stanchezza. Questa condizione psicologica era poi interrotta, a tratti, da un improvviso, sfrenato bisogno di contatto fisico e di sesso. Era tutto così confuso, spiazzante. Forse Hanna avrebbe dovuto parlare con uno psicologo, ma Axel temeva di aver esagerato a interpretare il suo stato d'animo: in fondo lui stesso si sentiva stanco e stressato.

Era rimasto un po' di caffè freddo sul comodino. Axel ne bevve un sorso mentre studiava i ghirigori prodotti dal riflesso della luce sul soffitto. Quando erano cominciati gli sbalzi d'umore di Hanna? Ripensò al periodo immediatamente successivo alla vacanza nello Skagen e giunse alla conclusione che le prime avvisaglie si erano manifestate già alcune settimane dopo il rientro a casa. Che cosa era successo allora? Aspirò una profonda boccata di fumo, che lasciò filtrare dall'angolo della bocca. Non era un fumatore abituale e si permetteva quindi il lusso di giocare un po' con il fumo, spingendolo in diverse direzioni o facendone tanti anelli che soffiava poi nella stanza. No, non era successo niente di speciale: i giorni si erano susseguiti uno dopo l'altro come al solito e le notti erano state belle, come tutte le volte che le trascorrevano sotto lo stesso tetto. Hanna aveva comunque voglia di stare con lui, e la sua proposta di passare la giornata loro tre insieme, con cena e visita al museo, ne era una chiara dimostrazione. Come se non ci fosse niente di strano nell'aria.

Si mise a sedere sul bordo del letto e provò a usare la gamba. Il ginocchio teneva, nonostante avvertisse una fitta quando cercava di alzarsi. Nell'appartamento al piano superiore, Lars Larsson-Varg camminava avanti e indietro. Quando a un certo punto suonò il campanello, Hake si era persuaso che forse il sovrintendente museale volesse dare un taglio all'insostenibile tensione che si era creata fra loro. Ma sulla porta non apparve il vicino di casa, bensì Julia, che scansandolo si fiondò nel soggiorno. "Ce l'hai del vino?" gli chiese.

Hake si recò in cucina e le riempì un bicchiere. La osservò attentamente senza farsi notare. Aveva l'aria distrutta. Il viso era sfatto e spento, in testa aveva un berretto di maglia di un colore che ben si abbinava a quello della faccia. Si era vestita in modo sciatto, con la camicia di cotone pesante che fuoriusciva dal maglione e la giacca sbottonata. Haxel le porse il bicchiere, lei gli rivolse uno sguardo riconoscente ma non bevve. Era come se volesse solo qualcosa da tenere in mano. "Sono nella merda. Nella merda fino al collo."

"Ti ha mollata?"

Lei lo guardò amara. "Tutt'altro."

"Tutt'altro?"

"Già. Ora vuole stare con me più che mai e questa è una parte del problema."

"Non vedo proprio come potrei aiutarti."

Axel non si raccapezzava, era tutto molto strano. Fino a prova contraria Julia detestava coinvolgerlo nelle sue storie sentimentali.

"Se la smetti di farmi domande stupide forse posso iniziare a raccontare," disse Julia sedendosi e invitandolo con un gesto a fare lo stesso.

"A proposito, ti faccio un'iniezione al ginocchio," gli annunciò quando vide con quale sforzo Axel si stava avviando verso una delle poltrone. "Di cresta di gallo."

"Cresta di gallo?!"

"Certo. Tu che sei uno scommettitore dovresti sapere che ai cavalli da corsa deve essere costantemente iniettato un estratto di questa pianta. È un rimedio che si usa per le articolazioni sottoposte a grossi sforzi."

L'aveva letto anche lui in una rivista specializzata. Suonava macabro, ma secondo la maggior parte dei veterinari era un valido sostituto del cortisone.

"Sto aspettando," disse Axel sedendosi.

Julia sorseggiò un po' di vino e sbirciò il fratello dall'orlo del bicchiere.

"Ho fatto parte della squadra che ha liberato i visoni dell'allevamento vicino Norrtälje," confessò.

Hake non sapeva niente dell'accaduto.

"Era sui giornali."

"Okay."

"Ma non capisci? Sono una veterinaria e il mio primo dovere è proteggere gli animali. Quei poveri visoni non se la caveranno allo stato brado. Non sono abituati a procacciarsi il cibo da soli. Quello che ho fatto è una forma di maltrattamento di animali."

Axel Hake si sentì quasi sollevato. Pensava che la sorella si fosse cacciata in un guaio ben peggiore di quello, un crimine che avesse a che fare con il russo. "Non è soltanto una questione di principio?" domandò cauto. "Il vero maltrattamento che subiscono i visoni è essere rinchiusi nelle gabbie per poi venire spediti al macello e nelle fabbriche di pellicce. E questa sarebbe vita?"

Osservò il liquido rosso nel bicchiere e lo fece ondeggiare, in modo da potervi catturare un lampo di luce. "Non è solo questo, Axel," disse con un filo di voce. "Ho preso due visoni e li ho portati con me in ambulatorio, dove Gustav Lövenhjelm e Yuri vogliono che li contagi con la scabbia. Mi sono stati consegnati dei flaconi che contengono il parassita. Dopo averlo iniettato nei due visoni, li porteremo da altri due allevatori, in modo da diffondere l'epidemia nelle loro colonie."

"Non farlo," la scongiurò Hake. "È una strada senza ritorno."

"Te l'ho detto che sono nella merda fino al collo."

"Lascia perdere i flaconi e tirati fuori da questo pasticcio."

"Non è finita qui."

"Che c'è, Yuri ti lascerà se non lo farai?"

"Magari fosse così semplice."

Lo guardò con i suoi begli occhi pieni di angoscia e dolore.

"Non sono sicuro di capire."

"Come diavolo potresti? Comunque aspetta, non ti ho detto tutto. In pratica mi stanno anche ricattando."

"Come?"

"Sono in possesso di un filmato in cui vengo ripresa sia nell'atto di liberare i visoni, sia quando ne prendo due per metterli nella cesta. Fra l'altro nel video ci sono solo io, senza passamontagna, e nessun altro. Hanno minacciato di spedirlo alla polizia, il che significa che mi verrà revocata la licenza di veterinaria."

Alex sentì la rabbia diffondersi in ogni fibra del suo corpo. Non riusciva a stare fermo. Si alzò e andò alla finestra, poi si girò di scatto, facendo cadere a terra il modellino di barca che aveva costruito da piccolo e che teneva in bella mostra sul davanzale. Non lo guardò neanche.

"Maledetti bastardi," imprecò.

Quindi prese il bastone e fece un giro per la stanza. A un certo punto si fermò e guardò la sorella. "Hai mai sentito nominare un certo Leffe Calzino?"

Julia scosse la testa.
"Sai se qualcuno della comune abbia mai abitato sull'Overland Express?"
"No."
"Neanche Yuri?"
"No."
Hake tacque.
"Puoi aiutarmi?" lo supplicò.
Hake rifletté per qualche secondo, poi annuì serio.

16.

Il giorno dopo, Olle Sandstedt aspettava il commissario Hake nella sala operativa. C'era già Lidman, così cominciò ad aggiornarlo sulla situazione. "Era Leffe Alderson l'uomo arso vivo nel bus," disse. "I tecnici hanno ricostruito la dinamica dell'incendio e concluso che il bus è stato bruciato dall'esterno. Probabilmente qualcuno ha sparso della benzina tutt'intorno e poi ha appiccato il fuoco. Il paletto di ferro che sbarrava la porta conferma che si tratta di incendio doloso, nel senso che l'autore voleva che Leffe non avesse la minima possibilità di sfuggire alle fiamme."

Hake annuì. Dunque non c'erano più dubbi: ancora un omicidio e una nuova indagine da istruire con tutti i crismi. Prese una tazza di caffè, si diresse alla finestra e guardò fuori. Hake sentiva che stava per cedere sotto il peso di tutti quei fardelli. Due omicidi e poi il problema di Julia, che in qualche modo doveva risolvere. Fuori cominciava ad albeggiare e il commissario sperò che sarebbe stata una giornata almeno passabile.

"Ho cercato informazioni sulla vittima nei nostri archivi e tramite i servizi sociali," disse Lidman. "L'ultimo indirizzo noto è l'albergo per scapoli Marginalen, a Söder. Ed era lì che l'assistenza inviava il sussidio, anche se Leffe abitava nel bus."

"Andiamoci subito," propose Hake dopo aver sbirciato

un'ultima volta fuori dalla finestra. All'improvviso vide Hanna dirigersi verso la stazione di polizia.

"Un attimo," disse scendendo nella reception. Ma Hanna non si fermò all'ingresso della centrale. Hake si precipitò in strada e la vide proseguire verso l'Ufficio passaporti. Per un attimo pensò di pedinarla, ma poi risalì nella sua stanza e s'infilò il soprabito. Più tardi le avrebbe chiesto una spiegazione. Ciononostante, lungo tutto il tragitto verso il Marginalen non fece che rimuginare sulle ragioni che avevano portato Hanna da quelle parti. Per quanto ne sapeva, nessuno di loro aveva bisogno di rinnovare il passaporto al momento.

L'hotel per scapoli Marginalen era una costruzione a sei piani degli anni cinquanta, con linee pulite e finestre quadrate. Veniva utilizzato innanzitutto come domicilio temporaneo per chi era scivolato ai margini della società: alcolisti, disadattati di ogni genere, violenti, vagabondi e malati di mente. La maggior parte di loro aveva sprecato qualsiasi opportunità di costruirsi una vita decente perché qualcosa dentro gli si era spezzata per sempre. Spesso a ridurli in quelle condizioni erano state le donne che li avevano abbandonati, i figli che si erano trovati di fronte alla debolezza dei padri e non avevano più voluto avere contatti con loro; i colleghi che li evitavano, considerandoli in qualche modo dei deviati. Come quando un branco di animali abbandona l'elemento debole o ferito.

In un certo senso, gli uomini che vivevano al Marginalen erano stati sottoposti dalla società alla prova della legge del più forte, e non l'avevano superata. Quando si ubriacavano o erano sotto l'effetto di qualche droga, potevano diventare cattivi e diabolici. Un tizio, durante una sbornia, aveva segato il piede a un amico per rubargli la scarpa, mentre un altro aveva venduto il figlio ai pedofili. Tutto diventava possibile, se si precipitava in fondo all'inferno. Ma quando lo stordimento dell'alcol o della droga svaniva, ecco che riemergevano ragazzi smarriti, mai accuditi, mai amati e incattiviti al punto che nessuno voleva star loro vicino.

Hake e Lidman si recarono alla reception, dove c'era un giovane che leggeva un quotidiano. Era alto e magro, probabilmente uno studente con un lavoro extra. Guardò Hake e Lidman, si rese conto che non appartenevano alla clientela abituale dell'albergo e ripiegò lentamente il giornale. "Posso esservi utile?" chiese il giovane, come se fosse stato il *maître* di un ristorante.

"Polizia criminale," si presentò Hake mostrandogli il distintivo. "Si tratta di un uomo che aveva alloggiato qui da voi. Leffe Alderson."

Lo studente rifletté un attimo. "Se n'è andato l'estate scorsa, ma non ha lasciato il nuovo indirizzo."

"Abbiamo saputo che riceve qui la posta, però."

Il giovane scartabellò un registro e poi annuì.

"Chi se ne occupava? Tu?"

Sorrise un po' abbacchiato. "No, non è questa la nostra mansione. Abbiamo già abbastanza da fare."

"Veniva personalmente a ritirare la posta?"

"Non è che ne ricevesse così tanta, in ogni caso se ne occupava Gurra Viken."

"Abita anche lui qui?"

"Ventisette, secondo piano. Di solito non esce."

Si avviarono sulle scale, visto che l'ascensore era rotto, poi percorsero il lurido pavimento di linoleum verde fino alla porta numero ventisette. Un tubo al neon lampeggiava in modo irregolare davanti a loro e al centro della porta si notava una larga fessura, come se qualcuno avesse tentato di buttarla giù a calci. Bussarono, senza ottenere risposta. Abbassarono la maniglia e la porta si aprì. Entrarono in una stanza con due letti e impregnata di puzza di fumo e sudore. Lì per lì Hake pensò che la camera fosse vuota, poi di fianco alla toilette vide un uomo robusto seduto su una logora poltrona, che li fissava in silenzio. La pancia sporgeva dalla vestaglia e, ogni volta che l'uomo muoveva la testa, gli tremava la pappagorgia. I capelli unti, lunghi e brizzolati gli ricadevano sul collo taurino. Ma nonostante il colorito rubizzo della carnagione, l'uomo aveva la faccia dall'aria malaticcia, gli occhi sottolineati da pesanti borse e le labbra esangui.

"Avete sbagliato porta," disse meccanicamente, come se avesse ripetuto quelle parole migliaia di volte prima. "Il casino è al piano di sopra."

"Gurra?" chiese Hake. "Siamo della polizia."

"Me ne sono accorto, ma Gurra ha lasciato la città e..."

"Si tratta di Leffe Calzino," aggiunse Lidman sbrigativo.

Riconosceva un fuggitivo quando ne vedeva uno. Secondo lui tutti gli uomini lo erano, in un certo senso. Incluso se stesso. Ma c'erano fuggitivi e fuggitivi. Quest'uomo, con il suo aspetto malato e gli occhi da pesce lesso, apparteneva alla tipologia più ostica. Era uno di quelli che non si assumevano mai nessuna responsabilità.

"Non lo conosco," rispose il tizio.

"Quindi tu non sei Gurra Viken?"

Di malavoglia l'uomo ammise che sì, era proprio così che si chiamava.

"Da quello che abbiamo capito, tu ti occupi di ritirargli la posta e la pensione anticipata."

"Non ho fatto niente di illegale," ribatté Gurra passandosi la lingua sulle labbra. "Gli ho consegnato fino all'ultimo centesimo e fino all'ultima lettera."

"Ne riceveva molte?"

L'uomo ridacchiò. "Chi può mai voler scrivere a un pagliaccio del genere? No, erano solo comunicazioni delle autorità."

"Abitava qui?"

"In quel letto," rispose indicando quello vicino alla finestra. "La migliore vista sulla città."

Rise così forte che la carne flaccida ballonzolò tutta. Fuori dalla finestra non si vedeva altro che una parete antincendio.

"Non c'è più niente di suo qui?"

"Perché dovrebbe esserci? Tutte le sue cose sono state radunate in una valigia sfasciata."

Li guardò sospettoso. "Se pensate che abbia rubato qualcosa..."

"Non sei tu che ci interessi," disse Lidman bruscamente.

La frase sembrò calmare Gurra. "Che cosa ha fatto, a proposito?"

"Non molto," disse Lidman. "Né potrà fare granché in futuro, visto che qualche giorno fa è stato bruciato vivo."

Non un muscolo si contrasse sulla faccia di Gurra. Era come se avesse smesso da un pezzo di provare dei sentimenti. "Gliel'avevo detto che non doveva tenere quel maledetto fornello da campeggio nel bus," commentò.

"Quindi andavi a trovarlo?"

"Andavo al bus con i soldi."

"Perché si era trasferito lì, alla fine?" domandò Hake.

Gurra scrollò le spalle massicce. "Si sbronzava troppo e piantava casini. Alla fine lo hanno sfrattato, ma lui non sembrò avere niente in contrario."

"Sai perché avesse cominciato a bere così tanto proprio l'estate scorsa?"

"Non ne ho idea. Avrà avuto i cazzi suoi."

"Chi sapeva, secondo te, che Leffe si era trasferito sul bus?"

Gurra valutò se fosse il caso di continuare a parlare, poi scrollò di nuovo le spalle. Un gesto che faceva di sicuro migliaia di volte al giorno. Una specie di tic che significava "non lo so e non me ne frega niente".

"La maggior parte di quelli che abitano qui e gli sfigati che si ubriacavano con lui."

"Come aveva saputo del bus?"

"Notò che veniva abbandonato a poco a poco da certi hippy e ci si è trasferito. All'epoca non lo sapeva che il bus era di Danne Durant."

"Danne Durant?"

"Eh certo. Lo conoscete, no, quel maledetto strozzino?" sibilò.

Per la prima volta apparve nei suoi occhi il lampo di un sentimento. "Sapete, quello stronzo che arruola i perdenti e li usa come prestanome per le sue società."

Lidman lanciò un'occhiata veloce ad Hake prima di chiedere: "Leffe era un prestanome per qualche sua società?".

"Be', è ovvio..."

Non trovarono Danne a bordo della *Laura*. Secondo il mulettista era al solito posto ad allenarsi. Hake e Lidman guidarono verso Kocksgatan e scesero nella piccola palestra di pugilato. Dovettero procedere a tentoni lungo la scala, perché la lampadina non funzionava. Quando aprirono la porta furono accecati dalla luce e solo dopo qualche istante riuscirono a vedere Danne che saltellava sul ring, boxando da solo. Li degnò a malapena di uno sguardo, poi continuò ad allenarsi. Hake andò verso il ring e lo osservò. Danne si muoveva con energia ed eleganza. Sferrava con disinvoltura destri e ganci, indietreggiava, si raggomitolava e infine esplodeva in una raffica di colpi.

"Bene," disse Hake, "ma la guardia è insufficiente, soprattutto sulla sinistra."

Danne si bloccò per un secondo. "Lei non sa di cosa parla."

"Sì che lo so."

"Vediamo, allora. Salga sul ring."

Hake si appoggiò alle corde. "Solo se poi risponde ad alcune domande."

"Affare fatto," replicò Danne con un sorrisetto.

Hake si fece strada fra le corde e allungò il bastone a

Lidman. Quest'ultimo, terrorizzato, lo vide togliersi soprabito, giacca e camicia e gettare il tutto su una sedia in un angolo del ring. "Axel, dannazione..."

Danne andò a prendere un paio di guantoni per Hake e assegnò a Lidman il compito di tenere il tempo. Round da tre minuti.

Hake si portò al centro del ring, sferrò alcuni colpi a vuoto e guardò Danne. "Okay. Era tuo il bus che è bruciato?" domandò mettendo da parte ogni formalità.

"Sissignore," rispose Danne.

"Che accordo avevi con Leffe Alderson?"

"Non so di cosa parli," rispose Danne dandogli a sua volta del tu.

Cominciò a saltellare intorno ad Hake, che come tattica iniziale scelse di restare immobile. Intanto perché era consapevole di non avere grande libertà di movimento, poi perché era difficile attaccare una persona completamente ferma. Ma Danne sapeva tirare di boxe sul serio: partì subito all'attacco e gli assestò un paio di colpi come si deve. Hake sentì il sapore del sangue in bocca, probabilmente Danne gli aveva spaccato il labbro. Cominciò a credere di aver commesso un terribile errore.

"Abbiamo saputo che usi dei prestanome per i tuoi affari," disse ansimando. Durant gli sferrò un gancio dritto al mento. Il commissario barcollò, ma contrattaccò con un destro che colpì l'avversario sulla testa, di lato.

"Dimostralo," lo provocò Durant avvicinandosi a lui. Hake avvertì un intenso aroma di unguento alla canfora e gel per capelli. Si beccò due colpi sui reni e fu costretto a cercare la ritirata. Ma Danne gli stava addosso e lo colpì con una scarica di pugni che culminò in un destro sotto l'occhio. Hake sentì la pelle lacerarsi e pensò che ora in quel punto doveva avere uno squarcio. Ripagò Danne con un pugno sulla fronte.

"Ottimo," disse l'uomo sorridendo.

Hake cominciava a sudare a fiumi, il che non era poi così strano, vista la sua mancanza di preparazione atletica. Spostarsi sul ring era faticoso (anche se lui non si muoveva molto) e per di più l'ultimo colpo lo aveva indebolito. Pensò che era stato un idiota a non mettere la protezione per i denti, Danne Durant picchiava duro.

"Leffe era il prestanome in una tua società?" ansimò il commissario. "Era questo il patto che c'era fra voi? Lui poteva abitare gratis nel bus in cambio della sua firma su documenti che lo facevano figurare come proprietario di aziende in perdita?"

Gli occhi di Danne divennero due fessure. Piazzò altri due colpi micidiali: uno solo contro il guanto, ma l'altro sulla guancia. Hake vacillò, il ginocchio cedette, facendogli perdere l'equilibrio. Lidman stava per annunciare la fine del primo round, quando vide Danne Durant avventarsi su Hake. Lo spinse contro le corde e gli scaricò una raffica di colpi sulla testa.

"Din don, fine del round!" gridò Lidman.

Ma Danne Durant non ascoltava, stava per sbaragliare l'avversario. Il ginocchio di Hake, infatti, non reggeva più e lui dovette perciò aggrapparsi alla corda del ring, esponendo in tal modo un intero lato della faccia agli attacchi di Durant. Dopo che questi gli ebbe assestato due potenti ganci destri, il commissario riusciva a malapena a reggersi sulle gambe. Danne si avvicinò e lo guardò negli occhi. Hake poteva distinguere solo i contorni della faccia davanti a sé e cominciò a sentirsi male. All'improvviso Durant indietreggiò di un passo e gli sferrò un colpo in pieno viso. Hake si accasciò sul pavimento. Danne lo abbandonò lì, poi lanciò una rapida occhiata a Lidman e scese dal ring. "Adesso chiama gli sbirri," disse.

Lidman si avvicinò ad Hake, lo aiutò a rialzarsi e lo trascinò fino alla sedia all'angolo del ring. Il sangue gli usciva copioso dalla bocca e dal naso. "Che cazzo stai combinando?" lo aggredì Lidman fuori di sé.

Hake sorrise debolmente, prese un fazzoletto appeso alla corda e si asciugò la faccia. "È scoperto sul fianco sinistro," disse.

Il commissario Elmer Branting fissava affascinato il viso di Axel Hake. Labbra spaccate, sulla fronte un vistoso livido, sotto l'occhio un grumo di sangue bluastro. Hake si premeva un sacchetto con del ghiaccio sulla ferita, per evitare che si gonfiasse. Branting era ben felice di lavorare alla Divisione reati economici, invece che alla Sezione omicidi. "Ti ho procurato queste carte," gli disse posando sulla scrivania un raccoglitore che Hake si sforzò di prendere allungando il braccio.

Branting si domandò che cosa fosse capitato al collega, ma quando glielo chiese Hake glissò dicendo che si era fatto male cadendo. Dopodiché prese la cartella e la aprì. "Danne Durant è una nostra vecchia conoscenza, ma non siamo mai riusciti a incriminarlo. Non ancora, almeno, perché in effetti credo che sia solo questione di tempo."

Hake inarcò le sopracciglia.

"Sì, il suo nome compare sia nei vostri archivi, sia nei nostri," disse Branting. "Fatture false, locazioni senza contratto, attività di prestiti e tutto quel che ho raccolto in questa cartella. Una panoramica sulle *holding companies*, le società finanziarie dove ad avere la maggioranza azionaria è un solo gruppo di imprese."

"E allora dove sta il problema? Sbattiamolo dentro, dico io."

"Non sottoscrive mai niente. Tutti i prestiti d'affari vengono negoziati a voce. Tutte le azioni di 'persuasione' sono verbali."

"Qualcuno disposto a parlare?"

Branting scosse la testa.

"Come funziona in pratica? Il lavoro di prestanome, intendo," domandò Hake.

"È molto semplice. Viene costituita una *holding* e si fa figurare come proprietario e unico responsabile un disgraziato qualsiasi, magari un alcolizzato, dietro pagamento. Il prescelto firma, poi viene acquistata un'altra società e la si saccheggia, mandandola in fallimento. Quando si arriva all'incriminazione, l'alcolizzato risulta come socio maggioritario, pur avendo al massimo un indirizzo temporaneo e soprattutto zero centesimi. I soldi nel frattempo si sono volatilizzati e nessuno pagherà mai. La società in generale e i contribuenti che pagano le tasse in particolare perdono ingenti somme di denaro con questo genere di truffe."

"E se il responsabile viene denunciato?"

"I testimoni sono spesso alcolisti o tossici con credibilità pari a zero. La difesa farebbe il pubblico ministero a pezzi se costruisse la sua accusa su rottami del genere. E se uno di loro viene trascinato in tribunale, sarà evidente a tutti che non capisce un tubo o che non ha niente a che vedere con la faccenda. Il prestanome è spesso assai vulnerabile, da ogni punto di vista, e uno psichiatra può certificare senza problemi che il soggetto non è in grado di intendere e di volere. D'altronde è proprio questa la ragione per cui è stato scelto."

"Da Danne Durant?"

Elmer Branting confermò. "Sembra che abbia il pieno controllo di tutta questa clientela. Li conosce, ogni tanto li frequenta, così si dice. Lo hai mai incontrato?"

Hake sorrise e Branting non capiva che cosa ci fosse di così divertente.

"Posso poi dirti che il bus era regolarmente assicurato, per molto più del suo valore."

Hake annuì. Durant era un uomo che non lasciava niente

al caso. "Leffe Alderson era il prestanome di una di queste società?" domandò.

"Stamattina ho fatto una ricerca sulla persona che mi hai indicato, è tutto in quella cartella. Alderson faceva da prestanome per tre società, tutte sotto inchiesta."

Branting sospirò. "E ora è morto," disse. "Giusto in tempo."

"Ucciso," precisò Hake, "è stato ucciso..."

Hake si avviò lungo i corridoi verso la sala operativa. Gli doleva dappertutto e sentiva il viso gonfio e caldo. Il giorno dopo avrebbe incontrato Hanna e Siri e sperava di sentirsi meglio, nel frattempo. Secondo Lidman era stato un idiota, ma lui voleva mettere alla prova Danne Durant. Capire se nutrisse odio per la polizia e come reagiva se veniva provocato. Valutare se fosse un violento o un mezzo psicopatico che se la faceva con tossici e alcolizzati per sentirsi vivo. Hake non aveva trovato una risposta inequivocabile, sul ring, ma Danne in ogni caso non era animato da nessun odio implacabile nei confronti della polizia. Lo aveva messo ko con calma e metodo. Contrastando la sua difesa. Più tardi, sotto la doccia, non si erano scambiati molte parole. Come sempre Danne si era cosparso di oli e unguenti. Aveva guardato Hake in tralice, di certo pensando a quanto fosse strano quel poliziotto, mezzo storpio ma che aveva avuto il fegato di salire sul ring senza battere ciglio pur di avere delle risposte. Mentre stava per andarsene, Hake gli aveva sbarrato il passo. "Non ho ancora finito," gli aveva detto. "Ho bisogno di maggiori informazioni. Pronto per una rivincita?"

Danne lo aveva osservato stupito per qualche secondo, poi aveva annuito e superato lo sbarramento di Hake. "Qualsiasi giorno della settimana," aveva detto uscendo.

Quando Hake entrò nella sala operativa, trovò Oskar Lidman seduto a bere il caffè. "Come cazzo sei conciato?" commentò divertito. "Allora, che ha detto Branting?"

"Che Durant assolda dei prestanome. Che da tempo è coinvolto in affari loschi di ogni genere. E infine che Leffe Calzino risulta proprietario di tre società."

Aprì la cartella. "Observandum AB, Kilens Förvaltnings AB e Baltimore Kontrast AB."

Lidman ondeggiò sulla sedia. "Quindi Leffe sapeva troppo?"

"Esatto."

"E che c'entra Harry Stenman in tutto questo?"

"Può essere stato il vero proprietario di qualche società. O di tutte. Aveva prestato soldi e forse investito in holding."

"E Danne?"

"Non so se sia lui il cervello della banda o se ci sia qualcun altro."

"Vuoi dire che ha mandato in prima linea sia Leffe sia Harry Stenman, per poi liberarsi di loro quando le cose si sono messe male?"

Hake non lo sapeva. "Harry può essersi accordato con i russi per estromettere Danne," ipotizzò.

Lidman fissò il soffitto. "E i fratelli Hemmesta?"

"Forse sono 'le braccia' dell'organizzazione. Freddi. Implacabili. Duri come la pietra."

"C'è solo una cosa che mi irrita terribilmente," disse Lidman.

"Lo so," replicò Hake prendendo il sacchetto con il ghiaccio e tamponandosi il livido sotto l'occhio.

"Davvero?"

"Sì, se ti riferisci all'assicurazione sulla vita."

17.

La domenica Hake, Hanna e Siri poterono finalmente trascorrere insieme tutta la giornata. Quando era andato a prenderle, Hanna lo aveva guardato in faccia per un attimo e poi lo aveva baciato su entrambi gli occhi tumefatti. "Caro, caro il mio poliziotto," aveva detto.

Pranzarono a Djurgården al Blå Porten, un tranquillo ristorante per famiglie all'aperto dalle parti di Gröna Lund. In precedenza erano stati a Skansen, dove Siri si era fatta incantare da un pitone, che aveva accarezzato, da un ragno che le strisciava sulla mano e dai giochi delle foche. La sua avversione verso i bravi nuotatori era persino calata, e aveva manifestato il desiderio di tornare presto a casa per "giocare alla foca" nella vasca. Dopo pranzo erano stati alla Casa delle fiabe Junibacken di Astrid Lindgren, dove Siri aveva incontrato tutti i suoi eroi: Pippi Calzelunghe, Maddicken ed Emil. Sull'autobus che li riportava a casa, Siri si era concessa un sonnellino sulle ginocchia di Hake, mentre Hanna aveva appoggiato la testa sulla sua spalla e chiuso gli occhi.

Il commissario guardava la città scorrere via dal finestrino del bus. Era una tipica domenica, con le famiglie a spasso con i bambini e le persone sole a fare lunghe passeggiate. Gli edifici gialli di Skeppsholmen brillavano fra gli alberi scuri. Una manifestazione per i senzatetto costrinse l'autobus a fermarsi qualche minuto, nonostante il gruppo non fosse molto nutrito. Hake si chiese se Leffe Calzino avrebbe mai partecipato a una simile azione di protesta. Probabilmente no, ma alcuni emarginati come lui si erano uniti alla coda del corteo. Nel frattempo Hanna si era svegliata e ora lo stava osservando. "Sempre in cerca di canaglie, eh?" gli disse dandogli un buffetto sulla mano.

Una volta a casa, padre e figlia fecero un lungo bagno insieme, e per l'occasione Siri si cimentò nell'arte di imitare le foche. Alla fine trovarono la cena pronta in tavola: roastbeef e patate al forno. Poi Siri volle vedere un programma tv per bambini, mentre Hake e Hanna mettevano in ordine la cucina.

"L'altro ieri ti ho vista alla centrale di polizia," cominciò Axel mentre asciugava un piatto.

Hanna era girata di spalle e lui non poteva quindi scorgerne l'espressione del viso. "L'altro ieri?"

"Sì. Ci sei stata altre volte?"

"No."

"Allora lo saprai quando ci vai, no?"

"Certo che lo so, è solo che sono rimasta un po'... spiazzata."

Axel ripose il piatto asciugato nello stipo, aspettando che Hanna proseguisse.

"Sono passata a salutare un amico," disse lei alla fine.

"All'Ufficio passaporti?"

"Sì, perché? Non si possono avere amici là?"

"Certo che si può, è solo che non lo sapevo."

"Credo che sia un'ottima cosa che tu non sappia proprio tutto," ribatté Hanna acida.

"E io credo che tu menta."

"Per quale motivo?"

"Me lo chiedo anch'io."

Lei gli porse l'ultimo piatto. "Sono passata a salutare un

amico e se non mi credi sei offensivo. Si può sapere che ti prende?"

"Già, bella domanda: si può sapere che cazzo ti prende?"

Axel sapeva che la situazione stava andando fuori controllo. Che quella meravigliosa giornata stava per finire in una catastrofe che lui stesso aveva messo in moto. Ma gli era difficile tirarsi indietro quando le cose si facevano serie. Lo era sempre stato. Una volta Hanna gli aveva detto che assomigliava a un tasso che mordeva l'osso finché non lo sentiva spezzarsi. E lo scricchiolio che preludeva alla rottura era l'unico suono che lui percepiva, secondo lei. "Piantala, dico sul serio."

"Come si chiama questo amico?" domandò Hake.

Hanna tolse il tappo dal lavello, gli prese lo strofinaccio e si asciugò le mani.

"Mi hai sentito?"

"Credi davvero che voglia rispondere a una domanda del genere?"

"Perché no?"

"Se non lo capisci da solo, è inutile che te lo spieghi."

Uscì dalla cucina seguita da Axel. "Siamo a un punto morto, Hanna, la cosa più semplice che tu possa fare è dirmi chi è e la chiudiamo qui."

"Non lo accetto e ormai dovresti saperlo."

"Non accetti cosa?"

Lei si girò verso di lui. Hake vide che era davvero furiosa. "Non accetto che tu mi sottoponga a un interrogatorio facendomi sentire sotto accusa. Semplicemente non lo sopporto."

"Vuoi dire che non sopporti il poliziotto che c'è in me?"

"No: non sopporto l'idiota che c'è in te," concluse Hanna chiudendosi in camera da letto.

Hake arrancò dietro di lei. Non aveva ancora sentito lo scricchiolio ed era in un certo senso insoddisfatto della situazione. Sentiva che non gli bastava, voleva di più. Ma non l'ottenne. Non appena entrò nella stanza, Hanna lo invitò con voce di ghiaccio a tornarsene a casa sua.

"Hanna, maledizione..." cominciò. "Dovremmo poter parlare di tutto, io e te."

"Ma perché? A tutto c'è il limite dell'integrità e del rispetto. Oggi hai superato quel limite, Axel, e io non voglio avere più a che fare con te."

"Oggi?"

"Vattene."

Così dicendo gli sbatté la porta sul muso. Lui ebbe la tentazione di riaprirla, ma di colpo sentì che non aveva più voglia di lottare. Si recò in bagno a sciacquarsi la faccia con l'acqua fredda. Che cosa diavolo stava facendo? Da dove scaturiva tutta quella diffidenza che non gli faceva mollare la presa quando si rendeva conto che qualcuno mentiva? Conosceva la risposta: si trattava di rispetto. Rispetto per se stesso. Non voleva che gli si mentisse spudoratamente. Si guardò allo specchio. Non aveva un'aria molto intelligente con quella faccia gonfia e le labbra spaccate, gli occhi spenti e il sorriso sghembo. Sembrava un barbone e in effetti ora aveva una gran voglia di uscire e sdraiarsi in mezzo alla strada. Invece si diede una scossa, entrò nella camera di Siri e vi rimase qualche minuto, prima di salutarla e andarsene.

Si sentiva di pessimo umore mentre tornava a casa. Tutto sembrava grigio e triste. Hantverkagatan era piena di sporcizia e in stato di totale abbandono. Il palazzo del Consiglio regionale sembrava un castello di fantasmi, con le sue finestre buie in contrasto con la facciata bianca. Come se avesse preso un pugno e gli fossero caduti tutti i denti. Il 7-Eleven sulla collina assomigliava a un ospedale, con tutti quei tubi fluorescenti e il suo bancone di acciaio duro. Quando si diresse verso Pontonjärparken, gli alberi sibilarono minacciosi contro la sagoma nera della montagna. La giornata che era iniziata e proseguita così bene si era trasformata in una piccola disfatta. Lui era stato offensivo, certo, ma non riusciva a liberarsi dalla sensazione che avesse ragione. Che Hanna gli avesse mentito riguardo all'amico in polizia.

Non appena entrò in casa, vide la segreteria telefonica lampeggiare. Era Julia. Gli comunicò che aveva restituito i due visoni alla comune senza però averli infettati con la scabbia. Agli altri aveva detto di averlo fatto e ora erano tutti in marcia, con le due bestiole, verso un allevamento di visoni nella zona di Östergötland. Lei aveva addotto la scusa che era malata, evitando così il suo coinvolgimento nell'azione. Quindi la casa era deserta, aveva concluso prima di riattaccare. Hake guardò l'orologio. Erano le nove. Okay, sorellona, pensò. Ho capito l'antifona. Si cambiò e si mise una giacca a vento, jeans neri e un berretto di lana. In macchina aveva una torcia e una valigetta con gli attrezzi. L'ultimo oggetto che prese fu l'arma di servizio.

Parcheggiò in uno spiazzo fra gli abeti, a un centinaio di metri dalla casa. Poi prese la valigetta degli attrezzi e la torcia e, accovacciandosi, sgattaiolò fino al lato posteriore dell'abitazione. Sembrava abbandonata e nessuno aveva acceso l'illuminazione esterna. Il vento aveva iniziato a soffiare forte, scuotendo i rami degli alberi a tal punto che il loro fruscio copriva i passi di Hake sul sentiero ghiaioso. Sul retro della costruzione si trovava un'entrata di servizio. Una porta di tipo comune, con il vetro satinato, conduceva in casa. Hake posò a terra la cassetta e prese un attrezzo per tagliare il vetro della porta e un rotolo di nastro adesivo di carta. Tracciò un cerchio con il taglierino, fissò il nastro in due punti in alto e sfondò il vetro. Infilò con cautela la mano nel buco e aprì la porta. Fu subito investito da un profumo di fagioli e spezie. Accese la torcia e fece luce sulle pareti della cucina. Su una fila di mensole c'erano barattoli di vetro pieni di funghi secchi, marmellate e conserve. Sul davanzale della finestra, vasi con erbe aromatiche e piante di pomodoro. Sul lavello troneggiava un enorme tritarifiuti e in basso c'era un secchio dove si gettavano tutte le foglie e gli avanzi delle verdure. Hake si recò nel soggiorno e illuminò la scala che portava alla stanza di Yuri: era da lì che doveva cominciare a cercare il video che incriminava Julia. Non appena, con grande sforzo, raggiunse il secondo piano, si ricordò all'improvviso del cane malato. Imprecò in silenzio e socchiuse la porta. Detto fatto: il cane era proprio lì davanti, con le zanne in mostra. Emise un latrato, poi ringhiò cupamente.

"Ehi, Elina," disse il commissario aprendo la porta.

L'altra volta che era stato alla comune aveva visto che si trattava di un labrador, razza non precisamente di cani da guardia. Riteneva che ci fosse un gran viavai di sconosciuti in un posto come quello, e che il cane venisse perciò addestrato a non abbaiare ai visitatori. Quando il labrador udì il suo nome si placò, scodinzolando. Hake la accarezzò, sussurrandole parole incoraggianti. Il cane tornò dai suoi cuccioli, che si rincorrevano attorno a una coperta in fondo alla stanza. Hake accese la torcia. Su uno dei lati lunghi, accanto al letto, c'era un armadio a muro. Aprì un cassetto dopo l'altro ed esaminò l'interno. Vi trovò di tutto e di più, dalle monete russe ai preservativi. Ma nessun videotape. Puntò la torcia in un'altra direzione e vide un televisore su una piccola mensola. Sotto c'era una raccolta di videocassette, ma Hake aveva ragione di credere che il nastro che cercava fosse di dimensioni più ridotte, di quelli adatti a una videocamera più piccola.

Lasciò deluso la stanza, percorse il corridoio e aprì un'altra porta. Aveva tutta l'aria di essere la stanza di Gustav Lövenhjelm: sapeva di tabacco e libri antichi. Le pareti erano tappezzate di scaffali traboccanti di volumi, riviste e raccoglitori. Si diresse alla scrivania e provò ad aprirne i cassetti: erano chiusi a chiave. Allora prese il cacciavite e fece saltare la serratura con uno scricchiolio. Al cane, che lo aveva seguito, quel rumore non piacque e reagì abbaiando. Hake lo zittì e tirò fuori un cassetto. Dentro trovò una marea di documenti. Ne prese uno e lo scorse rapidamente. Erano dati scientifici sul cancro all'intestino crasso e altre malattie che si potevano evitare con una dieta vegana. Estrasse un altro cassetto, dove c'erano parecchi videotape di piccolo formato. Stava giusto per infilarli nella borsa quando all'improvviso si accese la luce. Sul vano della porta c'era una ragazza vestita solo con T-shirt e pantaloni. Era una delle tipe che avevano chiesto di far parte del collettivo la prima volta che ci era venuto.

"Che diavolo succede qui?" domandò la ragazza.

Non sembrava affatto impaurita e Hake era consapevole di essersi bruciato, perciò tanto valeva passare direttamente all'azione. Infilò con la calma le cassette nella borsa. "Polizia," disse con tono autorevole.

"Lei non ha il diritto di fare irruzione qui e fregarsi le nostre cose," replicò lei.

Poi andò al telefono sulla scrivania e cominciò a digitare un numero. Senza tante cerimonie il commissario le strappò di mano il filo. Solo a quel punto apparve un guizzo di incertezza negli occhi della ragazza. Era abituata a confrontarsi con la polizia e conosceva bene i suoi diritti, ma quest'uomo tutto d'un pezzo, con la faccia piena di lividi e lo sguardo d'acciaio era un'altra cosa. "Insomma, chi è lei?" domandò con un filo di voce.

"Lascia perdere. Se fossi in te me la squaglierei su due piedi. Ti do solo una possibilità."

Hake si avvicinò e la fissò con occhi gelidi. "I tuoi amichetti si divertono a ricattare la gente, il che li può far finire in galera per un paio d'anni. So per certo che in questo momento stanno per realizzare un'altra delle loro missioni criminali."

Il commissario si accorse che la ragazza sapeva in che cosa erano impegnati gli amici.

"La società permette che gli animali vengano maltrattati e..."

"Shhh!" le intimò Hake. "La società è di tutti, non del singolo individuo. E questa storia del ricatto è un reato da cui sarebbe bene che avessi l'intelligenza di stare lontana."

"Quale ricatto?"

"Dato che nessuno ti ha detto niente, è evidente che non si fidano di te."

"Gustav Lövenhjelm è uno stimato uomo di scienza e sono fiduciosa che lui sappia quel che è giusto per la comune."

"Allora ti sei bevuta il cervello," commentò Hake chiudendo la zip della borsa. "Magari la prossima volta ti chiederà di andare a letto con lui 'in nome della scienza' e ti sarà difficile dirgli di no."

La ragazza sussultò e Hake ebbe il sospetto che la cosa si fosse già verificata. "Ti do due possibilità," le disse. "O te ne vai, e in tal caso non verrai coinvolta in nessuna indagine di polizia; oppure resti a fare la paladina raccontando tutto al tuo uomo di scienza, e allora resterai impelagata in un groviglio di bugie e atti criminali."

"Sono una persona leale," ribatté lei offesa.

"Certo," disse Hake. "Leale dopo aver vissuto in questo posto per settimane senza essere stata ritenuta abbastanza degna di fiducia da venire a sapere quel che succede. In guerra le persone come te si chiamano 'carne da cannone': creature da sacrificare per una causa più grande."

Hake scese le scale. La ragazza restò dov'era e lo seguì con lo sguardo, ferita. Il commissario non sapeva se il bluff avesse funzionato, e a dirla tutta non era sicuro di poter difendere il proprio comportamento se fossero arrivati in una corte penale. La sua era stata una vera e propria effrazione con furto. In poche parole aveva commesso un reato. Per una buona causa, certo, ma era esattamente questo che i vegani sostenevano per giustificare le loro azioni. Uscì nella notte buia e si avviò alla macchina. Il bosco faceva sentire ancora il suo potente sibilo. I rami in cima agli alberi si piegavano su quelli più in basso per tornare subito a svettare solitari. Una lepre saltò di fronte alla macchina quando Hake girò la chiave nel blocchetto dell'accensione. Si fermò per un secondo nel cono di luce, poi proseguì per i campi.

Quando Hake parcheggiò in Chapmansgatan, alle tre di notte, il suo coraggio svanì. Davanti alla casa era ferma una volante della polizia. Non credeva che la ragazza avesse sporto denuncia. Temeva piuttosto che gli agenti lo stessero aspettando per comunicargli la notizia di un altro omicidio. Prima dell'irruzione alla comune aveva spento il cellulare e non aveva fatto in tempo a riaccenderlo e leggere i messaggi.

Aprì il portone e si avviò con passo stanco verso l'ascensore, che stava dirigendosi in basso. Quando si fermò al piano terra, ne uscirono due poliziotti che Hake conosceva. In mezzo a loro c'era Lars Larsson-Varg. Era ubriaco, e con il suo caftano nero e la papalina di seta dello stesso colore sembrava un sommo sacerdote. Si fermò di fronte ad Hake. "Avresti potuto aiutarmi, Axel," lo rimproverò.

Hake guardò gli agenti con aria interrogativa. Stare lì con una borsa piena di refurtiva come uno scassinatore lo faceva sentire ancora più in colpa e a disagio.

"Si è chiuso a chiave nel bagno del Nationalmuseum," spiegò l'agente che Hake ricordava con il nome di Fridell. "Poi, dopo la chiusura è uscito ed è andato nella sala dedicata a Rembrandt, dove l'ha beccato la telecamera di sorveglianza. A quel punto è partito l'allarme. L'istituto di vigilanza ha spedito una macchina, ma lui se l'è svignata dall'edificio attraverso una finestra del sotterraneo. Il sovrintendente che ha esaminato la registrazione della telecamera lo ha identificato, e noi siamo venuti a prenderlo."

L'agente scrollò le spalle. "Ha fatto un po' di resistenza, infilandosi un paio di guantoni da boxe 'per non farci troppo male', per dirla con le sue parole."

Fridell fece una smorfia. "Ma non appena ci siamo avvicinati, ha ceduto immediatamente."

"Meno male," disse Hake a Lars Larsson-Varg. "La resistenza a pubblico ufficiale sarebbe stata una faccenda troppo grave."

"Volevo solo accertarmi che ci fossero delle impronte digitali sul *Giuramento dei Batavi*," si giustificò il vicino, ormai vinto. "Mi hai tradito, Axel. E tu lo sai."

"Io non posso commettere dei reati, Lars, neanche per un amico."

"Ah non puoi?" gli chiese con uno sguardo così penetrante, che Hake fu costretto ad abbassare gli occhi.

"Proprio così," disse Larsson-Varg con aria di trionfo. "Proprio così."

I poliziotti lo condussero alla volante, mentre Hake salì nel suo appartamento. Solo allora si rese conto di quanto fosse esausto. Mise la valigetta nell'ingresso e lasciò cadere la giacca a vento per terra, insieme al berretto di lana. Gli stivali se li sfilò in camera, ma altro non riuscì a togliersi prima di crollare sul letto.

18.

Gustav Lövenhjelm e Yuri andarono a trovare Julia Hake la mattina presto. Quando lei aprì la porta, i due si precipitarono in casa senza una parola e cominciarono a rovistare dappertutto. Alla richiesta di spiegazioni di Julia, Yuri rispose solo con uno sguardo ferito. Allora si preparò un caffè e si mise a leggere il giornale del mattino. Dopo un po' Yuri e Gustav scesero dal piano superiore e quest'ultimo si sedette di fronte a lei.

"Allora è stato tuo fratello a venirci a trovare," disse il guru piantandole gli occhi addosso. Era uno sguardo intenso, quasi ipnotico.

Julia lo guardò a sua volta con calma. "Non so di cosa tu stia parlando."

"Certo che lo sai. Credevo che tu stessi dalla nostra parte contro il maltrattamento degli animali."

"Sai bene che è così. E le mie idee le metto in pratica ogni giorno nella mia attività."

Per un secondo Lövenhjelm sembrò perdere la sua sicurezza. Prima di allora l'aveva notata a malapena, considerandola solo uno strumento per raggiungere i propri scopi. Ora scopriva all'improvviso che era coraggiosa e sapeva tenere la schiena dritta. "Digli che non permetto a nessuno di violare la mia proprietà," dichiarò alzandosi.

"Glielo puoi dire tu stesso," replicò Julia. "E poi credo che dovresti scusarti per essere piombato in casa mia a ficcare il naso fra le mie cose."

Yuri la stava osservando dal vano della porta. "Non si parla così a Gustav," le disse duro.

"Vaffanculo," rispose Julia alzandosi. "Sparite da qui prima che m'incazzi sul serio."

Yuri non era sicuro di aver capito. "Come puoi dire..."

"Come posso dire cosa, coglione che non sei altro?"

Gli occhi color del mare mandavano lampi. "Come posso dire che mi avete trattato da merda e giocato alle mie spalle? Che mi avete ricattato e preso in giro? Come posso dire questo?"

"Adesso calmati," disse Yuri.

"È stato il tuo guru che ti ha mandato a sedurmi in modo che poi poteste organizzare le azioni?"

"Non devi rispondere a questa domanda, Yuri," disse Lövenhjelm. "Vieni che ce ne andiamo."

"Segui il padrone, dai!" lo derise Julia con voce carica di disprezzo.

Yuri strinse i pugni. Era stato ferito nell'orgoglio e uscì dalla stanza furibondo. Gustav si girò nel vano della porta. "I visoni di questa notte... erano infettati, giusto?"

"Chi vivrà vedrà," rispose Julia.

"Esatto," disse Lövenjelm pacatamente. "Chi vivrà vedrà..."

Axel Hake esaminò i filmati al lavoro. L'unica azione che era stata ripresa era quella in cui si vedeva bene in faccia Julia, ma nessun altro partecipante. Gli altri nastri mostravano solo una serie di conferenze che Gustav Lövenjelm aveva tenuto in giro per il paese. Hake constatò che quel materiale non aveva nessun valore. Non avrebbe potuto utilizzarlo in nessun tribunale. Le prove erano state sottratte con un furto e perciò non considerate valide, e l'unica persona che si vedeva in quella registrazione era sua sorella. Hake si chiese se Gustav Lövenhjelm si rendesse conto di tutto questo.

Oskar Lidman entrò proprio mentre squillava il telefono. Era Lizzi Hammarlund. Aveva delle cose da raccontare.

La fotografia era assolutamente nitida. La donna stava in piedi proprio sotto il ponte di Västerbron, con lo sguardo fisso sul relitto carbonizzato dell'Overland Express. Indossava un cappotto di gabardine con la cintura stretta attorno alla vita, il che sottolineava la sua magrezza. Aveva il viso sciupato, ma Hake riteneva che non superasse di molto i trent'anni. "Quando l'ha scattata?" domandò a Lizzi.

La donna era seduta sulla sedia a rotelle ed era come al solito molto elegante. Oggi indossava un abito che le calzava a pennello. Una cosuccia nera di Chanel. Il commissario riconobbe il logo. "L'altro ieri."

Lidman prese la foto e la studiò con attenzione. "Deve essere sua la bicicletta appoggiata al ponte," disse.

Lizzi gli diede un'occhiata di apprezzamento. "Giusto," commentò porgendogli un'altra fotografia, che mostrava la donna che si allontanava in bici dal luogo del crimine.

"Deve abitare nei paraggi," ipotizzò Lidman.

"Dove l'ha trovato, Hake?" chiese Lizzi.

Lidman osservò la creaturina sulla sedia a rotelle, con una sigaretta in una mano e una bevanda verde nell'altra. "Sono il suo cane guida," disse. Lizzi scoppiò a ridere.

"Forse le farà piacere venire a trovarmi, qualche volta. Senza la persona da guidare."

"Forse, perché no," replicò Lidman.

Magari lo avrebbe fatto sul serio. Il poliziotto era chiaramente affascinato da Lizzi, e dato che non era un fissato della prestanza fisica non gli importava un granché che fosse così magra e piccola di statura. L'unico punto debole era la gamba mancante. Le impediva di ballare e questo per Lidman rappresentava sempre una sorta di spartiacque.

"Cosa le sembra questa donna?" si inserì Hake mostrando la foto.

Lizzi smise di fissare Lidman e studiò l'immagine.

"Un'alcolizzata," rispose.

"La sua ipotesi è che questa sarebbe la donna che Leffe andava a trovare, è così?"

"L'ho vista piangere e disperarsi," disse Lizzi con la sua vocina. "A lungo. Per questo le ho scattato la foto. E poi si leccava le labbra come fanno le persone che hanno una sete tremenda. Sì, questa donna è o è stata un'alcolizzata, ne sono più che certa."

Lizzi diede una dimostrazione pratica di come la tipa si passava la lingua sulle labbra. Poi lanciò uno sguardo intenso a Lidman, che non riusciva a staccare gli occhi dalla bocca di lei.

"Bene, almeno sappiamo da dove cominciare," disse Hake, mettendosi la fotografia in tasca.

"Dal centro di assistenza sociale?"

"Dallo spaccio statale di vini e alcolici. Fra l'altro non credo che si trovi troppo lontano da qui."

Quando mostrarono la foto della donna allo spaccio statale di Rosenlundsgatan, venne subito riconosciuta. "È Pia," disse il commesso.

"Sa qual è il suo cognome?"

"Ha fatto qualcosa di grave?"

"No. Il cognome?"

"L'abbiamo soprannominata Pia Aperitif, o Pia Tif, perché compra sempre vino da aperitivo. Rosita e Kir."

"Però non sa come fa di cognome."

"No."

"Sa dove abita?"

Il commesso scosse la testa. "Ma ha l'abitudine di stare giù al Femman con gli altri del comitato per il tempo libero."

Hake e Lidman ringraziarono e svoltarono all'angolo dove c'era il Femman, una vecchia birreria di terza categoria. Appena entrati notarono subito Pia, seduta vicino alla finestra con alcuni uomini e una donna più anziana. Hake si avvicinò e le domandò se potessero scambiare due parole. Lei li squadrò da capo a piedi e sospirò. "Tenetemi il posto," disse al resto della compagnia prima di seguire Hake e Lidman fuori dal locale. Pia aveva un viso spigoloso e allungato e occhi di un blu intenso, quasi color mirtillo. Aveva tirato su i capelli con un pettine di osso e indossava un paio di jeans e un maglione sotto il cappotto di gabardine. Le dita erano lunghe e adorne di bigiotteria di scarso valore. Sull'anulare spiccava un enorme pezzo di vetro verde, e sul medio un teschio.

"Si tratta di Leffe," disse Hake dopo che si furono seduti.

Pia annuì con occhi tristi.

"Chi può averlo ucciso?"

"Non ne ho idea."

"Ma lei lo conosceva, non è così?"

"Lo conoscevo, sì, ma è stato solo all'inizio dell'estate che siamo diventati una... una coppia. Non so niente di cosa facesse prima di allora."

"Non ha mai accennato al timore di essere preso di mira da qualcuno, di sentirsi odiato?"

Un sorriso le attraversò la faccia. "Tutti gli alcolisti si sentono perseguitati," rispose. "Spesso a ragione, perché si mettono sempre nei casini."

"E faceva questo Leffe?"

"Io so solo che quando abitava al Marginalen andava tutto bene. Si comportava in maniera decente, io pure, poi in estate qualcosa ha iniziato a tormentarlo, a fargli terribilmente paura. Non diceva niente, però ha ricominciato a bere come un dannato. Non ce l'ho fatta a sopportare quel cambiamento, così l'ho lasciato. È stato allora che l'hanno sfrattato. Per qualche giorno abbiamo provato a vivere insieme, a casa mia, ma io non volevo avere uno che si sbronzava dalla mattina alla sera come ospite fisso. Si è trasferito nel bus e tutto è andato benino fino alla fine di settembre, quando ha ricominciato a farsela sotto dalla paura. A quel punto è diventato difficile averci a che fare. A volte si tirava su, si faceva la barba, si vestiva bene e veniva a casa mia, oppure ci incontravamo al Femman. A proposito, è lei Axel Hake?"

"Sì?"

"Leffe mi aveva parlato della sua visita, ho avuto anche l'impressione che volesse ricontattarla. Poi si è tirato indietro con la scusa che non ne valeva la pena. In fondo lui li odiava, gli sbirri. Lo avevano picchiato troppe volte quando stava dentro, così mi disse."

"Lei non sa che cosa potesse volere da me?"

Pia scosse la testa. "Avevamo una specie di accordo," continuò, "cioè non caricarci a vicenda di troppi problemi e difficoltà e continuare ad avere ognuno la propria vita, oltre a quella che facevamo in comune."

"E funzionava?"

"Sì, si è visto come," fu l'ironica risposta di Pia. "È finito arrostito."

"Può aver parlato con qualcun altro?"

"Era molto solo negli ultimi tempi. Si era reso infrequentabile con il suo bere a più non posso. Voglio dire, tutti possono prendere un abbaglio, ma la sua situazione era fottutamente disperata."

"Ogni tanto però le piaceva starci insieme," disse Hake.

Pia annuì, con una specie di luce nello sguardo. "In fin dei conti era una brava persona. Quindici anni fa suonava in una rock band che amavo ascoltare, i Paramounts. Lui era il cantante e secondo me era il ragazzo più figo della città."

Hake non aveva mai sentito nominare quel gruppo. "Conosce Danne Durant?" domandò.
"So chi è," rispose Pia con una smorfia.
"Che cosa ne pensa?"
"È un viscido," disse dopo un attimo di riflessione. "Viscido come un'anguilla."
"Una volta ho beccato Leffe fuori dalla *Laura*. Aveva una paura fottuta che spifferassi tutto a Durant."
Pia sorrise amara. "Sicuramente sarà andato a fregargli dell'alcol. So che lo faceva, quando il bisogno di bere si faceva sentire troppo."
"Potrebbe essere stato Danne a bruciare vivo Leffe?"
"Solo se il bus fosse stato assicurato per migliaia di corone," rispose Pia soprappensiero.

Si recarono nella sala operativa e affissero la foto di Pia Tif fra le altre sul tabellone. Lidman andò a prendere del caffè e Hake bevve controvoglia la brodaglia bollente.
"Leffe Alderson sente, o sa o vede qualcosa che gli mette addosso una strizza tremenda," esordì Lidman piazzandosi sulla sua sedia preferita.
"Comincia a bere come una spugna," proseguì Hake. "Al punto che viene sbattuto fuori dall'hotel per scapoli in cui alloggia, ragion per cui si trasferisce nel bus bianco. Per un po' le cose vanno bene, finché non cade di nuovo in paranoia e riprende la sua discesa agli inferi. Questa fase della sua vita coincide con il momento in cui viene ucciso Harry Stenman, quindi il punto da capire è se il primo avvenimento, l'improvviso terrore di Leffe, abbia a che vedere con l'assassinio di Red, o se sia dovuto ad altri problemi."
"Io credo che i due fatti siano collegati," affermò sicuro Lidman, "nonostante Harry fosse vivo quando Leffe cominciò ad aver paura."

"E che mi dici del bus assicurato a un premio maggiorato rispetto al valore?" ribatté Hake.

"Due piccioni con una fava," disse Lidman. "In un colpo solo si chiude la bocca a Leffe e si intascano i soldi dell'assicurazione."

"Un'enorme, maledetta montagna di soldi," sottolineò Hake.

"Vuoi che riprenda a pedinare Ulla Stenman?"

"Rick le avrà certamente riferito che la seguivamo. Dobbiamo ricominciare da un'altra direzione."

"Credi che Rick sia il suo amante?"

Hake alzò le spalle.

"Io credo di sì," disse Lidman.

"In ogni caso non ce la vedo a far fuori suo marito e in seguito a incendiare il bus. Non è plausibile."

"Rick invece sarebbe stato benissimo in grado di farlo," replicò Lidman un po' irritato. Secondo lui era del tutto evidente.

"Se è così, si è esposto comunque a un rischio enorme. Fare tutto questo per una donna che potrebbe stancarsi di lui, lasciandolo senza un quattrino e con due omicidi sulla coscienza."

"La gente rischia di più per molto meno, Axel," concluse Lidman con voce cupa.

Hake ricevette la telefonata nella mattinata del giorno seguente. Riconobbe immediatamente la voce, ma ebbe qualche difficoltà a collocarla, era troppo improbabile. Dopo una serie di frasi di circostanza sbottò: "Tobisson!".

Sì, era proprio Tobias Tobisson, che si era svegliato dal coma e voleva parlare con il suo capo. Hake trascinò Lidman nella Citroën e filò all'ospedale di Danderyd, non prima di essersi fermato da un fioraio per comprare un mazzo enorme. Il suo buonumore vacillò quando vide Tobisson, sdraiato sul letto e con gli occhi chiusi, ancora collegato a una serie di macchinari con lunghi fili. Ma non appena entrarono nella stanza, le sue palpebre vibrarono leggermente prima di aprirsi. Tobisson li guardò. "Avete risolto il caso?" domandò con voce stentorea.

Al loro scuotere la testa, sorrise. "Dilettanti allo sbaraglio. È chiaro che non ve la cavate senza di me."

Hake mise i fiori in un vaso di acciaio e si avvicinò al letto. Notò che i lividi blu sulla faccia e sulle braccia erano diventati giallognoli, e che era sulla via della guarigione. "Come stai?" gli chiese.

Tobisson chiuse gli occhi per un attimo e fece un profondo respiro. "Mi sento uno straccio," disse. "Ho sempre mal di testa e nausea. Prima che mi venga da vomitarvi addosso voglio dirvi che ricordo di aver morso a sangue il braccio di quel bastardo con il tubo di ferro."

"C'era qualcun altro con lui?"

"Non ne sono sicuro. Credo che ci fosse una persona anche dentro il portone, ma può essere stata un'immagine allo specchio. O forse ho cominciato a vedere doppio."

La voce si affievolì e lui iniziò a impallidire. Hake chiamò l'infermiera, che lanciò una rapida occhiata al paziente e subito dopo spinse fuori dalla stanza i due poliziotti.

"Gli ho dato un cazzo di morso..." esalò Tobisson prima che le forze lo abbandonassero e chiudesse gli occhi.

Hake fu felice di lasciarsi l'ambiente dell'ospedale alle spalle. Quando uscirono all'aria aperta rimase per un lungo attimo a respirare a pieni polmoni. Poi guardò Lidman. "Gli credi?"

Lidman esitò un istante prima di annuire. "Cose del genere uno non se le può solo immaginare. E poi i medici gli hanno trovato del sangue in bocca che non si sapeva da dove provenisse."

Presero altri due poliziotti con loro prima di dirigersi verso la casa di campagna dei fratelli Hemmesta. Hake non voleva correre alcun rischio. Aveva cominciato a imbrunire e la casa era immersa nella nebbia. Alcuni uccelli che non erano ancora migrati cinguettavano solitari dai rami dei ciliegi sotto la strada. Scesero dalla macchina e seguirono il sentiero che portava all'abitazione. Hake raggiunse la porta e bussò, ma stavolta annunciò il suo arrivo identificandosi ad alta voce. Dopo un po' si aprì uno spiraglio. Göran Hemmesta mise fuori la testa e spaziò con lo sguardo da Lidman agli altri due agenti. "E adesso che c'è?" chiese con il suo spiccato accento del Sud.

"C'è anche Nils?"

Göran lo guardò con espressione furba.

"Perché?"

"Vogliamo parlare con tutti e due."

Göran osservò di nuovo i due poliziotti ben piantati, pesandoli con lo sguardo.

"Sono qui," disse Nils alle loro spalle.

Stava in piedi a gambe leggermente divaricate, dondolandosi, con una mazza da baseball in mano. Incontrò lo sguardo di Hake e fece un sorriso obliquo. "Così ha portato i rinforzi, eh?"

"Sì, non si sa mai," disse Hake senza scomporsi.

Nils si diede una tirata a un lobo e Göran aprì la porta un po' di più. "Allora è meglio se venite dentro," disse.

Entrarono tutti e presero posto nel soggiorno. I due poliziotti di rinforzo piantonarono la porta, stando in piedi e con le braccia incrociate sul petto.

"Questa storia deve finire," disse Nils dopo che si furono seduti. "Non vi vogliamo più qui. La vostra è una provocazione che può diventare pericolosa. Per voi."

"Ah sì? E come?" domandò Lidman con finta innocenza.

Nils lo degnò appena di uno sguardo. "Si è portato il comico dietro, stavolta," disse.

"Tobisson non è potuto venire," replicò Hake serio. Studiò le espressioni facciali dei due fratelli. Non mossero un muscolo. "È ricoverato all'ospedale di Danderyd."

"Come mai? La moglie gliele ha suonate?"

Scoppiarono entrambi in una risata sguaiata e Göran sembrava non volerla smettere più. Hake si chinò rapidamente su di lui, afferrandolo per un braccio. L'uomo fu colto di sorpresa e per qualche secondo rimase come paralizzato. Hake gli tirò la manica della camicia, in modo da scoprirgli l'avambraccio. "Che cazzo significa questa storia?" strillò. Nils balzò in piedi, ma Hake lo bloccò premendogli il bastone sul petto. "Si sieda, è una faccenda seria." Nils esitò a lungo, ma alla fine tornò a sedersi. Qualcosa nel tono di Hake lo aveva confuso. Il commissario si rivolse di nuovo a Göran. "Si tiri su l'altra manica, forza."

"Ma che cazzo..."

Hake si chinò di nuovo su di lui e gli rimboccò la manica con uno scatto di impazienza, come se avesse a che fare con un bambino capriccioso. Göran lo lasciò fare, mentre Nils tratteneva il respiro. Una vena gli pulsava sulla tempia e gli occhi grigio pietra erano diventati neri. Hake controllò l'avambraccio di Göran: non c'erano segni di morsi. Si girò verso Nils. "Voglio che lei faccia la stessa cosa. Voglio vedere i suoi avambracci."

"Neanche per sogno," rispose Nils, che aveva riacquistato parte della sua disinvoltura e sicurezza.

"Allora la terremo fermo," disse Hake. "Come ho già detto, questo non è un gioco, non c'è niente da ridere. C'è un poliziotto in ospedale sospeso fra la vita e la morte. È stato pestato a sangue con un tubo di ferro, o una mazza da baseball."

I poliziotti davanti alla porta avanzarono di un passo.

Hake guardò Nils. "Se non ha niente a che fare con questa azione criminale, mi mostri il braccio e saremo tutti felici e contenti."

"Non siamo stati noi," disse Nils. "E poi, perché è così importante far vedere le braccia? Siete dei pervertiti forse?"

"Me le faccia vedere e basta."

Nils lanciò uno sguardo al fratello, che si stava riabbassando le maniche della camicia. "Non ne vale la pena, Nils," disse Göran. Nils si guardò intorno un'ultima volta, poi si scoprì le braccia. "Se state cercando buchi di siringa, non sono cose che fanno per noi," precisò. Hake gli controllò gli avambracci. Neanche qui segni di morsi. Si alzò. "Grazie per la collaborazione," disse gentilmente.

Guardò Nils. "Non è stato così pericoloso, no?"

"Maledetto..."

"Maledetto cosa?"

"Mezzouomo," disse Nils.

Nella stanza calò il gelo. Lidman e i due poliziotti si scambiarono uno sguardo. Nils fece un passo verso Hake e Göran si alzò. Il radiatore crepitò in modo irregolare e da qualche parte nella stanza si sentì il ronzio di una pompa. Hake si appoggiò pesantemente al bastone e sorrise. "Una volta un idiota mi ha sparato al ginocchio. Per questo sono ridotto così," spiegò con la massima calma.

Guardò Nils Hemmesta. "Ora quel tizio è morto," aggiunse.

Fece un passo verso Nils. "E adesso mi faccia passare. Oppure ha altro da dire?"

Stavano a pochi centimetri l'uno dall'altro. Nils poteva vedere con chiarezza quanto devastata fosse la faccia del commissario, nonostante il gonfiore si fosse ormai attenuato e sotto l'occhio fosse rimasto solo un livido giallo-verde. Non aveva paura di nessuno, non l'aveva mai avuta. Era stato bersaglio di odio e di proiettili, e coinvolto in tante di quelle risse che neppure le ricordava più. Ma lo sbirro tutto d'un pezzo lo rendeva insicuro. Apparteneva a una razza a lui sconosciuta. Confuso, cercò lo sguardo del fratello. Che scosse di nuovo la testa. "Non ne vale la pena, Nils."

E a quel punto Nils Hemmesta si spostò di lato e lasciò passare Hake. Mentre stava per oltrepassarlo, l'ex legionario allungò il braccio e lo bloccò di nuovo: "Almeno mi dica perché era così importante farle vedere le braccia".

"Tobisson ha dato un morso a uno degli aggressori," spiegò Hake.

"Nessuno mi morde," affermò Nils, vicinissimo alla faccia del commissario.

"Non ne sia così sicuro," replicò quest'ultimo, spostandogli lentamente il braccio dallo stipite.

19.

"Puah," disse Oskar Lidman quando salirono in macchina per tornare a casa, allentandosi il colletto.

Nonostante fossero in quattro, non era sicuro di come sarebbero usciti da quella porta se ci fosse stato uno scontro diretto. Anche i due poliziotti sul sedile posteriore sembravano alquanto sollevati. Hake era sprofondato nei suoi pensieri. Si rese conto di essersi fatto trascinare in una situazione di cui aveva perso il controllo. Si era trasformato in un tasso quando i due fratelli lo avevano provocato e non era riuscito a mollare la presa. Non prima di aver udito il rumore dello scricchiolio. Era andata bene, ma ora, a mente fredda, pensava di essere stato un pessimo poliziotto. "Non sono stati loro," disse.

"Ad aggredire Tobisson?"

"A uccidere Stenman e Leffe Alderson," precisò Hake. "Sono dei violenti, d'accordo, ma non avrebbero mai chiuso Leffe nel bus in fiamme, non è nel loro stile. Loro affrontano le persone a muso duro e a viso aperto, è questo a farli sentire vivi. Non attaccano alle spalle."

"Resta però in piedi l'ipotesi che possano aver ucciso Stenman. Quella di Leffe è un'altra faccenda."

"È tutto collegato, Oskar, ne sono sicuro," disse Hake.

Appoggiò la testa al finestrino gelido. Aveva una leggera

nausea e si sentiva infinitamente stanco. La tensione lo aveva distrutto e ora sognava solo un bagno caldo. Prese il cellulare e digitò il numero di Olle Sandstedt. "Olle? Axel Hake, ciao. Ricordi per caso di aver visto segni di morsi sulle braccia di Leffe Alderson? Erano carbonizzate? Lo so, ma forse si potrebbero rilevare in un altro modo. In che modo, dici?"

Hake si sentì un vero idiota. "Sì, lo so. Era solo un'idea bizzarra. Grazie, ciao."

Chiuse il telefono. Lidman gli lanciò uno sguardo ironico. "Credi che sia stato Leffe a colpire Tobisson?"

"Tutto è possibile," disse Hake vago.

"Quell'ubriacone?"

"Quando mi puntò il coltello contro l'osso sacro la sua mano era fermissima, credimi. E Dio solo sa che cosa sia in grado di fare un uomo disperato in cambio di soldi."

Alla reception della centrale di polizia gli fu comunicato che Seymour Rilke lo aveva cercato. Si recò nell'ufficio del grande capo e si beccò i minuti di attesa di prassi prima di essere invitato a entrare. Rilke gli disse di sedersi, poi gli sorrise. "Come va con l'indagine?" domandò.

Teneva i palmi delle mani l'uno contro l'altro, come se volesse misurarsi le dita.

"Ci stiamo lavorando," rispose Hake. "Ti posso aggiornare in qualunque momento."

"Insomma, va male?"

"Da quando abbiamo perso Tobisson, procede tutto più lentamente."

"Ma non è solo questo il punto, o sbaglio?"

Pronunciò quest'ultima frase con tale nonchalance che Hake cominciò a subodorare la fregatura. Quale asso aveva nella manica Rilke? "Che cosa vuoi dire?" gli chiese.

"Tu hai altro nella testa, ecco perché state girando a vuoto. Non sei abbastanza concentrato sull'indagine."

"Sì che lo sono. Impiego tutte le mie giornate a cercare di risolvere il caso."

"Ma evidentemente non le nottate."

Così dicendo prese un foglio dalla scrivania. "Un certo dottor Lövenhjelm ha sporto una denuncia contro di te. Ti sei introdotto nella sua abitazione per rubare delle videocassette importanti per il lavoro che svolge. Nella denuncia il dottore scrive che parte del materiale riguarda tua sorella, da lui sospettata da tempo di attività illegali, come aver fatto uscire dei visoni da un allevamento, fra le altre cose. Lui ha filmato queste azioni per avere in mano delle prove. Prove che tu, in tutta evidenza, hai pensato bene di sottrarre."

Hake rimase in silenzio. Dunque Gustav Lövenhjelm aveva calcolato che Hake non avrebbe potuto usare il video contro di lui, visto che in tal caso sarebbe stata coinvolta anche Julia.

"Gustav Lövenhjelm è un bugiardo e un ciarlatano," disse il commissario.

"Al contrario, è un noto e stimato ricercatore, impegnato sui temi della protezione degli animali. E poi non è l'unico ad averti denunciato. Una ragazza, Maja Salander, sostiene che tu l'abbia minacciata la sera del furto."

Rilke posò il foglio sull'elegante scrivania. "Che cazzo stai combinando, Axel?"

"Sto indagando su un omicidio."

"Non posso più tenerti qui," disse Rilke con una nota di trionfo nella voce. "Non hai più la mia fiducia."

"Quindi se io ti denuncio su false motivazioni, vieni sollevato immediatamente dai tuoi incarichi in attesa dell'indagine?"

"Non è la stessa cosa."

Hake si alzò. "C'è altro?"

"Ho passato il caso al commissario Bolinder," disse Rilke. "Lidman e alcuni altri saranno i suoi ispettori. Ora dobbiamo fare tutto il possibile. Abbiamo a che fare con un duplice omicidio e il caso ha la massima priorità. Come ben sai."

Ad Hake parve di scorgere un lampo negli occhi del capo della polizia. "Maledetto stronzo," sibilò.

"Come?"

"Maledetto... mezzouomo."

Attraversò zoppicando la stanza e sbatté la porta dietro di sé.

Axel Hake si sentiva stranamente tranquillo quando uscì dalla centrale di polizia. Una leggera pioggerella pomeridiana aveva ripulito la città, che ora gli sembrava di vedere con occhi nuovi. Era come se avesse azionato i tergicristalli e scoperto all'improvviso quale fosse la sua strada. Lidman era furioso al suo ritorno dalla visita a Rilke. Non con il capo della polizia, ma con lui. "Come diavolo ti è saltato in mente, Axel?" aveva sbraitato. "Un furto?"

"Quei tizi sono dei ricattatori, Oskar," aveva spiegato Hake raccogliendo i suoi effetti personali dalla sala operativa. Era stato sospeso per tre settimane in attesa dell'indagine e non voleva lasciare le sue cose lì quando Bolinder avrebbe preso il suo posto. Non era granché: un computer portatile e una cartella con alcune riflessioni sulla dinamica del caso. Ovviamente doveva lasciare in ufficio il materiale relativo all'inchiesta, ma quegli appunti li considerava proprietà privata.

Lidman lo aveva seguito con lo sguardo. "Che farai ora?" aveva chiesto alla fine.

Hake aveva risposto con un'alzata di spalle. Non lo sapeva.

"Potresti approfittarne per farti operare al ginocchio," gli aveva suggerito Lidman.

"Ho il sessanta per cento di probabilità di perdere l'uso della gamba con un'operazione. Con queste previsioni non ci penso proprio."

Lidman aveva seguito tutti i suoi movimenti. Subito prima che Hake se ne andasse gli aveva chiesto sorridendo: "Non penserai mica di mollare questa faccenda, vero?".

Hake era andato incontro alla bella giornata di sole senza rispondere. Aveva deciso di fare un salto da Hanna. Si erano sentiti solo per telefono dopo l'ultimo litigio e l'aveva trovata fredda e distante. Axel pensò di salire, chiederle scusa e annunciarle che sarebbe stato libero per qualche settimana, che potevano stare insieme molto più spesso ora. Sperava che questo avrebbe fatto la differenza.

Nessuno rispose quando suonò alla porta, così prese la sua chiave ed entrò. Faceva un caldo soffocante in casa. Le grandi finestre affacciate sulla chiesa di Kungsholm avevano lasciato entrare la luce del sole per tutto il giorno, ma nessuno le aveva aperte per arieggiare l'ambiente. Hake si diresse verso una di esse e la spalancò. Un venticello fresco soffiò nella stanza. Rimase per un attimo a godersi la luce del sole. Così avrebbe dovuto essere la vita, pensò.

Aveva voglia di un bicchiere di vino e prese una bottiglia dalla cantinetta. Poi aprì tutti i cassetti della cucina in cerca di un cavatappi. All'improvviso notò qualcosa. Una busta marrone dell'Ufficio passaporti. La aprì con il cuore in gola. Conteneva le risposte ad alcune domande che Hanna Sergel aveva inoltrato alle autorità preposte. No, i bambini non necessitavano di passaporto per andare in Francia, poiché la Svezia faceva parte della Ue. No, non era necessario avere la firma di entrambi i genitori se si emigrava in Francia portando con sé i figli in custodia condivisa.

Hake si sentì gelare il sangue nelle vene. Gli sembrò che la cucina cominciasse a girare e fu costretto ad aggrapparsi al lavello per non cadere. Dunque Hanna pensava di trasferirsi in Francia, probabilmente a Parigi. Ed era chiaro che non si era neppure sognata di parlarne con lui. Non riusciva a capire. Era inconcepibile. Che diavolo le era saltato in mente?

Sentiva la rabbia montargli dentro. Gettò la lettera nel cassetto della cucina, lo richiuse con un colpo secco, rimise la bottiglia di vino al suo posto e sprangò la finestra. Non voleva che Hanna si accorgesse della sua visita. Doveva uscire da quella casa prima di soffocare. Doveva pensare.

Scese in fretta le scale. Proprio allora vide che Hanna e Siri stavano entrando dal portone. Si fermò, in attesa che prendessero l'ascensore. Dalla tromba delle scale poteva vederle entrambe. Hanna teneva Siri per mano. Si sorridevano l'un l'altra, ridevano. Ad Hake il sorriso di Hanna sembrò bugiardo e la sua bocca larga e piena, crudele. Quando poi sollevò Siri perché potesse premere il pulsante dell'ascensore, la trovò falsa, nella sua esagerata dolcezza. Dopo che le vide salire in ascensore, Hake si accasciò sulle scale, lo sguardo fisso davanti a sé.

Julia aveva parcheggiato la Land Rover dietro la montagna che dava sul cortile della comune. Vi si era arrampicata a fatica e si era seduta in cima, restando lì per ore, nascosta dietro ad alcuni rami a osservare il cortile con un cannocchiale. Ultimamente non si era visto molto movimento. In un'occasione qualcuno era uscito per andare a riporre qualcosa nel vecchio pulmino Volkswagen. Ma non era Yuri. Una mezz'ora dopo la porta si era aperta ed erano usciti tutti insieme. Attraverso il cannocchiale Julia vide che c'era anche Yuri. Si stirò come un gatto appena svegliato. Gustav Lövenhjelm gli circondò le spalle con un braccio, scuotendolo con delicatezza, mentre si avviavano al furgone.

Giunti davanti a esso Gustav Lövenhjelm cominciò a parlare. Julia vide i membri della comune ascoltare il guru a capo chino per ricevere le istruzioni. Al termine del discorso annuirono e salirono dalle porte posteriori. Gustav Lövenhjelm si mise al volante a partì.

Quando il furgone sparì dietro la curva della strada, Julia

si precipitò giù per la fiancata della collina e atterrò con un tonfo sul ciglio della strada dove aveva parcheggiato la macchina. Aspettò una decina di minuti prima di avviarsi verso la grande villa gialla. Prese con sé la valigetta con gli strumenti da veterinaria, si diresse alla porta e bussò. Dopo qualche secondo venne ad aprire Maja Salander. Sembrò piuttosto sorpresa. "Sono partiti pochi minuti fa, non c'è nessuno in casa," disse.

"Non importa," rispose Julia scansandola.

"Non so se a loro farebbe piacere..." obiettò la ragazza incerta.

"Perché no?"

"Tuo fratello si è intrufolato in casa e poi c'è stato un altro litigio. Con Yuri."

"Io non ho niente a che spartire con mio fratello. La responsabilità di quel che fa è sua. Quanto al litigio, è stato solo un diverbio fra amanti," disse con leggerezza.

Attraversò la stanza e salì su per le scale.

"Che cosa vuoi fare?" domandò Maja sospettosa.

"Secondo te?"

Julia la guardò severa.

"Io... non lo so."

"Sono una veterinaria o no? Sono una che si prende cura degli animali o no? E questo ti interessa o è solo per fare sesso che sei venuta alla comune?"

Maja arrossì violentemente. "Tu non hai il diritto di..."

"Stammi a sentire. Sono responsabile della salute di Elina e dei suoi cuccioli. Rientra nei miei compiti. Mi sono sempre presa cura di lei e non mi sogno certo di rinunciare al mio compito per colpa dei vostri casini."

Maja la guardò un po' abbattuta.

Julia si recò nella stanza di Yuri dove si trovavano Elina e i cuccioli. Maja la seguì. "In ogni caso è meglio se chiamo

Gustav sul cellulare," disse la ragazza ferma sul vano della porta.

"Che pecora che sei," disse Julia contrariata. "Sei solo una stupida pecora in cerca di qualcuno da cui prendere ordini, non è così?"

"Mi ha solo avvertito di telefonargli se succede qualcosa di strano in sua assenza."

"Quello che sta succedendo non è strano, cazzo!" disse Julia. "I cuccioli devono essere vaccinati ed è mio dovere assicurarmi che venga fatto. Non te ne importa niente?"

"Sì che me ne importa!"

"E allora vai giù e metti a bollire una grossa pentola d'acqua, poi avvertimi quando bolle. O non ti va di aiutarmi?"

"Certo che mi va."

Uscì dalla stanza e ridiscese le scale. Julia sgattaiolò fino alla porta, socchiudendola. Sentì chiaramente Maja armeggiare in cucina. Poi attraversò in fretta la stanza e spostò il letto di Yuri. Nell'angolo in fondo trovò un'asse mobile nel pavimento. Una volta in cui Yuri credeva che lei dormisse, aveva visto che il ragazzo teneva un nascondiglio proprio in quel punto. Julia prese un coltello e sollevò l'asse fuori posto. Il nascondiglio non era di grandi dimensioni, ma abbastanza profondo da potervi infilare diversi oggetti. Tirò fuori un rotolo di banconote, una considerevole somma di dollari. Poi trovò un'agenda piena di nomi di persone di tutto il mondo e di indirizzi di comuni e gruppi di azione. Infine pescò quello che stava davvero cercando: un passaporto. Rimise al loro posto gli altri oggetti, ma tenne per sé il documento. Dopodiché risistemò l'asse e il letto, si diresse dai cuccioli e li accarezzò. "Tranquilli, la vaccinazione ve l'ho fatta diverse settimane fa, non avete bisogno di altro," mormorò.

Dopo un po' arrivò Maja Salander con un capiente catino pieno di acqua calda. Sembrava molto orgogliosa. Forse ha trovato un altro cane guida, pensò Julia. "Mettilo qui e lava i cuccioli con acqua e sapone. Li ho vaccinati, ma ora devono essere puliti. Usa un asciugamano inumidito."

Maja fece come le fu ordinato e Julia fece finta di scarabocchiare qualcosa sulla cartella clinica. Alzò lo sguardo sulla ragazza, che lavava con la massima concentrazione un cucciolo dopo l'altro. Un po' di pulizia extra non gli farà certo male, pensò Julia richiudendo la cartella.

Axel Hake era rimasto sulla scala di pietra per un'ora buona, prima di tornare a casa, scolarsi una bottiglia di vino e crollare sul divano. Dormì a lungo e si svegliò solo alle cinque del mattino, con la bocca impastata e le palpebre pesanti. Poiché sapeva che non ce l'avrebbe fatta a stare con le mani in mano, salì in macchina e filò da Rick Stenman. L'uomo abitava dalle parti di Tantolunden in una delle enormi case affacciate sul Mälaren e sui boschi di Årsta.

Rick uscì di casa alle otto e salì sulla sua macchina, una Mazda. Guidò in direzione di Ringvägen, seguito a debita distanza da Hake. Superarono Eriksdalshallen e puntarono verso Götgatan, la attraversarono e proseguirono verso Södermannagatan. Ma prima di arrivarvi, Rick fece un'inversione a U per fermarsi davanti al garage di Harry Stenman. Parcheggiò, lo aprì con le sue chiavi ed entrò.

Hake era un po' confuso. Non era stata venduta l'attività? Rimase seduto in macchina ad aspettare. Dopo un po' arrivò un taxi da cui scese Maxim Olgakov. Anche lui aprì il garage con le sue chiavi e scomparve all'interno.

Hake scese, comprò dei panini, formaggio e pomodori e tornò in macchina a consumare la sua solitaria colazione.

All'ora di pranzo, vide uscire dal garage sia Olgakov sia Rick Stenman. Salirono sull'auto di Rick e partirono. Hake si mise loro dietro. Stenman scaricò Olgakov in Folkungagatan e proseguì lungo la Katarinavägen. La fermata successiva fu a Katarinahissen, dove lo aspettava una giovane donna. Hake non la riconobbe. Era della stessa età di Rick, con un bel cappotto e i capelli corti. Guidarono lungo il raccordo di Slussen, risalirono Hornsgatan e proseguirono verso Mariatorget. Forse erano diretti da Ulla Stenman, pensò Hake. Rick tuttavia non svoltò per entrare in Bastugatan, ma la oltrepassò di poche centinaia di metri e si fermò in Hornsgatan davanti a un ristorante. Hake parcheggiò poco distante. Li vide entrare nel locale e rifletté per qualche attimo sul da farsi. Poi la curiosità ebbe il sopravvento. Si avviò circospetto al ristorante e lo superò, lanciando nel frattempo una rapida occhiata attraverso le ampie vetrate. Con suo grande sollievo, Rick sedeva di spalle. Hake si fermò davanti alla porta, fingendo di leggere il menù esposto all'entrata mentre osservava l'interno del locale. Rick teneva le braccia sul tavolo e le mani della donna fra le sue. Lei lo guardava con occhi innamorati. Lui si sporse in avanti e la baciò dolcemente, prima di riprendere la posizione di prima. La donna gli sorrise, accarezzandogli una guancia.

Hake tornò alla macchina. Quelli che aveva visto erano senza dubbio due piccioncini. Non c'era niente di finto o artefatto nell'interesse dell'uno verso l'altra. Si mise al volante e chiuse gli occhi. Sentiva ancora un acre sapore di vino in bocca e il ginocchio aveva ripreso a fargli male, dopo tutto quel tempo in piedi.

In definitiva, non era Rick l'amante di Ulla Stenman. Doveva essere allora qualcun altro. Ma chi? Mise in moto la vecchia Citroën e partì. In quello stesso momento seppe chi doveva andare a cercare.

20.

Hake si recò nella palestra di pugilato senza sapere esattamente come avrebbe agito. Gli sarebbe toccato improvvisare. Danne Durant non era parso particolarmente sorpreso quando il commissario lo aveva chiamato per fissare un incontro. "Puoi venire a prenderle sul muso quando vuoi," si era limitato a dire.

Ora Danne stava sul ring a fare ginnastica alle corde. Piegamenti del ginocchio, stretching e contromosse. Hake si era portato appresso la protezione dentale e dei vestiti di ricambio. Indossò shorts, maglietta e un paio di scarpe da jogging. Dopo essersi agganciato i guantoni alla bell'e meglio, il commissario si diresse verso il ring. Danne sorrise nel vedere il suo equipaggiamento e lo seguì con lo sguardo divertito. Solo quando Hake salì sul ring tornò serio. Roteò la testa e distese le spalle per finire la preparazione.

"Sei tu l'amante di Ulla Stenman, è così?" disse Hake all'improvviso. "Sei tu a usare l'ingresso segreto per andarla a trovare?"

Si portò al centro del ring. Danne gli venne incontro con i guantoni alzati. "Chi te l'ha detto?"

Esattamente come la prima volta, cominciò a saltellare intorno ad Hake. "Abbiamo le nostre fonti," rispose quest'ultimo criptico.

Danne non mirò alla testa. Aveva cambiato tattica, stavolta colpì il busto. Il pugno arrivò dritto sotto le costole e Hake ne avvertì la potenza all'istante. Capì che l'avversario mirava a sfiancarlo con colpi sul corpo, prima di passare alla testa.

"Voi non sapete un cazzo," disse Danne assestandogli una combinazione di colpi che Hake riuscì a parare solo in parte. Due di essi lo presero sul plesso solare, rendendogli difficile la respirazione. Contrattaccò con un paio di pugni sulla testa di Danne, che però si spostò agilmente di lato, evitandoli. Hake restò ancorato al centro del ring, non voleva che il ginocchio cedesse un'altra volta. Al successivo attacco di Danne rispose con un sinistro che lo colpì lateralmente sulla testa, ma fu ricambiato da una botta sul fianco sinistro. Per un attimo gli si bloccò il respiro. Danne non si accanì: voleva che l'incontro si trasformasse in un percorso lento e doloroso verso la sconfitta. Hake riprese fiato. "Tu e Ulla," disse, "e un'assicurazione sulla vita di due milioni."

Danne lo attaccò rapido con due colpi che Hake bloccò e finirono così in clinch. Le loro facce erano a pochi centimetri di distanza l'una dall'altra e Hake poteva percepire il respiro dell'avversario. "Red era mio amico," disse Danne prima di sferrargli un pugno allo stomaco. "Tiravamo di boxe insieme, qui."

Colpì ancora e Hake fu costretto ad allontanarsi da lui, perché cominciava già a perdere forza. Reagì spingendo Danne, che rimbalzò come un tubo di gomma e gli sferrò altri due potenti colpi alla testa. Hake vacillò, senza però perdere l'equilibrio. Respirava forte a bocca aperta.

"In più, era un pugile esperto, mica una mezza calzetta come te, maledetto contaballe," disse Danne.

Tirò un altro gancio che Hake riuscì a schivare ma che gli sfiorò la punta del mento con forza inaudita. Hake indietreggiò verso le corde, ma Danne gli sbarrò la strada e cominciò a bombardarlo di pugni. “Puzzi di alcol e di paura, proprio come Leffe Calzino e i suoi compari.”

Hake cercò di proteggersi, ma non fu abbastanza veloce. Muoveva il corpo da una parte all’altra, senza poter evitare i colpi. “Harry non beveva, invece?”

Pronunciò quelle parole a fatica, come se gli mancasse l’aria.

“Solo qualche volta. Ci teneva al fisico, proprio come me.”

Due pugni centrarono Hake in pieno viso e lui sentì il sangue colargli dal naso. “Come no. Eravate due anime gemelle e ora che è morto, sua moglie è diventata tua,” ansimò.

Negli occhi di Danne si accese un lampo di cattiveria, prima che sferrasse ad Hake due ganci sulla testa. Il primo andò a segno e al commissario sembrò che tutta la stanza girasse vorticosamente. L’altro riuscì a bloccarlo con il sinistro. Era il momento che aspettava. Ruotò sul proprio asse con tutta la forza che gli era rimasta e con la sua collaudata mossa segreta colpì l’avversario alla tempia. Danne si bloccò per un attimo, con lo sguardo sempre più vuoto. Un secondo dopo le gambe gli si piegarono e crollò sul pavimento, dove rimase immobile. Hake si sfilò uno dei guantoni, si accovacciò ed estrasse la protezione dentale dalla bocca dell’avversario, per evitare che soffocasse. Poi si sistemò sulla sedia all’angolo del ring e aspettò che Danne si riprendesse. Ci volle del tempo.

Prima aprì le palpebre. Poi cercò di orientarsi. Hake sapeva che presto sarebbe arrivata la nausea. Danne si mise a sedere, cercò di alzarsi, ma rotolò di lato prima di rimettersi in piedi. Guardò Hake un po’ confuso. Stava per dire qualcosa, poi all’improvviso lo assalirono i conati di vomito, così si precipitò fuori dal ring e corse in bagno.

Hake andò nello spogliatoio a cambiarsi. Dato che aveva pensato di andare in piscina non aveva voglia di farsi la doccia. Dopo un po’ lo raggiunse Danne, che si sedette sulla panca accanto a lui. Inclinò leggermente la testa. "Cazzo che botta," disse sfinito. "Dove diamine hai imparato una mossa del genere?"

"Qui," disse Hake, "da un finlandese."

"Quindi aspettavi solo di stanarmi?"

"Volevo solo qualche informazione prima di spegnere le luci."

"E le hai avute?"

Hake lo guardò con occhi vuoti. "Forse," rispose.

Hake nuotava lentamente, il corpo immerso nell'acqua della piscina. Si sentiva senza peso e la cosa gli piaceva da matti. Dopo aver concluso con una serie di vasche a farfalla, si sedette nella sauna. Stavolta Danne non si era accanito più di tanto sulla sua faccia. Dal naso non usciva più sangue e il gonfiore della guancia non sembrava tanto grave. Andava peggio nel resto del corpo: si sentiva a pezzi e uscendo dalla piscina la situazione non era certo migliorata. Bevve una bottiglia di acqua Ramlösa, appoggiò la testa contro il rivestimento della sauna e pensò a Danne e Ulla. A Rick, a Leffe, a Olgakov. Ai fratelli Hemmesta. Gli sembrò di intravedere uno schema, ma non ne era sicuro. C'erano ancora dei tasselli da inserire, prima che il disegno diventasse nitido. Ma il tempo stringeva e inoltre lui non aveva più accesso alla centrale. Fece una doccia, sentendosi subito meglio, poi si vestì lentamente e pensò che presto sarebbe arrivata l'ora del confronto. In tutti i sensi.

Cominciò con Hanna. Aveva un'espressione leggermente sorpresa sul viso quando lo invitò a entrare in casa. Si accorse con sollievo che erano soli, Siri era ancora all'asilo. Hake la osservò mentre preparava il caffè in cucina. Addosso aveva camicia e jeans neri e non poté non notare quanto fosse dimagrita, negli ultimi tempi. I capelli erano raccolti in uno chignon sulla nuca, fissato da un fermaglio di vetro. La faccia era, se possibile, più bianca del solito e mentre versava il liquido scuro nelle tazze, la sua mano sembrava tremare. Hanna avvertì lo sguardo di Axel su di sé. "Hai finito di studiarmi?" disse porgendogli il caffè.

"Sei bella," replicò Axel.

Lei fece una smorfia.

"Tu sei tutto quel che desidero e che voglio avere."

Lei sollevò le sopracciglia.

"Tu sei la donna con cui voglio vivere, giocare, fare l'amore e con cui voglio crescere mia figlia."

"Belle parole."

Lui annuì serio e incrociò il suo sguardo. Due occhi luminosi lo scrutavano indagatori. "Ma?"

"Non c'è nessun ma. È solo una constatazione."

Hanna sorseggiò il caffè e lo osservò guardinga da sopra il bordo della tazza.

"Perciò non puoi trasferirti all'estero su due piedi e portare Siri con te."

Hanna si irrigidì, appoggiandosi al lavello. Posò la tazza con infinita lentezza. La luce che filtrava dalla finestra le circondava i capelli bruni come un'aureola. Sembrava un angelo caduto. "Credi sul serio che lo farò?"

"Non lo so. Non so niente dei tuoi progetti."

Dopo un attimo di esitazione, Hanna fece un cenno di affermazione con la testa. "Sei un poliziotto, avrai ficcato il naso dappertutto."

Hake continuava a bere il caffè. Era ancora maledettamente bollente, ma lui percepiva a malapena il bruciore sulla lingua.

"Mi sono sentita depressa a lungo, Axel," cominciò Hanna. "Credo che con il lavoro non arriverò da nessuna parte, il mercato svedese è fermo. Certo, mi affidano un incarico qua e un incarico là, ma niente di davvero stimolante.

Quest'estate ho ricevuto un'offerta da un'azienda francese con sede a Parigi che sembrava molto promettente. La condizione, però, era che lavorassi sul posto."

"Così hai iniziato a informarti su Parigi prendendo i miei libri."

"Avevo bisogno di dati concreti. Volevo sapere se avrei potuto portare in Francia la bambina, insomma volevo capire a che cosa sarei andata incontro."

"E non me ne potevi parlare?"

"Ma non c'era niente di stabilito, erano solo progetti in libertà."

Lo guardò con amarezza. "E poi non è che tu sia stato così disponibile negli ultimi mesi. Tutto girava sempre e solo intorno al tuo lavoro!"

"L'impressione è che tu abbia agito alle mie spalle."

"Te ne avrei parlato se fosse saltato fuori qualcosa di importante, è ovvio."

"E non è successo?"

"Non ancora."

"Che vuoi dire con questo?"

"Non so più che cosa voglio."

Hanna si avvicinò e gli prese la mano. Axel avrebbe avuto voglia di ritrarsi, tanto forte era ancora il senso di esclusione che provava, ma lasciò perdere. "Credi che vivere a Parigi possa farti stare meglio?"

Si accorse lui stesso di quanto fossero piene di rancore le sue parole.

"Non lo so."

"Quando lo saprai?"

"Non posso dirlo così su due piedi."

"Ma io ho bisogno di saperlo presto."

"Lo capisco," acconsentì lei dolcemente. "Ora è tutto così confuso e ho bisogno di rifletterci bene."

"Quando?" insistette Axel.

"Presto," disse Hanna abbracciandolo. "Presto..."

Dovette accontentarsi di questo. Ma quando se ne andò, aveva ancora la sensazione che non ci fosse nessuna chiarezza per quel che riguardava se stesso e la sua famiglia. Era tutto opaco, tutto poggiava su risposte vaghe. Ma sapeva che non era mai il caso di fare pressione su Hanna. Aveva commesso quell'errore parecchie volte in passato, con la conseguenza che aveva dovuto ricominciare sempre da capo, provando altri metodi. In un certo senso il gioco era sempre in mano ad Hanna. Era questa, forse, la dinamica dell'amore. Uno dei due era perennemente in posizione di potere rispetto all'altro e in tal caso le regole normali non valevano più. Uno dei due aveva sempre la situazione in pugno, all'altro sfuggiva. Ma qual era l'alternativa? Irrigidirsi nel proprio orgoglio e permettere all'amore della vita di sparire? Arrivò a casa ancora immerso nei suoi pensieri, tanto che quasi non si accorse della presenza di Julia seduta sul gradino di fianco alla porta.

"Ciao," lo salutò. "Che aria avvilita! E poi ti cola sangue dal naso."

Lui se lo strofinò con la mano e vide un rivolo di sangue sul dorso.

"Vieni," disse Axel aprendo la porta.

Guardò di sottecchi la sorella mentre appendeva il soprabito. Gli sembrava che stesse meglio. Via il trucco esagerato, l'abbigliamento psuedogiovanile, lo sguardo corrucciato.

Julia andò a sedersi in soggiorno. Si appoggiò pigramente allo schienale del divano e osservò il fratello. Ma che faccia aveva? Un po' gonfia da un lato e con un cerchio giallo-verde sotto un occhio. Il suo aspetto le ricordò gli anni in cui praticava la boxe, quando a ogni loro incontro aveva un nuovo segno sulla faccia. Molti credevano che quel naso largo e leggermente schiacciato fosse il risultato dei suoi allenamenti, ma Julia sapeva che in realtà si era beccato un'altalena sul setto nasale da piccolo. Era appunto quel naso pestato a dare carattere al suo viso. Lo faceva apparire per quell'uomo deciso che in effetti era. Hake prese posto accanto a lei. "Immagino che la tua non sia una semplice visita di cortesia."

Julia rovistò nella tracolla e ne estrasse un oggetto che mise sul tavolo. Era un passaporto russo. Hake lo aprì e vide che era di Yuri. Sulla fotografia mostrava la stessa espressione arrogante che Hake gli aveva notato nella realtà.

"Guarda il nome," disse Julia.

Era scritto in caratteri cirillici, ma trascritto in basso in lettere romane: Victor Jetvjenko. "Dove l'hai trovato?"

"Sotto il suo letto."

"Non ne sentirà la mancanza?"

"Oh, di sicuro."

Lo guardò con quel sorriso irriverente che costituiva gran parte del suo fascino. Hake riprese fiato. Dunque era tornata in sé, nonostante il tradimento di Yuri e tutto quel che aveva comportato in termini di pentimenti e perdita di autostima. "Dunque Yuri è un doppione," disse Hake.

"Un cosa?"

"Un doppione. Nel linguaggio delle corse di cavalli indica un uomo che partecipa alla gara con un cavallo che in realtà è un altro, spesso migliore del primo. Così quando si incontra un avversario più scarso si è sicuri di vincere. E a quel punto si gioca. Ci fu un caso nel Värmland in cui un tizio dipinse di bianco la zampa di un cavallo affinché assomigliasse a quello ritratto sulla foto del documento di identità che viene controllato dal veterinario prima di ogni gara. Ma poi si mise a piovere, la pittura si sciolse e l'imbroglio fu scoperto."

Julia rise divertita.

"C'è altro che devo sapere?" domandò Axel.

Julia esitò, sospirando. "Credo che Gustav Lövenhjelm si sia preso un cottarella per Yuri. Troppe conversazioni a tu per tu, troppi sfioramenti casuali, troppi abbracci e troppo affettuosi perché si possa considerarli 'da amici'. Ma non sono sicura di questo. Può essere che Gustav gli voglia semplicemente molto bene."

Un'ombra le velò gli occhi. "Non è difficile, sai," aggiunse con voce accorata.

Hake si mise in tasca il passaporto. "Non ha importanza che sia l'una o l'altra cosa," disse. "L'essenziale per me è che Gustav abbia a cuore Yuri. O Victor."

Julia annuì. "Nonostante mi abbia tradito, Yuri è solo un ragazzo confuso e innocente, in un certo senso," lo difese.

"Innocente? È una parola molto forte. Chi può dirsi davvero innocente?" obiettò il fratello.

Hake parcheggiò la Citroën proprio davanti all'ingresso della villa *fin-de-siècle* gialla. Alcuni dei membri della comune stavano riparando il cancello che recintava i nuovi appezzamenti adibiti a orto. Il commissario scese dalla macchina e si diresse verso la casa. Si domandò se dovesse suonare il campanello, poi si limitò ad aprire la porta ed entrare. Fu di nuovo accolto dal consueto aroma di spezie e verdure fermentate. Gli piaceva, creava un'atmosfera accogliente. Attraversò il grande soggiorno e si trovò di fronte alla scala. Qualcuno sbirciò dalla porta della cucina: era Maja Salander, la ragazza che aveva conosciuto quella notte. Aveva gli occhi rossi di pianto e faceva pena lì in piedi, con lo strofinaccio in mano.

"Ciao," la salutò Hake. "Sai dove posso trovare Lövenhjelm?"

"È tutta colpa vostra, sua e di sua sorella," disse Maja. "Com'è che vi presentate sempre quando ci sono io qui?"

"Forse lo abbiamo fatto apposta," replicò Hake tranquillo.

Lei lo guardò pensierosa, poi scosse la testa. "No, non la prima volta. Allora lei non poteva sapere che io ero in casa."

"Julia lo sapeva. Conosce le persone che abitano nella comune."

"Mi sono beccata il turno in cucina per due settimane per averla fatta entrare. Che cosa avrei dovuto fare? Ucciderla?"

"Probabilmente."

Tutt'a un tratto Maja sorrise, prima di tornare in cucina.

Hake salì le scale e percorse il pianerottolo. Una porta si aprì e ne uscì Yuri. Si bloccò, seccato. "E ora che vuoi?"

"Sto cercando Lövenhjelm."

"E lui? Ti sta cercando forse?"

Hake scosse la testa.

"Non sei molto popolare da queste parti," disse Yuri. "Meglio se te ne vai."

Hake gli passò davanti, entrò nella stanza di Lövenhjelm e si richiuse la porta alle spalle. Yuri non si mosse: non sapeva esattamente come comportarsi. Gustav era seduto alla scrivania, intento a compilare una specie di diario. Quando vide chi era il visitatore, posò lentamente la penna. "È inutile che venga qui a implorare. Ha commesso un errore e adesso deve pagare."

Hake si fece avanti e si sedette sul bordo della scrivania, appoggiandosi il bastone sulle cosce. Guardava dall'alto Gustav, che spostò leggermente indietro la sedia per mettere una distanza fra sé e il commissario. Hake sfilò il passaporto dalla tasca e glielo piazzò davanti agli occhi. "Victor Jevtjenko, alias Yuri Sarkis," disse. "Dato per disperso dall'Ufficio immigrazione."

Il guru impallidì. "Se la polizia lo acciuffa, verrà cacciato dal paese e non potrà più rimettervi piede."

Lövenhjelm guardò prima il passaporto, poi Hake e poi ancora il passaporto. La porta si aprì ed entrò Yuri. "Hai bisogno di aiuto, Gustav?"

Lövenhjelm scosse la testa. "Va tutto bene, Yuri."

Il russo rimase a guardare i due uomini, quasi avesse intuito che la conversazione in corso riguardava lui. "Sicuro?"

"Sicuro."

Yuri uscì dalla stanza e richiuse la porta. Gustav sembrava abbattuto. "Quindi la polizia non sa niente?" domandò cauto.

"Lo so solo io. Ma credo che lei sappia benissimo che cosa voglio in cambio di questo," disse Hake sventolando il passaporto.

"Ma è un ricatto!"

"Esatto. Proprio come quello che avete fatto a mia sorella."

Lövenhjelm si alzò. Aveva la schiena dritta come quella di un soldato ed era in ottima forma, per la sua età. E le sue mani non erano bianche e affusolate come quelle di chi è solito stare alla scrivania, ma robuste e vigorose, da uomo abituato a lavorare nei boschi e nei campi. "Chi mi garantisce che lei non denunci Yuri in ogni caso?"

"Nessuno. Ha solo la mia parola."

Il guru annuì debolmente. "Dunque mi devo fidare di un poliziotto che infrange la legge. Ci sarebbe da ridere, in un certo senso."

"Rida pure."

Ma Lövenhjelm non rise. Guardò pensieroso fuori dalla finestra. "Ho un po' di tempo per pensarci?"

"Niente affatto. Tempo scaduto. Niente raggiri. Nessun tentativo di nascondere Yuri. Resterò qui finché non riceverò la comunicazione. O telefona al pubblico ministero per ritirare la denuncia contro di me, oppure telefono io alla polizia chiedendo che vengano a prendere Yuri all'istante. Nel frattempo mi occuperò personalmente, e con piacere, di tenerlo d'occhio."

Lövenhjelm si infilò le mani nelle tasche, gli occhi fissi sul pavimento. Il commissario immaginò che stesse vagliando ogni possibile via d'uscita. Se avesse abbandonato Yuri al suo destino, tutti i membri della comune lo avrebbero saputo e i presupposti etici su cui l'aveva fondata sarebbero andati in frantumi. Tradire un compagno per aver voluto inchiodare un poliziotto! Di sicuro Gustav aveva valutato anche l'ipotesi di far incriminare Hake. Ma forse non sarebbe stato così facile. Forse il pubblico ministero avrebbe concluso l'indagine dopo alcuni rapidi accertamenti. E poi c'era la domanda più importante: che cosa significava Yuri per lui? Hake non poteva conoscere la risposta. Forse rappresentava per Gustav il figlio che non aveva avuto. O forse si trattava di una diversa forma di affetto, più intima. O forse Yuri era il discepolo cui sperava di passare il testimone. A livello internazionale. "Okay," disse Lövenhjelm alla fine. "Accetto."

Prese il telefono, chiamò il pubblico ministero e ritirò la denuncia. Per spiegare il suo ripensamento disse che si era reso conto di aver agito in modo troppo impulsivo. Poi aggiunse che si sarebbe fatto risentire se fossero emersi nuovi elementi. Mentre stava per mettere giù il ricevitore, Hake glielo tolse dalle mani. Domandò con chi parlasse e, una volta accertatosi che dall'altra parte c'era davvero il pubblico ministero, riattaccò.

"Soddisfatto?" domandò Lövenhjelm.

"Non lo faccio per me, ma per Julia," rispose Hake freddamente. "Qualche settimana fa le avevo promesso di non creare problemi a Yuri e voglio mantenere quella promessa, anche se vi siete comportati come dei maiali con lei."

Sollevò il passaporto. "Questo lo riavrà quando avrò avuto conferma che la denuncia è stata ritirata."

Il commissario si affrettò alla macchina e partì con animo più leggero. Un falco volò lungo il margine del bosco per andare a posarsi in cima a un tetto, da dove il suo corpo bronzeo sembrava risplendere. Osservò alcune figure irrigidite dal freddo che zappavano la terra nel punto in cui dal bosco filtrava l'ultimo raggio di sole.

21.

Durante la notte la parola "ricatto" era apparsa più volte nei sogni di Hake. Non appena si svegliò, si vestì in fretta e furia e prese la via per Söder. Trovò Pia da Femman di prima mattina. Era seduta con altri emarginati a bere caffè. Tutti aspettavano l'apertura dello spaccio statale di Rosenlundsgatan. Il commissario la invitò a fare due passi con lui, ma la donna non aveva voglia di uscire, così si spostarono in un tavolo in fondo al locale. Pia dava l'impressione di aver passato la notte in bianco, perché aveva gli occhi infossati e i postumi di una sbornia. "Non possiamo parlare più tardi?" gli chiese con voce implorante. "Mi sento davvero uno straccio ora."

"Ho bisogno solo di un paio di informazioni veloci," disse Hake.

La donna annuì rassegnata.

"Crede che Leffe fosse coinvolto in qualche forma di ricatto?"

Pia sorrise e indicò il resto degli avventori del locale con un gesto della mano. C'erano due tipi piuttosto giovani che sembravano già distrutti, un uomo più vecchio, vestito con cura, che si passava di continuo la mano sulla barba e si sistemava la cravatta con gesti nervosi e infine una donna dall'aspetto trasandato con lo sguardo fisso sulla sua tazza di caffè. "Anche Leffe era come loro. Non reggeva la pressione."

"E lei? Ci riesce ora?"

"Solo qualche volta," rispose Pia, "altrimenti sono come loro."

Guardò Hake in tralice. "Crede che gente come noi sarebbe così lucida e salda di nervi da essere in grado di organizzare un ricatto?"

"Forse proprio questo è andato storto: Leffe non è stato in grado di organizzarlo."

La ragazza scosse la testa. "Leffe era per metà mitomane come molti alcolizzati, ma non mentiva a se stesso riguardo a quel che poteva o non poteva fare. Si impauriva facilmente ed è per questo motivo che ha perso l'alloggio al Marginalen, credo, anche se non l'ha mai detto chiaro e tondo."

"Ma di cosa aveva paura?"

"Gliel'ho già detto, non lo so. Credo però che avesse a che fare con il suo amico, Walter Klum."

Guardò assorta il nascente mattino d'inverno fuori dalla finestra. "Un giorno Walter se ne andò dal Marginalen. Lui e Leffe erano soliti frequentarsi. Poi le uscite insieme si fecero sempre più rare e un giorno Leffe cominciò a bere, come le ho già raccontato, a tal punto che fu cacciato dall'hotel. Credo che Walter volesse tirarlo dentro in qualche storia che non lo convinceva. La cosa lo terrorizzò, spingendolo a bere. Una volta, durante una sbornia, si lasciò scappare che Walter si era sistemato."

"E quindi ora dov'è?"

"In giro. Non si è mai unito a noi, era amico solo di Leffe. Chissà, magari è tornato al Marginalen."

Ma Walter al Marginalen non c'era. Si era trasferito l'estate prima e quelli che se ne andavano di solito non ritornavano, secondo Gurra Viken. Trovò quest'ultimo più o meno nello stesso posto dell'altra volta. Con addosso la stessa vestaglia e la stessa pancia che sporgeva dai pantaloni del pigiama. "Walter non era uno sgamato. Era un debole, esattamente come Leffe," disse Gurra. "Se la svignava dalla madre nello Småland non appena qualcosa andava storto. Lei era il suo eterno supporto."

"In quale zona dello Småland?"

Gurra scosse la testa, non lo sapeva. Il doppio mento tremolò e il collo taurino divenne paonazzo. "Ma una cosa è sicura: Walter non avrebbe mai bruciato vivo Leffe. Non aveva le palle per fare una cosa del genere, se è di questo che lo sospettate."

Hake si recò a Danderyd e salì nel reparto dove era stato trasferito Tobisson. Wendela stava sfogliando una rivista di sport e quando lo vide entrare lo salutò. Il commissario lanciò un'occhiata a Tobias, che stava disteso con lo sguardo fisso davanti a sé. Era ulteriormente dimagrito, ma la faccia era meno cadaverica dell'altra volta. Il gonfiore si era attenuato e gli erano state tolte le bende. Gli avevano rasato la testa per metà e in quell'area spiccava una fila di punti di sutura blu scuro.

"Come stai?" domandò Hake.

"Come cazzo devo stare secondo te?"

"Tobias!" lo riprese Wendela seccata.

Ma Hake preferiva avere di fronte il vecchio Tobisson pieno di rabbia e rancore, invece di quella versione abbattuta e disinteressata a tutto. "Hai presente quando ti ho dato la lista delle persone scomparse?"

"Sì, e allora?"

"Ricordo che avevi accennato a una madre nello Småland con cui parlasti a lungo."

"Sì, il figlio non si faceva sentire da un mucchio di tempo.

Credo che la polizia riceva circa trentamila chiamate del genere all'anno."

"Ma questa donna aveva denunciato la scomparsa del figlio, non è così? La maggioranza delle persone che ci telefonano questo non lo fa."

Tobisson guardò Hake con espressione stanca. "Dove vuoi arrivare, Axel?"

"Non ti ricordi il nome della donna? O del figlio?"

Tobisson chiuse gli occhi e rifletté. "Era un nome non tanto comune, solo questo mi ricordo. E aveva un suono tedesco."

Il polso di Hake accelerò. "Fa' uno sforzo in più," disse a Tobisson.

"Lo sto facendo, non lo capisci?"

"Tobias!" intervenne ancora Wendela.

Tobisson guardò Hake con un luccichio negli occhi. "Ce ne vorrà di tempo prima che io torni alla centrale. O a casa," si rammaricò.

"Un suono tedesco, hai detto?"

"Sì. Pram o Klam, qualcosa di questo tipo."

"E il nome di battesimo?"

"Walter, credo. Ho un parente che si chiama così ed è tedesco, perciò forse ho fatto questa associazione. La madre però non aveva nessun accento particolare, parlava uno svedese 'pulito'."

"Walter Klum?" azzardò Hake.

"Esatto!" esclamò Tobisson. "Che cosa gli è successo?"

"Non lo so con esattezza, ma penso che sappia qualcosa riguardo a Leffe Calzino. Alloggiavano tutti e due al Marginalen."

Con in testa ogni sorta di ipotesi sulla misteriosa scomparsa di Walter Klum, il commissario Hake si diresse alla centrale di polizia, parcheggiando la macchina fuori. Tutta la zona aveva l'aspetto di un interminabile cantiere, con impalcature e teli di plastica dappertutto.

Una nuvola di polvere di cemento rendeva difficile respirare. Salì nella sala operativa, dove erano riuniti Lidman, Guldbrandsen e il commissario Bolinder, più altri agenti. Lo guardarono stupiti. Hake alzò le mani quasi a prevenire le loro obiezioni. "Sono certo che abbiano ritirato la denuncia a mio carico, ma non sono ancora rientrato in servizio. Se uno è sospeso, è sospeso."

"*Se uno non ha il senso dell'umorismo, non ce l'ha*, com'era scritto una volta nella rivista umoristica 'Blandaren'."

Bolinder guardò Hake con una certa reticenza. Era un commissario di poche parole e grande correttezza con cui Axel aveva già lavorato altre volte. "Che cosa vuoi?" gli chiese.

"Volevo solo scambiare due parole con Lidman."

Quest'ultimo si alzò.

"Non puoi condurre un'indagine parallela, Axel," lo avvertì Bolinder mentre si avviavano alla porta. "Tutto ciò che sai deve passare da questo ufficio."

Hake non si curò di rispondere. Trascinò invece Lidman quasi in fondo al corridoio. "Ho bisogno del tuo aiuto," disse.

"Hai sentito anche tu cosa ha detto Bolinder, no?"

"Andiamo, Oskar, può essere importante!"

Lidman scosse la testa. "*Sorry*. Avresti fatto lo stesso al posto mio."

"Dici?"

"Non si può fare il doppio gioco in un'indagine, lo hai detto tu stesso. O si è dentro, o si è fuori. Tu sei fuori, mentre io intendo stare dentro."

"Come vuoi," disse Hake, e se ne andò.

"Axel, non è niente di personale!" gli urlò dietro Lidman.

Con la rabbia che gli bruciava in corpo, Hake tornò a casa. Telefonò al Dipartimento persone scomparse e venne a sapere che la denuncia di sparizione di Walter Klum era stata ritirata. Il commissario ringraziò e si fece dare il numero di telefono della madre dell'uomo. La chiamò subito, ma nessuno rispose.

Dunque il figliol prodigo era tornato. Chissà dove abitava. Magari nello Småland, stando alle parole di Gurra. Hake si buttò sul divano, avvertendo tutta la propria stanchezza. Era stanco di tutto e di tutti. Stanco della mancanza di spirito di squadra e della sua labirintica relazione sentimentale. Si sentiva abbandonato. Svuotato.

Suonarono alla porta. Andò ad aprire e si trovò di fronte Lars Larsson-Varg. Aveva in mano una fotografia. La fotografia del tatuaggio. "Ho pensato di restituirtela," disse timidamente.

Hake la prese. "Vieni pure," lo invitò.

Lars Larsson-Varg entrò nel soggiorno. "Sono passato anche per chiederti scusa, Axel. È stato imperdonabile da parte mia pensare di coinvolgerti in un reato. Tu sei un poliziotto onesto, con la schiena dritta, e mi vergogno di averti chiesto di agire alle spalle dei colleghi, mettendo da parte i tuoi princìpi."

"È tutto a posto," replicò Hake. "Mettiamoci una pietra sopra."

"Spero che tu possa perdonarmi."

"Come ho detto, non pensiamoci più."

Andò in cucina e afferrò una bottiglia di vino e due calici. L'ex sovrintendente museale ne prese uno e si sedette. "Mi daranno una multa salata per quello che ho fatto," disse, "ma niente di più. In fondo mi sono solo nascosto nel museo, non ho mica cercato di rubare qualcosa."

"E neanche ci riproverai, giusto?"

"Mi hanno vietato l'accesso al museo ora."

Hake notò che sfuggiva con lo sguardo. "Non farlo, Lars. Non ne vale la pena."

"Io sono sicuro che non è stato Rembrandt a dipingere quel

quadro e penso di poterlo dimostrare, in un modo o nell'altro. Come va la tua indagine per omicidio, a proposito?"

Hake pensò che non fosse il caso di dirgli che era stato sospeso, si limitò a spiegargli che occorreva molta pazienza e che c'erano ancora alcuni tasselli da incastrare nel puzzle.

"Ma chi l'avrà eseguito quel tatuaggio? È bellissimo," disse il vicino.

"Non penserai mica di fartene uno anche tu?"

Larsson-Varg gli lanciò uno sguardo furbetto. "Pensa avere sulla schiena o sul petto una scena del *Giuramento dei Batavi.* Magari il capo orbo, con quell'unico occhio e la spada sguainata. Fra l'altro oggi è possibile usare anche il color oro, a differenza di prima. Pensa alla corona del re nella tonalità oro olandese. Non so se hai notato, ma ho detto 'oro olandese' e non 'oro Rembrandt'."

Puntò l'indice sulla fotografia. "La stessa sfumatura della granata di questo tatuaggio."

Hake sperò che Larsson-Varg non mettesse in pratica le sue idee. Dopo essersi scolato gran parte della seconda bottiglia di vino che Hake aveva stappato, l'ex sovrintendente museale tornò barcollando nel suo appartamento. Axel si appoggiò allo schienale del divano e diede libero corso ai suoi pensieri. All'improvviso balzò a sedere. "Maledizione!" imprecò ad alta voce.

Si alzò e prese a girovagare per casa. "Maledizione!" ripeté.

Come aveva fatto a non pensarci prima? Era proprio così che dovevano essere andate le cose. Si sedette alla scrivania, prese il taccuino e cominciò a buttare giù appunti. Più scriveva, più il puzzle si ricomponeva. Chiuse il quaderno e guardò assorto fuori dalla finestra. Era proprio così che dovevano essere andate le cose. Scosse la testa. Ora vedeva gli avvenimenti davanti a sé sotto un'altra, nitida luce. Sicuro al cento per cento non era: gli restavano alcune questioni da chiarire prima che la sua ipotesi venisse confermata.

22.

La notte non era stata tenera con Axel Hake. Aveva avuto problemi di sonno. In testa era un continuo viavai di pensieri. Si era svegliato, riaddormentato e infine era scivolato in una specie di dormiveglia. Assonnato, si era alzato per farsi una doccia, poi si era accorto che erano appena le tre di notte. Era quindi tornato a letto, riuscendo finalmente a dormire per qualche ora prima che suonasse la sveglia. Prese un caffè al volo e partì subito per la sua visita numero uno.

Quando aprì la porta della stanzetta, vide solo una montagna bianca adagiata sul letto. Un pezzo di carne bianca, che quando i suoi occhi si abituarono al buio assunse le sembianze di un corpo umano. La tenda sudicia era abbassata. Il tanfo che ristagnava era nauseante. Andò verso il letto e accese la lampada sulla testata. Scrollò l'uomo. Gli occhi di Gurra Viken erano due fessure. "Ma chi cazzo è?" imprecò appoggiandosi sul gomito e strizzando le palpebre.

"Solo una domanda," disse Hake.

"Fuori di qui!" sbraitò Gurra richiudendo gli occhi.

Hake gli diede un altro scossone e la montagna di carne cercò di schivare la sua presa. Gurra tastò il pavimento sotto il letto in cerca della bottiglia, ma Hake la spinse via con il piede. Si chinò sul corpo untuoso e puzzolente di Gurra e sibilò: "Walter aveva per caso un tatuaggio?".

"Un tatuaggio?"

"Sì. Aveva un qualche tatuaggio sul corpo?"

Gurra Viken riaprì gli occhietti da maiale. "No. Non ce l'aveva."

"Sicuro?"

"Strasicuro. E ora 'fanculo!"

Girò la schiena al commissario. "Neanche qualche tatuaggio fai-da-te, che so, sulle mani, sulle braccia?"

"Ho detto di no! Non ce l'aveva."

Hake si chinò sull'orecchio dell'uomo e sussurrò qualcosa. Gurra Viken emise un debole lamento. "Ok, ce l'aveva," disse. "Bastava chiederlo in giro, a chiunque."

Il commissario si alzò, spense la lampada e uscì dal Marginalen. La luce del mattino era intensa e nitida. Durante la notte era caduta la prima neve, depositandosi come polvere sui marciapiedi e sui tetti. Le macchine avevano già percorso le carreggiate, lasciando una striscia nera in mezzo al bianco. Era come se la città avesse fatto un lifting e ora sembrasse più giovane.

Hake si recò da Olle Sandstedt. Il responsabile della Scientifica sedeva al microscopio nel suo laboratorio. Stava fumando, come sempre, e con un cenno della testa invitò Hake a entrare. "Non ti avevano sospeso?"

"Certo."

"Ma vuoi avere lo stesso qualche informazione."

"Esatto. Puoi aiutarmi?"

Sandstedt lo guardò al di sopra delle lenti spesse. "Dipende da cosa mi chiedi."

"Vorrei rileggere il referto dell'autopsia di Harry Stenman."

"Perché?"

"Ho bisogno di avere una conferma su alcuni punti."
"E questo mi dovrebbe bastare?"
"Per ora sì."

Sandstedt si alzò dalla postazione di lavoro e si diresse verso un armadietto di alluminio, da cui estrasse un lungo cassetto. Vi rovistò dentro per alcuni secondi e dopo aver fatto cadere la cenere della sigaretta, prese una cartella. La aprì. "Eccolo," disse porgendogli il referto. "Ma non puoi portarlo via."

Il commissario si sistemò su una sedia da ufficio ed esaminò i dati dell'autopsia. Prese alcuni appunti sul taccuino, poi si alzò e rimise la cartella sulla scrivania di Sandstedt. "Grazie," disse alla fine.

"Hai trovato quello che cercavi?"

Hake annuì riconoscente e stava giusto per andarsene quando squillò il cellulare. Era il revisore dell'assicurazione, Tage Lennartsson. Gli comunicò che erano stati pagati i soldi della polizza sulla vita e che per quanto lo riguardava il caso poteva dirsi concluso. Non era stata commessa nessuna irregolarità da parte di Ulla Stenman, che pertanto aveva il pieno diritto di riscuotere il premio.

"Maledetti," sibilò il commissario quando interruppe la comunicazione. Tornò in fretta alla macchina, telefonò a Lidman, ma non rispose nessuno. Poi chiamò la sala operativa, ma erano già andati via tutti. Imprecò fra sé e partì a razzo.

Ulla Stenman si guardò allo specchio. Indossava pantaloni color sabbia, una giacca di lino beige di Armani e una sciarpa di seta rossa, per dare un tocco di vivacità all'insieme sobrio. Si era tinta i capelli di biondo e aveva scelto un taglio scalato, secondo la moda corrente. Si sentiva bella e sicura di sé. Era ora! Quegli ultimi mesi in cui si era sentita così spaventata e insicura erano stati un incubo. Ma oggi erano stati accreditati i soldi sul conto e finalmente poteva ricominciare a vivere, pensò. Per prima cosa si era liberata della chioma grigio topo. Poi aveva fatto un giro di shopping da NK e, *last but not least*, aveva telefonato all'amore della sua vita. Si portò al centro della stanza e si guardò intorno: era tutto a posto. La valigia era pronta e il denaro al sicuro. Tutto era andato secondo i piani.

Axel Hake guidava come un pazzo attraverso la città. Dalle parti di Västerbron sorpassò un automobilista che aveva cercato di inseguirlo lungo tutto il percorso di Hornsgatan, ma che dovette inchiodare a Ringvägen, dove Hake passò con il rosso. Svoltò in Bastugatan e fu costretto a guidare per un tratto sul marciapiede per superare un automobilista che era sbucato di colpo da un parcheggio. Hake imboccò la piccola traversa di fianco a Mälarborgen e fermò l'auto in mezzo alla strada. Si precipitò al numero 38, prese l'ascensore per l'appartamento di Ulla Stenman e suonò il campanello. Nessuno venne ad aprire. Ci riprovò, con l'orecchio attaccato alla porta per cogliere eventuali rumori all'interno. Ma non sentì niente e nessuno venne ad aprire.

Göran e Nils Hemmesta stavano radunando i loro pochi averi nella casa di campagna. Le borse militari erano ordinatamente allineate sul tavolo della cucina. I due fratelli indossavano la divisa estiva, visto che erano diretti in un luogo caldo.

Göran teneva la sua radio a onde corte al massimo volume: la ascoltava spesso, ci teneva a essere sempre aggiornato su quel che succedeva nel mondo. Nils ripose il coltello da caccia e il fucile in cantina, avvolgendoli in un telo cerato a prova di umidità e mettendoli in fondo a una cassetta di patate. Voleva che al loro ritorno le armi fossero immediatamente utilizzabili. La macchina a noleggio di piccola cilindrata era parcheggiata fuori. Göran si guardò intorno per l'ultima volta. Era ora di andarsene e non sapeva quando sarebbero tornati. I due fratelli presero le valigie e lasciarono la casa di campagna.

Rick Stenman si trovava nel garage in compagnia di Maxim Olgakov. Erano arrivate parecchie macchine nuove in mattinata, erano stati stilati nuovi contratti, si erano presentati nuovi clienti. La ditta sarebbe diventata qualcosa di completamente diverso rispetto al passato. Ma lui non sarebbe rimasto lì ancora a lungo. Aveva visto una macchina che pensava di "prendere in prestito" non appena Maxim fosse andato a pranzo. Una Mercedes grigio metallizzata che aveva fatto solo poche migliaia di chilometri. Rick guardò Olgakov con circospezione.

Danne Durant era nervoso. Non gli capitava spesso, ma ora era arrivato in un certo senso il momento della verità. Dall'oblò della cuccetta guardò la banchina e la fatiscente area del cantiere. D'estate quella zona aveva un aspetto quasi idilliaco, ma ora sotto la poltiglia di neve bagnata non c'era niente di bucolico nelle barche arrugginite, nelle unità di saldatura e negli alberi spogli. La neve aveva ricoperto i teloni di protezione e sul ponte si erano formate larghe pozzanghere. Sentendo arrivare una macchina, Danne diede una sbirciata attraverso l'oblò.

Dopo più di un tentativo, Axel Hake riuscì ad aprire la porta e a entrare nell'appartamento in Bastugatan. Si accertò rapidamente che Ulla non fosse in casa e cominciò a ispezionare il luogo con cura.

Non trovò niente di rilevante né in camera da letto, né in soggiorno. Passò in rassegna tutti gli armadi, i cassetti della cucina e altri spazi utilizzati per depositarvi gli oggetti, ma senza risultato. Ma non riusciva lo stesso a liberarsi dalla sensazione che qualcosa non quadrasse, che qualcosa bollisse in pentola e che non ci fosse più molto tempo. Sollevò il ricevitore del telefono e premette il tasto "redial", nella speranza che Ulla avesse fatto una telefonata importante, ma il numero corrispondeva a un salone di parrucchiere. Si diresse verso la grande finestra del soggiorno e spaziò con lo sguardo su Stoccolma. A sinistra c'erano il canale di Pålsund e Långholmen con il cantiere di Mälarvarvet sul promontorio; a destra si intravedeva Gamla stan e in mezzo Riddarfjärden. Era il caso che aspettasse Ulla Stenman, oppure la donna era già fuggita? Si passò una mano sui capelli e si appoggiò pesantemente al bastone. Stava per perdere il controllo della situazione, doveva reagire. Telefonò a Oskar Lidman.

"Sono Axel, è una cosa urgente," esordì. "Controlla se Ulla Stenman ha prelevato i soldi dal conto predisposto dalla compagnia di assicurazioni."

"Devo prima..."

"Sbrigati! Richiamami immediatamente," disse Hake.

Lidman telefonò dopo dieci minuti. "Quei soldi non sono più sul conto," riferì.

Hake imprecò in silenzio.

"Che cosa sta succedendo?"

"Ulla Stenman sta per tagliare la corda con la grana, perciò dovete allertare tutti i controlli di frontiera."

"È sola?"

"No, ha dei compagni di viaggio."

"Quanti?"

"Uno o due. Non ne sono sicuro."

"Questa è una vera e propria mobilitazione, Axel, e..."

"Oskar, è urgente. Lo farai?"

"Devo prima parlare con Bolinder."

Hake esitò. “Va bene, ma muoviti in fretta, ormai è questione di minuti.”

Chiuse il cellulare e fu allora che gli venne in mente come avrebbero potuto agire. Lasciò l’appartamento e salì in macchina. Doveva andarci da solo: non era affatto sicuro che Bolinder sarebbe stato di qualche aiuto se avesse pensato che Hake aveva semplicemente perso la testa. Mise in moto, guidò alla volta di Hornsgatan e proseguì verso Västerbron.

23.

Axel Hake parcheggiò sotto una tettoia di lamiera ondulata, in modo che la macchina non potesse essere notata dall'esterno. Si diresse verso un hangar che ospitava anche un piccolo ufficio. Quando entrò, l'uomo seduto dietro il finestrino sollevò lo sguardo su di lui. "Chi ha in mano la situazione dei voli privati?" domandò il commissario.

"Me ne occupo io. Che cosa vuole sapere?"

Hake gli mostrò il documento di identità. "Polizia criminale, è urgente. Sa dirmi quali sono le partenze previste per oggi?"

"Certo."

L'uomo effettuò l'accesso al computer e sullo schermo apparve una lista degli arrivi e delle partenze della giornata. Hake, in piedi alle sue spalle, le diede un'occhiata. "Questo," disse il commissario indicando un certo volo. "Dove si trova?"

L'uomo sbirciò l'orologio. "Sono pronti a partire fra pochi minuti," rispose. "Ma devono ottenere il permesso per decollare, e questo posso impedirlo."

"Credo che se ne freghino."

"Non possono. Non si scherza con la sicurezza dei voli. Bromma è un aeroporto piuttosto grande."

Il funzionario sembrava allarmato.

"Penso che correranno il rischio, se saranno costretti. Che cosa significa B2357?"

"Che il velivolo si trova nell'hangar B."

"Dov'è?"

"A due fabbricati da qui."

Hake si precipitò fuori dall'ufficio. Il vento soffiava forte mentre superava il primo hangar. La neve si era sciolta sulle piste e un piccolo aereo passeggeri stava atterrando proprio quando lui si dirigeva all'hangar B, sulla cui fiancata era parcheggiata una macchina a noleggio. Hake notò un trattore che puntava verso l'hangar e sospettò che fosse con quel veicolo che avrebbero trasportato l'aereo fino al luogo di partenza. Il commissario lo seguì e arrivarono in un hangar più piccolo dove era parcheggiata una decina di aerei privati. Il trattore si diresse verso un Cessna bianco e rosso. Vicino al sedile del passeggero c'era Ulla Stenman, che caricava una valigia. Hake le andò incontro. Mentre stava per raggiungerla, la donna si voltò e impallidì.

"Oh maledizione," imprecò quando lo vide.

"Dobbiamo parlare," disse il commissario.

"Se lo scordi. Non ho tempo."

"Si tratta di omicidio, il tempo deve trovarlo."

Ulla si passò la lingua sulle labbra e Hake si accorse troppo tardi dello sguardo che aveva lanciato dietro di lui. Il commissario si girò di lato e la pesante chiave inglese si abbatté così sulla sua schiena, invece che sulla testa. Cadde in avanti e si ritrovò carponi. Il fendente successivo lo colpì alla base della schiena e gli sembrò che lo avessero trapassato da parte a parte con una lama rovente. Rotolò sul pavimento di cemento e vide l'uomo sollevare la chiave inglese per la terza volta.

Hake sentiva le membra intorpidirsi rapidamente. Doveva evitare un nuovo colpo, altrimenti era finita per lui. L'uomo aveva ucciso già due volte e non si sarebbe certo tirato indietro di fronte alla terza. La chiave inglese si sollevò ancora e Hake, con uno sforzo immane, rotolò sotto il Cessna, cosicché il colpo arrivò sul fianco. Ebbe la sensazione che qualcosa si spezzasse e il dolore gli fece perdere conoscenza per qualche secondo. L'assassino si lanciò dietro di lui, brandendo di nuovo la chiave. Ma il colpo gli sfiorò la spalla, il che diede modo ad Hake di avanzare strisciando sotto l'aereo.

A quel punto era quasi del tutto privo di forze ed era a malapena in grado di opporre resistenza, quando l'assassino gli afferrò la gamba e lo trascinò sul pavimento dell'hangar per dargli il colpo di grazia. La luce proveniente dal vano dell'hangar non consentiva di vedere la faccia dell'omicida, ma Hake si chiese se non stesse sorridendo. Chiamando a raccolta le sue poche forze residue, Hake afferrò il bastone per colpire l'uomo alla gamba. Ma il bastone si spezzò e il commissario sentì il suo avversario scoppiare a ridere.

Hake aveva bisogno di una pausa per riprendere fiato. Quando vide per l'ennesima volta la chiave inglese pronta a calare sulla sua testa con violenza, estrasse l'arma di servizio e sparò al petto dell'assassino. La chiave inglese cadde rumorosamente sul pavimento e l'hangar fu riempito dall'urlo di Ulla Stenman. Hake notò il segno dei morsi di Tobisson sul braccio dell'uomo proprio mentre stava cadendo. I suoi occhi sembrarono rovesciarsi all'indietro, prima che perdesse conoscenza.

Ulla Stenman si gettò accanto al corpo e scoppiò in un pianto dirotto. "Red! Red..." gemette.

Hake si sollevò sulle gambe e guardò dall'alto Harry Stenman che giaceva in una pozza di sangue in grembo alla sua Ulla. Un violento attacco di nausea colpì il commissario, che cercò un appiglio nell'ala dell'areo. Non posso svenire, non ora, pensò. L'hangar cominciò a girare, ma Hake fece in tempo a vedere irrompere Lidman con una fila di poliziotti, prima di accasciarsi a terra e sprofondare nel buio.

Axel Hake fu ricoverato nello stesso reparto di Tobias Tobisson. Aveva una frattura al costato e nell'area dell'osso sacro si era formato un grosso ematoma.

Tobisson volle sapere tutto, così Hake gli spiegò come era arrivato alla conclusione che solo Harry Stenman potesse essere l'artefice di tutto.

"Il primo indizio è emerso quando ho sfidato Danne a boxe. Mi disse che Harry era in perfetta forma e che beveva con moderazione. Il cadavere nell'acqua, al contrario, aveva il fisico che sembrava quello di un sessantenne e il fegato mezzo distrutto per via del bere. E poi la storia del tatuaggio."

"Del tatuaggio?"

"Sì. Il mio amico Lars Larsson-Varg mi ha spiegato che la tonalità oro è una sfumatura relativamente recente, perché prima non si riusciva a ottenerla. Il tatuaggio con il simbolo della Legione, però, Harry se l'era fatto più di dieci anni fa. A quel punto ho capito che quello sul braccio del cadavere doveva essere stato realizzato di recente. Quando poi ho chiesto a Gurra Viken se Walter Klum avesse i capelli rossi e lui me lo ha confermato, non ho avuto più dubbi: non era stato ucciso Harry Stenman, ma Walter Klum."

Tobisson elaborava le parole del commissario.

"Harry scelse quella specie di 'alter ego' perché aveva i capelli rossi e un po' gli assomigliava. Soprattutto dopo essere stato in ammollo tutto quel tempo. Walter Klum era un alcolizzato che bazzicava abitualmente la zona di Söder. Harry lo contatta e lo convince a scappare dal Marginalen e a sparire dalla circolazione per qualche mese. Gli promette una bella somma di denaro, ma pretende che in cambio dei soldi si faccia tatuare il braccio.

"Imbastisce la storiella che si tratta solo di mostrarsi qualche volta a torso nudo per prendere in giro qualcuno, nient'altro. A Walter, che ha fatto più volte da prestanome per società finanziarie e compagnia varia, non importa un tubo di ciò che deve fare, basta che gli diano i soldi. Così si toglie dai piedi, ma non riesce a stare lontano dal suo amico Leffe. Ogni tanto lo va a trovare di nascosto sul bus bianco e insieme si sbronzano alla grande. Red se ne accorge e forse ha visto anche me da quelle parti in occasione di una delle mie visite a Leffe, dopo la scoperta del cadavere nel canale. Si convince che Walter abbia parlato troppo con l'amico e che quest'ultimo potrebbe spifferare tutto ai quattro venti. Per evitare il pericolo, appicca l'incendio al bus."

"Ma tu non avevi mostrato la foto del cadavere a Leffe?"

Hake si mise un cuscino dietro la schiena e annuì. "Leffe odiava i poliziotti e non aveva intenzione di dire più di tanto. E poi l'omicidio di Walter lo aveva terrorizzato. Non voleva essere coinvolto in una storia del genere, subire un interrogatorio e magari finire in una casa di cura. Quando Walter sparì, Leffe cominciò a bere come un disperato: probabilmente pensava che l'amico fosse stato fatto fuori. Poi Walter si rifece vivo, dicendogli che alla fine di tutta la faccenda sarebbe diventato ricco sfondato."

"E a quel punto Red si è procurato un 'alter ego'."

"Un doppione, un sosia..."

"... che in seguito uccide a bordo della Pettersson e affonda nel canale di Pålsund. E tutto questo per incassare la sua polizza sulla vita?"

Hake annuì. Si sentiva stanco e febbricitante. Il movente dei soldi dell'assicurazione era lampante, ma non riusciva ancora a capire perché Harry Stenman avesse deciso di sparire dalla circolazione così all'improvviso. O forse era lui che non era in grado di pensare con lucidità.

"Però perché tutta quella messinscena nel canale di Pålsund?" chiese Tobisson.

"Questo è un punto che ho sempre considerato strano. Se uno vuole liberarsi di un cadavere, non lo molla in una zona del centro di Stoccolma. Ma Red voleva che noi trovassimo Walter. Già, tutto il suo piano dipendeva da questo."

"Era un rischio pazzesco. Le impronte digitali avrebbero potuto svelare l'identità del cadavere."

"Harry Stenman si era preparato con cura. Aveva scelto Walter perché non aveva mai avuto alcuna condanna, perciò le sue impronte non erano registrate nel nostro database."

"Povero Walter," disse Tobisson. "Prima fa una vita di merda e poi muore con il nome di un altro."

"Ho telefonato alla madre, la quale mi ha detto che non aveva affatto ritirato la denuncia della scomparsa del figlio. Ci aveva pensato qualcun altro, probabilmente Harry."

Tobisson si alzò dal letto e si stiracchiò. "Danne Durant, invece, non c'entra niente?"

"Forse aveva subodorato qualcosa, ma aveva prestato a Stenman quattrocentomila corone con la promessa di riceverne indietro cinquecentomila. Se avesse aiutato la polizia, quei soldi sarebbero andati in fumo. Durante l'interrogatorio, Ulla Stenman ci ha detto che prima di andare in aeroporto era passata da Danne per restituirgli il denaro."

"Quindi le quattrocentomila corone sono servite a Harry per pagare Walter e preparare la fuga?"

Hake confermò con un cenno della testa. Ci volevano molti soldi per rendersi irreperibili e di certo Stenman aveva noleggiato il Cessna per un periodo piuttosto lungo. Secondo quel che aveva scoperto Lidman, i due coniugi erano diretti in Provenza, dove avevano affittato una casa.

"E quei due stronzi dei fratelli Hemmesta?"

"Sono tornati in Corsica per arruolarsi. Non potevano certo sopportare di avere tutti quei poliziotti fra i piedi."

"In definitiva è stato Harry a intrufolarsi nel mio portone per aggredirmi?"

"Sì. Il segno dei morsi che ha sul braccio lo dimostra. Voleva che la piantassi di spiare Ulla. È sicuro che andava e tornava da Bastugatan in continuazione. Senza contare che, attraverso il tuo pestaggio, ha fatto indirettamente ricadere i sospetti sui due fratelli. Se tu non lo avessi morso, a quest'ora li avremmo forse spediti in galera sulla base di falsi indizi."

"Nils comunque avrei potuto batterlo, se fosse stato necessario," disse Tobisson stringendo i pugni.

Hake non ci credette neanche per un secondo, ma fece finta di non aver sentito.

"E Rick non sapeva niente?"

"No, non avrebbe funzionato. Era legatissimo al fratello e avrebbe cercato in ogni modo di vederlo. Ora lavora con Olgakov, ma ci sono già i primi scricchiolii nell'ingranaggio. Rick 'prende in prestito' macchine senza autorizzazione per fare colpo sulla sua ragazza, il che irrita Olgakov. L'ultima è stata una Mercedes grigio metallizzata con la quale è riuscito ad andare a sbattere, il che ha fatto scoppiare una lite fra loro."

"E Bromma?" domandò ancora Tobisson tornando a letto.

Se stava in piedi troppo a lungo lo assalivano ancora le vertigini. Il medico gli aveva detto che la sua era una commozione cerebrale seria, ma che presto si sarebbe ristabilito. Tobisson non ne era più così sicuro.

"Harry era un pilota esperto, avendo eseguito molti voli di ricognizione nella Legione straniera e trasportando in aereo benzina di contrabbando in Bosnia. Se avesse dovuto filarsela dal paese senza essere visto, l'avrebbe fatto a bordo di un piccolo velivolo a elica."

A questa conclusione, però, Hake era arrivato all'ultimo minuto. Si appoggiò alla testata del letto e pensò che c'era un tempo per ogni cosa. Un giorno uno non sa niente, il giorno dopo tutto appare sotto la giusta luce. Ma a Harry Stenman era andata peggio. Un giorno era stato dichiarato morto, quello dopo condannato all'ergastolo. Se la pallottola di Hake fosse andata un po' più a sinistra, gli avrebbe trapassato il cuore e Harry sarebbe morto per la seconda volta. Invece se l'era cavata.

La porta si spalancò e apparve Oskar Lidman con una scatola di cioccolatini che subito aprì. Ne scelse con cura uno per sé, poi li offrì agli altri. "Harry ha iniziato a cantare," annunciò mangiando avidamente il cioccolatino. "Sapete com'è cominciato tutto?"

I due colleghi restarono in silenzio.

"Perché aveva paura. Dei fratelli Hemmesta."

Guardò pensieroso Tobisson. "La conoscono bene, l'arte di terrorizzare la gente."

Tobisson abbassò lo sguardo.

"Continua," lo spronò impaziente Hake.

"L'anno scorso gli fecero una telefonata per dirgli, senza tanti giri di parole, che una volta congedati dalla Legione sarebbero tornati in Svezia per vendicare il loro amico. Non gli dissero né come, né quando: volevano che Harry si sentisse sempre sotto tiro, insicuro. In ogni caso doveva morire."

"Ed è stato allora che lui ha pianificato la propria scomparsa?"

Lidman annuì. "Una sera, mentre passeggiavano nei paraggi del porto di Hammarby, Harry e Ulla notarono un tizio che a stento si reggeva in piedi sulla banchina. Somigliava molto ad Harry, tanto che avrebbero potuto scambiarli, disse Ulla per scherzo. Fu allora che scattò l'idea su come scampare alla minaccia degli Hemmesta.

"Harry ne parlò a Walter e lo convinse, poi lo spedì in Danimarca a farsi tatuare. Si era informato bene e aveva saputo che, con un segno particolare come un tatuaggio, bastava un riconoscimento a vista per identificare un cadavere. La polizia non avrebbe richiesto altre prove, tipo l'analisi del Dna o quella della dentatura."

"Walter però commise un errore. Invece di richiedere il

colore giallo per la granata – come gli aveva detto Harry – chiese il color oro."

"Walter si era portato in Danimarca una fotografia del tatuaggio di Harry, ma il tatuatore scambiò il giallo per oro."

"Non è tutto oro quel che luccica," filosofeggiò Tobisson.

"In ogni caso devo ancora capire perché lo ha immerso nel canale di Pålsund."

Lidman infilò di nuovo le dita grassocce nella scatola dei cioccolatini. Fece volteggiare il palmo della mano sul contenuto, prima di catturare il pezzo prescelto.

"Non lo ha detto chiaramente, ma il mio sospetto è che Harry volesse spedire in galera Danne per omicidio, così avrebbe evitato di restituirgli i soldi del prestito. Era disperato e pronto a bruciare tutti i ponti."

"Che maledetti bastardi, i due fratelli," mormorò Tobisson. "Sono corresponsabili di quanto è successo al cento per cento. Perché non li ha fatti fuori?"

"Perché sapeva quanto fossero abili," disse Hake tranquillo.

"E allora non è al sicuro neanche in galera."

Tobisson guardò trasognato fuori dalla finestra. Avrebbe quasi voluto che gli Hemmesta tornassero per poterli prendere. Faceva ancora fatica ad accettare che lo avessero terrorizzato fino a quel punto.

Lidman esitò, prese un'ultima pralina e rimise il coperchio sulla scatola. "Ragazzi, ora basta ingozzarvi di cioccolatini. Devono durare per un po'," disse sorridendo. Poi si infilò le mani nella tasche del largo soprabito, quasi volesse impedire a se stesso di far fuori l'intera scatola.

Il giorno dopo Hake ricevette la visita di Hanna e Siri. Quest'ultima esaminò incuriosita il bendaggio sul fianco e sulla schiena, mentre Hanna, girata di spalle, guardava fuori dalla finestra. All'improvviso si voltò e lo fissò. "Vado a Parigi," disse.

Hake si sentì mancare dentro, ma non aveva voglia di protestare.

"Due settimane, per cominciare."

"Io andrò da zia Julia e farò l'assistente veterinaria," disse Siri allegra.

Hake aveva lo sguardo perso nel vuoto. Era tutto così confuso. Siamo tutti dei "doppioni" nella vita: sembriamo tutti quel che non siamo, pensò. Da lontano gli arrivò di nuovo la voce di Hanna. "Voglio che tu venga con me. Quando sarai guarito. Quando avrai tempo."

Si avvicinò a lui e lo baciò sulla bocca. "Ho bisogno di te," disse.

I suoi occhi luccicavano un po'. Poi la sua immagine diventò sempre più sfocata, mentre Axel chiudeva gli occhi. Ora Hanna stava alla finestra, a Parigi, nuda e slanciata, per vedere sorgere l'alba sui vagoni vuoti e sulla locomotiva ferma sul binario. Axel sentiva che era sospeso fra sogno e realtà, e che non c'era più tempo.

Certo, il tempo, pensò. C'è un tempo per ogni cosa. Un tempo per vivere, un tempo per morire. Un tempo per lanciare le pietre, un tempo per raccoglierle. Un tempo per abbracciare, un tempo per liberarsi dall'abbraccio.

Chissà come sarebbero andare le cose per lui, ora.